미칠수 있겠니

미칠 수 있겠니

김인숙 장편소설

한겨레출판

| 차례 |

진과 진 _ 12

드라이버, 이야나 _ 28

힐러 _ 44

신의 산 _ 50

게들의 목적지 _ 57

만의 아름다운 나날 _ 67

섬은 아직 어둠 속 _ 79

투계 _ 82

땅이 시작되는 시간 _ 94

사라지다 _ 109

남겨진 사람들 _ 119

도서관의 저녁 _ 137

첫째 날, 영원한 밤 _ 164

이튿날 맑은 아침 _ 193

봄날의 꿈 _ 207

그 길의 끝까지 가면 _ 219

또 하나의 생 _ 244

날 수 있겠니 _ 253

새들의 그림자 _ 265

물의 기억 _ 292

작가의 말 _ 300

그 문이 열리면 당신은
기억하고 싶지 않은 것들을
기억하게 될 겁니다.

그러나 또한 반드시 기억해야만 할 것도
기억하게 될 겁니다.

기억해야만 할 것이
기억하고 싶지 않은 것들을

지우게 될 겁니다.

작은 이빨. 거기서부터 얘기를 시작할까.

노랗고 귀엽고 작은 이빨. 창살 사이, 햇살이 쨍하게 들어오는 정오에 그 이빨을 공중으로 쳐들어 바라보면 투명한 무언가가 반짝이는 듯했다. 물방울처럼 아스라한 것, 혹은 물방울보다 더 아스라한 것. 그러나 그것은 이빨.

사람들의 시선이 쏟아지듯 다가왔다. 이빨이 아니라 이빨을 가진 남자에게 다가오는 경계와 의심과 의구의 눈빛들. 그리고 창살 사이로 비쳐드는 햇살. 나는 그 쨍한 시선들을 잊지 않을 작정이었다. 그 전까지는 누구도 나를 쳐다보지 않았던 것이다. 그야말로 그랬었다.

그러나 나는 모든 사람들을 보고 있었다. 아침이면 들판으로 걸어 나오는 늙은 농부들. 구부린 어깨에 내려앉던 햇살. 그리고 여인. 먼 곳에서 온 여인들의 웃음소리. 자동차들이 지나갔다. 호텔과 방갈로에서 쏟아져 나오는 자동차와 모터바이크들. 짙게 선팅한 차창의 검은 어둠 속으로 감춰진 얼굴들. 모터 바이크의 뒷자리에서 빛나는 하얀 팔뚝. 그러나 역시 헬멧으로 가려진 얼굴들.

물고기와 새들의 이야기도 해야 할 것 같다. 잔 바람결에도 우수수 흔들리던 수초, 그 수초 속에 묻혀 있던 젖은 흙, 그리고 발자국들. 새들은 정말 낮게 날고 물고기는 절대로 물 밖으로 모습을 드러내지 않았다. 누군가가 던져놓고 간 낚싯대가 물 위에서 흔들렸다. 나는 자주 거기에 있었다. 그때는 몰랐지만 누군가가 나를 바라보고, 무언가가 나를 흔들어줄 때까지 나는 정말 오래 기다렸던 것이다.

또, 비와 바람 얘기를 할까? 야자 잎 지붕 위로 쏟아지는 빗소리는 언제나 굉장했다. 마치 우박이 떨어지는 소리처럼. 내가 우박에 대해 알고 있다는 사실을 믿어주길 바란다. 그 낮에 하늘에서 얼음덩어리들이 떨어졌고, 하나의 생이 그때 더러운 흙바닥에 쏟아져 땅보다 더 낮은 아래로 녹아 스며들었던 것이다. 정말이지 대단한 우박이었지만 별로 놀랍지는 않았다. 세상에 더는 놀라울 것이 없었던 시간들, 그랬었다. 다만 이빨이 남았을 뿐이다.

그 이빨이 무엇이든 씹어대는 소리를 들었다. 씹을 수 있는 모든 것을 다 씹은 후에, 홀로 떨어져나온 이빨…… 그리고 마침내 정적. 이빨이 내게 묻고 있다. 그러니까 너는 미칠 수 있겠니?

사람들은 이제 나를 바라본다. 사람의 늙은 이빨을 품에 지닌 남자는 별로 없겠지. 그러고 보니 나는 아이가 아닌 남자. 이미 그렇게 된 것이다. 실은 벌써 오래전부터. 그러니 나는 내가 한 일에 책임을 져야 하고 경찰은 내가 하지 않은 일에 대해서까지도 책임을 묻고 있다. 그러니까 말하자면 이빨에 대해서. 그 이빨이 말하는 모든 것에 대해서.

이빨을 다시 주머니 속에 넣는다. 사실, 세상에는 보여줄 수 있는 것이 그리 많지 않은 것이다.

진과 진

진의 집은 공항에서 한 시간 거리에 있었다. 비행기가 땅에 닿자마자 어느새 익숙한 더위가 살을 데우는 듯했다. 비행기에서 내리는 시간도 출입국 심사 시간도 오래 걸렸다. 공항 바깥으로 나와서야 그녀는 자신의 온몸이 땀으로 푹 젖어 있는 것을 알았다. 우기였다. 습기를 먹은 더위가 마치 장마철의 솜이불처럼 그녀를 뒤덮었다. 그렇더라도 사철 변함없이 푸른 나무들은 언제나처럼 거세게 푸르렀고, 꽃들은 어지럽게 찬란했다.

터질 듯한 빛깔, 열대의 꽃들이 너무 어지럽다, 라고 말을 했던 건 진이 아니라 유진이었다. 오래전, 진이 선택했던 관광지인 이 섬을 유진은 좋아하지 않았다. 그러나 짧은 여행을 마치고 귀국한 후, 유진은 오랫동안 이 섬을 잊지 못했고 진보다도 더 이 섬을 그리워했으며, 마침내 이주를 결정하기까지에 이르렀다. 유진은 살 집을 구하기도 전에 먼저 그 집의 이름부터 정했다. '진의 집', 문패가 먼저 새겨졌다.

이름이 같은 사람끼리 연인이 될 확률은 얼마나 될까. 모든 것이 소중하기만 했던 한때, 그 소중함 때문에 온몸이 깃털처럼 흔들릴 때, 진은 그에 관한 모든 것이, 그리고 그들에 관한 모든 것이 꿈같았다. 자신과 같은 이름의 남자를 만난 것이 운명이라고 여겨졌다. 아마도 그렇게 믿고 싶었을 것이다. 어느 쪽이든 간에 그런 마음이 황홀했었다.

진은 그를 만나기 전에 몇 번의 사소한 연애를 거쳤다. 사소한 연애였으나 이별까지 그랬던 것은 아니었다. 이별은 슬픔과 남겨진 고독 때문에 매번 통렬했고, 환멸과 후회가 비 그친 후에도 벗지 못한 비옷처럼 질척했다. 같은 이름 때문에 언뜻 떠올리게 된 운명이란 단어가 그녀를 매혹시켰던 것은 분명했다. 그러나 경계 또한 없다고 할 수는 없었다. 운명처럼 믿을 수 없는 게 어디 있겠는가. 운명처럼 아슬아슬한 것이 또 어디에 있겠는가. 그랬음에도 그녀는 흔들렸다. 거침없는 흔들림이었다. 그가 움직이면 그녀의 몸이 같이 기울었고, 그가 멈추어 서면 그녀의 몸이 같이 멈추었다.

때때로 진은 자신의 사랑이 두렵다고 생각했다. 세상의 모든 사랑이 변해도 자신의 사랑만큼은 변하지 않으리라고 믿었던 것은 아니다. 사랑하는 마음이 너무 격하게 출렁일 때, 상처받지 않으려는 손이 슬몃 올라가 마치 문을 닫듯이 자신의 마음을 밀어내기도 했었다. 그러니까 이렇게까지는 말고 조금만 덜, 그래도 괜찮을 만큼만 사랑할 수 있을까. 세상에는 '그래도 괜찮을 만큼만' 같은 건 없다는 걸 알고 있었어도, 진은 그랬다.

둘의 이름이 같았으므로 친구들을 만날 때마다 문제가 되었다. 다른 사람들이 그들을 구분해 부를 수 있도록 유진이 그녀에게 자신의 이름을 양보했다. 그때까지 진이라는 이름으로만 불렸던 그는 그 후로는 유진이라고 불렸다. 그것은 그의 풀 네임이었다.

그의 가족들조차 예외는 아니었다. 그들을 구분하기 위해 가장 먼저 그를 유진이라고 부른 사람은 바로 그의 어머니였다. 좋은 사람이었다. 아들의 여자 친구를 위해 단 하나뿐인 자식의 이름을 양보해줄 정도로. 유진, 그를 그렇게 불러놓고 그의 어머니가 웃음을 터뜨렸다.

"이 애를 야단칠 때 말고는 이렇게 불러본 적이 없는데!"

진은 대개는 그의 이름을 부르지 않았지만, 때때로 무언가 결정적인 말을 해야 한다고 느낄 때면 그의 이름을 부르고 싶었다. 저물녘 어둠이 새 떼처럼 내려앉을 때 느꼈던 느닷없는 불안, 새벽녘에 잠이 깨 난데없이 울컥 치밀어 오르던 울음, 밝은 낮에 햇살 쨍한 창밖을 바라보다가 갑자기 빌딩들이 무너져 내리는 잔상을 보는 것 같았을 때 느꼈던 마음의 정적, 그리고, 또 있다. 욕망하는 것의 뒤끝에 따라붙던 우울, 우울의 뒤끝에 따라붙던 불안과 고독……. 그때마다 진은 항상 말하고 싶었다. 유진, 너만 내 옆에 있으면 난 괜찮아. 너만 내 옆에 있으면…….

그러나 그녀가 유진의 이름을 부르면 유진은 그 뒷말을 듣기도 전에 말했다.

"네가 내 무서운 엄마 같아."

진은 다시는 그를 유진이라고 부르지 않았다. 진은 그를 진이라고 불렀고 그 역시 그녀를 진이라고 불렀다. 진과 진이 서로의 눈앞에서 가만히 웃었다. 그럴 때마다 그가 그녀의 몸속으로 들어와 그녀와 함께 흔들렸다. 몸속에서 또 하나의 웃음이, 또 하나의 호흡이, 또 하나의 통증과 갈망이 같이 출렁였다. 딱딱한 것을 썰다 손을 베일 때, 옷장 위에서 오래된 물건을 꺼내다 의자에서 떨어져 무릎에 멍이 들 때, 그리고 며칠 동안의 밤샘 끝에 코피를 흘릴 때, 그녀의 몸속에서 또 하나의 진이 같이 피를 흘리거나, 그 피를 응혈지게 했다. 때때로 몸살이 들어 고열에 시달리는 밤이면 유진은 진의 얼굴에 손을 얹었다. 잠시 후에는 진의 손을 잡았다.

그 밤, 진의 손에 얹혀져 있던 진의 손, 진이 움켜쥐고 있던 진의 손바닥에 맺힌 땀, 진의 생명선에 맞닿아 있던 진의 운명선, 그리고 힘줄과 핏줄들……. 손을 좋아하는 남자였다. 그녀가 갖고 있는 대부분의 사진이 손과 손이 찍힌 사진들이었다. 함께 있는 사진을 찍자고 말할 때마다 그는 그녀의 손을 잡고 그 두 손을 찍었다. 사진 찍는 걸 죽으라고 싫어하는 남자였다. 그는 사진 속에서 늘 범죄자 같은 표정을 지었다. 그러나 손은 항상 부드러웠다. 그녀의 핸드폰 액정 화면 사진 속에서 진의 손이 진의 손을 잡고 있다. 만난 지 삼 개월 되었을 무렵, 그들이 처음으로 같은 반지를 갖게 되었을 때 찍은 사진이었다.

그런데, 진을 용서할 수 있을까.

그를 견딜 수 없이 사랑했던 삼 개월이 열 번쯤 반복되어 흘렀다. 그리고 진은 지금 생각하고 있는 것이다. 진을 용서할 수 있을까. 그를 용서할 수 있을까, 라고 생각하는 대신 그녀는 진을 용서할 수 있을까, 라고 생각했다. 이름이 같아 얼마나 다행인가. 그를 용서한다면 그를 용서하는 자신을 용서할 수도 있으리라. 그리고 자신을 용서한다면, 또한 그를 용서할 수 있으리라. 그러니까, 무엇이든지…….

공항에서 진의 집까지 택시는 느리게 달렸다. 모터바이크들이 더 빠르게 택시를 앞서 나갔다. 이 섬에서는 누구나 모터바이크를 몬다. 심지어는 어린아이들까지도. 모터바이크들이 속도를 가로지르고 세상을 가로질렀다. 섬의 끝에서 섬의 끝까지. 그리고 마침내 그들은 누구나 바다에 이를 것이다.
에어컨이 차갑게 돌아가고 있는 택시 안에서 내다보는 열대의 풍경은 비현실적이다. 그녀는 겨울에서 여름으로 날아왔다. 짐을 번잡하게 만들기 싫어 부츠 대신 신은 단화의 발등이 줄곧 시렸었다. 그러나 섬에 도착하자마자 발등이 땀으로 축축했다. 일 년 내내 한여름의 햇살이 폭죽같이 터지는 섬이었다. 유진이 어지럽다고 말했던 꽃들도 마찬가지였다. 꽃들은 사철 내내 온몸으로 색깔을 토해냈다. 이곳의 꽃들은 대체 그들의 내부 어디에 저와 같이 선연한 빛깔을 숨기고 있었을까. 이곳에서의 꽃은 피어나는 것이 아니라 뇌관이 터지듯 폭발했다. 그렇게 여겨졌다. 유진이 말하던 당시에는 느끼지 못했던 어지러움을 진은 택시 안에서 느끼고 있었다.

취미로 그림을 다시 그리기 시작했다고, 한 달 전에 귀국한 유진이 옷에 묻어 있는 물감 자국에 대해 설명했을 때, 진이 느낀 것은 불안이었다. 그가 그녀 없는 곳에서 뭔가를 새로 시작하고 있는 것이다. 그 예감이 불길했다. 그녀는 밑도 끝도 없이 "왜?"라고 물었다. 취미로 시작했다고 이미 말한 사람에게 다시 묻는, '왜?'

유진은 대답을 머뭇거렸고, 그러다가 마치 변명을 하듯이 말했다. 색깔들이 너무 진해서, 거기는……. 한번 그려보고 싶더라. 그리고 민망한 듯 유진이 웃었다. 거기선 심심할 때가 많으니까, 그래서…….

취미로 그린다는 유진의 그림을 그녀는 아마도 그가 비행기 안에서 읽었을 책의 속표지에서 발견했다. 연필로 스케치한 꽃

17

그림에 색깔은 없었다. 그런데도 진은 집에 도착해 택시에서 내리기도 전에 정원에 피어 있는 그 꽃을 알아보았다. 뜻밖에도 노란색 꽃이었다. 진은 그 꽃을 상상할 때마다 터질 듯한 빨간색을 떠올렸었다. 왜 그랬는지는 알 수 없다.

정원은 비어 있었다. 유진은 집에 있을 수도, 있지 않을 수도 있었다. 환율 상승으로 인해 유진이 일하던 가구 공장과 가게도 된서리를 맞았다고 했다. 어차피 정규채용되었던 디자이너도 아니었다. 한 달 전에 그가 귀국했던 것은, 그러므로 새로운 일자리를 알아보기 위해서가 아니라 이곳에서의 생활비를 조달하기 위해서였다. 이러느니 차라리 나도 회사 때려치우고 그리로 가서 같이 살까? 진이 물었을 때, 유진의 표정이 난데없이 쓸쓸했다.

그럴 수 있을까?

그렇게 묻는 유진의 말이 백 년쯤의 거리에서 울려오는 것 같았다. 그때 진의 가슴이, 무언가를 예감하듯, 쿵 하는 소리를 냈다.

우리 같이 살까?

같은 반지를 끼던 날, 유진이 진에게 했던 말이었다. 진은 그때 머리가 목에서 떨어져 나가도 좋다는 듯이 힘차게 고개를 끄덕였다. 낭만적인 청혼이 아니었으나, 그보다 더한 말은 있을 수 없다고 믿었다. 사랑하는 건 같이 사는 일이니까. 같이 안 살고는 못 견디는 일이니까. 정말로, 그런 것이니까.

우리, 같이 갈래?

그러나 그로부터 몇 년 후, 직장을 옮겨 섬으로 떠나게 된 유진이 물었을 때, 진은 힘차게 고개를 끄덕이는 대신 말없이 그의 손을 잡았다. 그러고는 잠시 후, 사랑한다고 말했다. 그래도 난 널 사랑해……. 네가 어디에 있든, 내가 어디에 있든 난 널 사랑해……. 그럴 수 있을까, 라는 말을 그때도 유진은 했을까.

정원으로 통하는 대문은 빗장만 걸린 채 밖에서도 열 수 있도록 되어 있었다. 여행 가방을 마당에 내려놓고 여섯 개나 되는 열쇠 꾸러미를 손가방에서 꺼냈지만 진은 그 열쇠를 한 번도 사용할 필요가 없었다. 대문도 현관문도 잠겨 있지 않았다. 이층으로 통하는 문도 마찬가지였고 침실의 문도 역시 잠겨 있지 않았다. 침실 문은 반쯤 열려 있어서 빛이 잘 통하는 방 안의 정경이 환히 들여다보였다. 침대의 모기장 안에 누워 있는 여자를 진이 금방 알아보았던 것은 아니었다. 누워 있는 한 여자의 실루엣을 분명히 보았음에도 그 풍경이 너무나 비현실적으로 여겨졌기 때문이었다. 땀이 고인 손바닥이 미끈했다. 진의 손에서 열쇠 뭉치가 떨어졌고, 모기장 안의 여자가 놀라 몸을 일으켰다.

한 달 전에 귀국했던 유진이 겨우 일주일을 머물고 다시 섬으로 돌아갔을 때, 진은 유진의 남겨진 짐 속에서 꽃 그림 이외에도 몇 장의 스케치를 더 발견했다. 한 여자의 누드 스케치도 있었다. 그것은 너무나 조심성 없이 남겨진 흔적이어서 차라리 진에게 보란 듯했다. 진은 혼자서 웃음을 터뜨렸다. 그 그림도, 그런 상황도 너무나 농담 같았기 때문이었다.

진은 그 여자를 알았다. 여자라니……. 진은 한 번도 그 아이를 여자라고 생각해본 적이 없다. 그 애는 스무 살도 안 된 계집아이였고, 진은 그 계집아이의 또랑또랑한 눈이 예뻐 그 아이를 유진의 하녀로 받아들였다. 하녀라니……. 이 불온한 단어를 먼저 말한 것은 진이 아니라 그 아이였다.

어느 해 진이 섬에 왔을 때, 문을 열어준 그 아이가 진의 질문에 했던 대답이었다. 너는 누구냐는 진의 물음에, 나는 당신의 써번트예요, 라고 여자 아이가 말했다. 영어를 잘하지 못하는 아이였다. 그렇더라도 써번트라는 그 단어에 당황했던 기억이 아직도 생생하다. 그 아이의 또랑또랑한 눈보다도 그 단어 때문에 덜컥 그 아이를 받아들였던 것인지도 모르겠다. 그 아이를 내보낸다면 너는 하녀가 아니라는 말을 할 기회도 없을 터이니.

그런데 그 아이가 지금 진과 진의 침대에 누워 있는 것이다. 말하자면 주인의 침실에……. 그러니까, 말하자면, 주인님의 침실에…….

아이도 진을 알아보았다. 잠결에 당황하는 듯하던 눈빛이 곧다시 또랑또랑해졌다. 아이가 모기장을 걷어 올렸다. 그리고 턱 끝을 세우고 진을 쳐다보았다. 두려움도 망설임도 없는 눈빛이었다. 마치 당신이 뭔데 내 침실에 들어와 있느냐고 묻는 듯했다.

"네가…… 왜 여기에 있니?"

아이가 묻기 전에 진이 먼저 물어야 했다. 그곳이 자신의 침실이라는 것을 증명하는 방법은 그것밖에 없는 것처럼. 아이는 진의 말을 알아들었을 것이다. 진이 영어로도, 아이의 언어로도 말하지 않았으나, 그런 상황에서는 남극이나 북극의 말이라도 알아들을 수 있을 것이다. 아이가 미소를 지었다. 진의 얼굴에서 핏기가 가셨다. 그러니까, 아이가 지금 웃고 있는 것이다.

저런 미소를 언젠가 본 적이 있다. 그래, 분명히 기억이 난다. 아이와 함께 유진의 점심을 만들 때였다. 인터넷에서 다운 받은 레시피를 펼쳐놓고, 해물을 넣어 맑고 매운 수프를 끓였다. 비가 쏟아지던 한낮이었다. 국물 냄새가 비 오는 열대의 정원까지 퍼져나가, 비 새는 발코니의 지붕을 쳐다보고 있던 유진의 얼굴에까지 따뜻한 김이 서리는 듯했다. 아이는 진의 일을 잘 거들었다. 새우 껍질도 잘 벗겼고, 낯선 소스를 국물에 풀 때는 신기한 듯 눈을 동그랗게 떠 보이기도 했다. 그러나 같이 먹겠다고는 하지 않았다.

혹시 아이가 주인의 식탁에 함께 앉는 것을 미안해하는가 싶어 진이 억지로 아이를 끌어다 앉혔다. 머뭇거리던 아이가 숟가락을 집어 들었다. 그러나 고작 몇 숟갈을 뜨더니 아이는 벌떡 일어나 화장실로 달려갔다. 아이가 토하는 소리가 식탁에 앉은 진과 유진의 귀에까지 들렸다.

"그냥 놔두지 그랬어……."

유진은 그 와중에도 수프를 떠먹으며, 고개를 들지 않은 채로 진에게 말했다.

"먹기 싫어서 그러는 줄 몰랐지."

아이는 화장실에서 바깥으로 통하는 계단에 앉아 있었다. 뒷마당으로 통하는 계단이었다. 진이 한 계절 전에 심어놓은 야채들이 무성하게 자라 있었다. 섬에서는 무엇이든 무성하게 자라났다. 상추를 한 잎 따먹은 이튿날 아침이면, 다시 그 한 잎이 새로 무성하게 자라 있었다. 무성하게 자라다가는 제풀에 말라 죽거나 햇살에 익어 죽었다. 진이 없는 동안 아이가 야채를 잘 가꾸었다는 것을 알 수 있었다. 진이 아이의 곁으로 다가가 아이와 같은 자세로 쭈그려 앉았을 때, 아이가 먼저 말했다.

"미안해요."

그 말 때문에 진이 더욱 미안해졌다.

"미안하긴 뭐가…… 내가 더 미안하지."

그때 아이가 진의 얼굴을 쳐다보며 미소 지었다.

"당신은 미안하다고 말하면 안 돼요."

아이의 얼굴에 번져 있는 미소에도 불구하고, 그때 진의 기분이 이상했다. 아이의 말이 이어졌다.

"당신은 나한테 돈을 주는 사람이니까."

그날 진은 유진에게 아이를 내보내라고 말했어야 했다. 그 아이가 좀 이상하게 느껴진다고. 진이 그렇게 말했다면 유진은 진의 말을 따랐을 것이다. 그렇게 믿고 싶었다. 싼값으로 구할 수 있는 '써번트'는 널리고 널렸으니까. 그러나 낯선 음식을 못 먹는다는 이유로 아이를 내보내라고 할 수는 없었다. 진짜 이유는 그게 아니었겠으나, 그렇다면 그게 무엇인지 설명할 자신이 없었다. 그날 하루 진은 종일 께름칙한 기분으로 아이의 미소를 떠올렸는데, 그러나 정작 진이 기억해야 할 것은 아이의 미소가 아니라 유진의 말이었을 것이다.

그냥 놔두지 그랬어…….

말을 하면서도 고개를 들어 올리지 않던 유진, 뜨거운 김과 줄줄 흘러내리는 땀에 감추어졌던 표정……. 그러나 그 얼굴은 혹시 말하고 있었을까. 이제 그만 날 좀 그냥 놔줄래……. 수프를 끓이는 동안 그렇게 거세게 쏟아져 내리던 비는 식탁을 차리는 동안에 말끔히 그쳤고, 하늘은 다시 햇살로 쨍쨍했다. 그리고 국물은 그 햇살만큼이나 뜨거웠다. 모든 것이 뜨겁기만 한 섬이었다. 뜨겁고, 뜨거웠다.

죽일 수 있을까.

모기장을 걷어 올린 침대 위에서 진을 쳐다보고 있는 아이, 미소 짓고 있는 그 아이의 배가 불렀다. 유진이 남겨놓고 간 그림 속에서 벌거벗은 여자의 봉곳한 배를 진은 한참 동안이나 바라봤었다. 바라보고 바라봤으나, 이해가 되지 않았고, 마침내 웃음이 터져 나왔었다.

무슨 장난을 하고 있는 거야, 유진…….

그러나 지금 진은 생각하고 있다. 죽일 수 있을까. 그리고 대답했다. 물론 그렇게 할 수 있을 거라고.

사람을 죽이는 것은 어떤 걸까. 마음이 의혹으로 들끓고 있을 때, 죽이고 죽이는 꿈을 수도 없이 꾸었다. 그러나 꿈속에서 피를 흘리는 것은 언제나 자신의 몸이었다. 그녀는 자신의 몸에서 흘러나온 피를 두 손 가득 묻히고, 꿈속에서 항상 비명을 질렀다. 온몸에 피를 묻히고 비명을 지르며 거리를 뛰어다니는 꿈을 꾸기도 했다.

살려줘, 제발!

그 꿈속에서 진이 애절하게 울부짖었다면 그건 다른 누구도 아닌 유진에게였을 것이다. 그러나, 지금 진의 눈앞에 있는 것은 여자 아이였다.

진이 아이가 앉아 있는 침대 앞으로 한 발짝 다가섰다. 칼이나 총, 그런 것이 있을까. 총은 없겠으나 칼이라면 어디든지 있을 터였다. 가구 디자인은 도면만 그리는 작업이 아니었다. 원목을 자르고 베고 깎고 또 세부를 날카롭게 후벼 파는 칼들이 집 안에 넘쳐났고 진은 물론 그것들이 어디에 있는지 잘 알았다. 아니 어쩌면 총도 있을지 모를 일이다. 그녀가 없는 곳에서 새로운 취미들을 만든 유진은 어쩌면 그사이에 사냥에까지 취미를 붙였을지도.

침대 옆 테이블 위에 놓인 칼이 보였다. 과일 접시 위에 놓인
칼이 날카로웠다. 유진은 언제나 무딘 칼날을 참지 못하는 남자
였다. 그런데도 그 칼의 날카로움이 그야말로 거짓말 같았다.

"뭘 보고 있어요?"

여자 아이가 처음으로 입을 열었다.

"과일을 깎아드릴까요, 마담?"

그건 분명히 조롱이었다. 진의 얼굴이 훅하고 달아올랐다. 죽
이고 죽이는 꿈을 꿀 때마다 피를 흘렸던 것은 진 자신이었지,
유진과 이 아이가 아니었다. 그러니까 이 아이는 마땅히 용서를
빌어야 했다. 그런데, 조롱이라니……. 곧 진의 얼굴이 무섭게
차가워졌다.

이 아이가 모르는 것이 있다. 진은 모든 것을 끝장낼 수 있다.
그럴 수 있다고 믿었기 때문에 여기까지 온 것이다. 유진의 짐
속에서 누드 스케치를 발견했을 때, 진이 농담이라고 믿고 싶었
던 것은 그림 속의 여자가 이 아이라는 사실이 아니었다. 그 아
이의 불룩한 배도 아니었다. 그것은 바로 이 아이를 죽이고, 유
진도 죽이겠다는 자신의 마음이었다. 결국에는 자신을 죽이고
싶은 마음이었을 것이다. 그 마음이 너무나 담담해서 농담 같았
던 것이다.

그렇더라도 여자 아이가 그런 식으로 조롱을 하지만 않았다
면, 정말로 칼을 집어 드는 일은 없었을 것이다. 적어도 그런 식
으로 집어 들지는 않았을 것이다. 진이 테이블 위의 칼을 손에

25

쥐었다. 여자 아이는 여전히 미소 짓는 얼굴로 진을 바라보고 있었다.

"내가 당신보다 힘이 세다는 걸 잊지 마세요."

"그렇구나. 다행이야."

진이 말했다.

"네가 잘못했다고 빌지 않아서, 용서해달라고 애걸하지 않아서."

진이 여자 아이를 똑바로 쳐다보았다.

"그리고, 네가 나보다 약하지 않아서."

여자 아이의 눈에 처음으로 의혹이 실렸다. 그러나 잠시뿐이었다. 여자 아이는 다시 미소를 지었고, 자신의 배를 어루만졌다. 진에게 보란 듯했다. 칼을 잡은 진의 손이 떨렸다. 여자 아이가 일어섰다. 진을 무시한 채 욕실로 가려는 것이다.

귀국하는 유진이 가방 속에 누드 스케치를 끼워넣은 것은 유진이 아니라 어쩌면 이 여자 아이였는지도 모른다. 무슨 상관인가. 유진과 여자 아이가 함께 가방을 꾸렸고, 함께 그 스케치를 보기 좋은 곳에 끼워넣었다고 한들, 그게 무슨 상관인가.

진은 자신이 들고 있는 칼을 내려다보았다. 자신이 그 칼을 왜 들고 있는지 알 수 없었다. 난데없이 칼날에 피가 보였다. 곧 그 피가 바닥으로 뚝뚝 떨어졌다. 그런데 이 피는 누구의 피인가.

비명 소리가 들렸다. 진은 그 소리가 자신의 입에서 나온 것이라고 생각했으나, 비명은 여자 아이에게서였다. 아이가 바닥에 납작 엎드려 있었다. 흔들리는 것을 본 것은 그 후였다. 아이가 바닥에 쓰러진 채 흔들리고 있었다. 곧 진은 흔들리는 자신의 몸을 또한 보았다.

흔들리고 있는 것이다. 그 아이가, 그리고 진이. 그리고 집과 땅이. 무언가 엄청난 것들이 무너지고 부서지고 깨져나가고 있는 것이다. 진의 입에서도 비명이 터져 나오기 시작했다. 비명과 함께 땀이 쏟아지듯 흐르는데, 그것이 마치 온몸에서 쏟아져 나오는 피 같았다. 그러니까, 이것은 꿈이 아닐까. 진이 흔들리는 집의 한가운데 서서 고개를 흔들었다.

그럼에도 눈앞의 풍경들이 너무나 환했다. 창 바깥으로 무너지는 풍경들이 낱낱이 보였다. 모든 것이 남김없이 순식간에 무너져내리고 있는 것이다. 그리고 비명 소리들이었다. 난데없이 남자 아이의 것 같은 비명 소리도 들렸다. 죽음의 사신 같은 검은 얼굴이 보였다. 그런데 사신도 눈물을 흘리고 울부짖을까. 그렇다면 누구를 위한 눈물일까. 평생 동안 단 한 번도 울음을 그치지 않았을 것 같은 얼굴이 눈앞에서 비명을 지르며 흔들리고 있었다. 그 알 수 없는 비명 소리들에 묻혀, 진은 다행이라고 생각했다. 그렇지 않은가. 세상이 온통 다 무너지면, 이 모든 흔적도 다 묻혀버릴 터이니. 지나간 사랑도, 배반도, 추억도 다 사라질 터이니. 세상이 온통 다 뒤집어지면 이 모든 적막도 끝날 터이니.

드라이버, 이야나

  그날, 이야나는 차를 타고 가다가 개 한 마리를 치었다. 섬의 길거리에는 어디에나 개들이 있었으므로 사고를 당한 개를 보는 것이 드문 일은 아니었다. 그러나 자신이 사고를 내기는 처음이었다. 이야나가 급브레이크를 밟고 차를 세웠을 때, 개는 몇 미터 전방의 도로 한가운데에 누워 있었다. 방금 죽은 개의 시신이 마치 잠자고 있는 듯했다. 경적을 울리면 순한 눈을 뜨고 이야나를 바라보며 물을 것 같았다.

  왜 내 잠을 깨우는 거지?

  차에서 내려 죽은 개를 옮겨야 했지만, 이야나는 그럴 수가 없었다. 개가 차체에 부딪히던 느낌이 여전히 생생해서 온몸이 덜덜 떨렸다. 이야나는 결국 차를 그대로 출발시켰고, 핸들을 크게 꺾어 죽은 개를 지나쳐갔다. 룸미러로 어두운 거리에 누워 있는 개의 그림자가 오래 쫓아왔다.

이야나가 얼마 후에 다시 그 자리로 돌아왔을 때, 개 대신에 택시를 기다리는 여자가 서 있었다. 외국인들이 주로 사는 동네의 입구였다. 깊고 울창한 계곡을 끼고 있는 그 동네는 밤도 더 일찍, 더 깊게 왔다. 어둠 속에서 선글라스를 쓰고 있는 여자의 모습이 어쩐지 기괴하게 여겨졌다. 어쩌면 자신이 치어 죽인 개의 기억 때문인지도 모른다.

이야나는 그날 하루 종일 단 한 명의 승객도 태우지 못했다. 우기로 접어들면서 비수기가 시작되었고, 벌써 여러 날째 이야나는 일당 벌이도 하지 못했다. 거리에 서서 지나가는 모든 관광객들을 영어와 일어, 중국어와 스페인어로 불러댔고, 할 줄만 안다면 스와질리어로라도 말하고 싶은 심정이었다. 마담, 미스터, 헤이 세뇨리타, 곰바와, 니하오…… 그리고 우가우가. 그러나 관광객들은 습한 날씨의 더운 거리를 걷느라 지쳐 있었다. 그들은 가벼운 미소조차 보이려 들지 않았다. 익숙한 한가함과 지루함이 습기처럼 이야나의 몸을 무겁게 적셨다.

그렇더라도 개를 치어 죽인 곳에서 승객을 태울 생각은 없었다. 이야나가 차를 세웠던 것은 개의 사체를 찾아보고 싶었기 때문이었다. 개는 보이지 않았다. 대신에 여자가 그의 차 도어 손잡이를 잡을 듯한 자세로 서 있었다. 여자가 먼저 타도 되느냐고 물었고, 이야나는 안 된다는 말을 할 기회를 놓쳤다. 엉겁

결에 승객을 태우기는 했지만 쓸데없는 잡담을 나눌 만한 기분이 아니었다. 여자가 묵을 호텔까지 가는 동안 이야나는 여자에게 한마디도 말을 건네지 않았다.

여자가 앉아 있던 보조석의 시트와 손잡이에서 핏자국을 발견한 것은 이튿날 아침 세차를 할 때였다. 보조석의 핏자국은 희미했지만, 손잡이의 핏자국은 지문까지 찍어낼 것처럼 선명했다. 그는 여자가 차비로 지불했던 지갑 속의 달러를 꺼내보았다. 지폐에도 분명한 핏자국이 보였다.

반드시 그래야 할 필요가 있는 것은 아니었지만 이야나는 여자가 전날 투숙했던 호텔 쪽으로 차를 몰았다. 이야나의 차를 자주 부르는 호텔이었다. 그는 그 호텔에서 일하는 대부분의 사람들을 알고 있었고, 그중에는 그와 같은 마을에 사는 친구도 있었다. 어제 투숙한 여자가 아무나 붙들고 손에 묻은 피 얘기를 떠들어댔을 리 없겠지만, 그래도 이야나는 뭔가가 궁금한 것 같았다. 어쩌면 한가한 날의 단순한 호기심일지도 모른다. 그렇게 생각하는 것이 옳았다.

호텔 입구로 들어서려고 할 때, 뜻밖에 여자가 밖으로 걸어 나오는 것이 보였다. 이야나가 잠시 망설이다가 차창 문을 열어 "헬로" 하고 인사했고, 여자가 한동안 멈춰 서서 이야나를 바라보았다. 전날 저녁처럼 선글라스를 쓰고 있는데다, 얼굴에 비해 너무 큰 선글라스 때문에 여자의 표정을 읽을 수가 없었다.

"타도 돼요?"

잠시 후 여자가 물었고, 이야나는 물론, 이라고 대답했다.

"어디로 갈까요?"

여자는 대답이 없었다. 이야나는 차를 천천히 몰았다. 금방 갈림길이 나왔다. 거의 차를 세울 듯이 속도를 늦출 때까지도 여자에게서는 어디로 가자는 말이 없었다. 대신 이야나가 여자에게 물었다.

"괜찮아요?"

여자가 이야나를 바라보았다. 이상한 질문으로 들렸을 것이다. 핏자국 같은 것은 잊는 게 좋겠다고 생각했지만, 이야나는 그래도 묻지 않을 수가 없었던 것이다. 선글라스 때문에 여자의 눈빛을 볼 수는 없었지만, '당신은요?' 라고 여자가 되묻고 있는 듯한 느낌이 들었다. 지난밤 내내 이야나는 죽은 개를 잊을 수가 없었다.

물론 좋다고, 모든 게 괜찮다고 잠시 후 여자가 대답했다. 뜻밖에 섬의 언어였다. 여전히 뭔가 불편함이 느껴지는 와중에도 이야나가 웃음을 터뜨리지 않을 수 없었다. 본토 말과는 다른 섬의 언어는 상대에 따라 존대의 방식이 달라지는데, 여자의 대답이 오래전 왕족에게나 사제에게 썼을 법한 극존칭이었던 것이다. 굳이 번역하자면, "저는 괜찮사옵니다. 너무 심려하지 마시옵소서"라고나 해야 할까. 아마 어떤 짓궂은 가이드가, 그러나 너무 짓궂지는 않은 방식으로 가르쳐준 말이었을 것이다.

"누가 가르쳐줬어요? 그건 본토 언어가 아닌데."

이야나가 여전히 웃음기가 남아 있는 목소리로 물었고, 여자가 대답했다.

"알아요. 이 섬의 말을 가르쳐달라고 했으니까요. 노래하는 것처럼 들려요, 여기 말은."

여자의 영어는 복잡한 섬의 말을 발음할 때처럼 서툴고 어색했다. 여자의 말뜻을 간신히 알아들을 수 있었다.

"한참 전에 배웠던 말인데 다른 건 다 잊어버리고 그 말만 기억해요. 내가 제대로 말을 한 건가요?"

"아, 뭐 뜻은 그런대로……."

여자의 실수를 굳이 일깨워주고 싶지는 않았다. 그런 실수는 누구에게나 유쾌한 웃음을 선사할 것이므로.

"여긴 몇 번이나 왔어요?"

"아주 많이요. 나 이 섬을 좋아했었거든요."

좋아한다와 좋아했었다의 차이가 뚜렷했다. 그러나 서툰 영어로 인한 실수인 것인지, 아니면 이제는 안 좋아한다는 말인지는 분간할 수가 없었다. 궁금했지만 이야나는 묻지 않았다. 그런 것을 묻기 위해서는 좀 더 친해지는 시간이 필요할 터였다.

"그럼 안 가본 데가 없겠군요."

"글쎄요……."

여자는 한동안 말이 없었다. 여전히 딱히 갈 곳을 정하지 못한 기색이었다. 창밖을 내다보던 여자가 말했다.

"근처에 재래시장이 있나보네요."

"뭘 사시게요?"

여자는 옷과 신발, 그리고 가능하다면 구두와 백과 향수도 사고 싶다고 했다. 잠시 후에는 기념품이라는 말도 덧붙였고, 또 잠시 후에는 "그러니까 무엇이든지……"라는 말을 덧붙이기도 했다. 무엇이든지 사고 싶은 여자라니……. 다시 도어 손잡이에 묻어 있던 핏자국이 떠올라 여자의 무릎 위에 놓인 손을 바라보았다. 희고 깨끗한 손이었다.

"그런 거라면 쇼핑센터 쪽으로 가지요. 재래시장에는 살 만한 게 기념품 정도밖에 없을 거예요. 타운 쪽에 괜찮은 쇼핑센터가 있어요. 여기 여러 번 오셨다니까 잘 아시겠지만."

"아뇨, 거긴 싫어요."

여자의 말이 뜻밖에 단호했다. 아마도 이야나가 커미션을 받기 위해 특정 쇼핑센터를 소개하는 거라고 생각하는 것일 테다. 사실이기도 했지만, 그러나 반드시 그래서만은 아니었다. 그는 단지 여자에게 좀 더 시원하고 쾌적한 곳을 소개해주고 싶었을 뿐이다. 무덥고 습한 날씨에 재래시장에서의 쇼핑은 좋은 생각이 아니었다. 그러나 친절은 뜻밖의 오해를 불러일으키기도 하는 것이다. 이야나는 자주 그 사실을 잊었다.

이야나의 짐작대로 여자는 시장에 오래 머물지 못했다. 겨우 삼십 분을 채울까 말까였다. 무엇이든지 사겠다고 하더니 손에 든 것이 그림자인형 하나뿐이었다. 관광객들에게 싼값에 파는 조잡한 인형이었다. 인형에는 손잡이가 달려 있었다. 여자가 그 손잡이를 잡아당겨 인형의 팔과 다리를 움직였다. 팔과 다리와 함께 난데없이 턱관절이 덜컥 소리를 낼 듯이 움직였다. 여자가 잠깐 웃음소리를 냈다.

재래시장 근처에는 사원이 있었다. 사원의 마당에서 어린아이들이 민속춤을 연습하고 있었다. 전통악기가 연주되는 소리가 쟁쟁 울렸고 아이들이 그 선율에 맞춰 손을 움직이며, 눈동자를 함께 분주히 움직였다. 여자가 산 인형에는 손잡이로 움직일 수 있는 눈동자 같은 것은 없었다. 그림자로 표현하기에는 눈동자는 너무 미세한 움직임인 것이다. 눈동자 대신 인형의 턱관절이 덜커덕덜커덕 움직였다.

문득 힐러가 떠오른 것은 아마도 그 인형 때문이었을 것이다. 괜찮사옵니다, 너무 심려하지 마시옵소서. 인형의 턱관절이 덜그덕, 덜그덕 말하고 있는 것 같았다. 여자가 한 번 더 손잡이를 잡아당기자 마침내 그 턱관절이, 턱 하고 내려앉아버렸다.

그때 마침 주술사이자 기 치료사인 힐러가 사는 동네를 지나고 있었다. 길거리에 간판이 크게 붙어 있었다. 힐러는 사람의 운명을 읽고, 환부가 아닌 운명을 치료한다고 알려져 있었다. 관광객들을 상대하는 얼치기들이 넘쳐나는 상황이기는 했지만, 그중에는 진짜로 신의 뜻을 읽는 사람도 있을 것이다.

얼마 전, 이야나는 친구인 만에게서 은둔하는 힐러에 대한 이야기를 들었다. 그의 의붓어머니가 누구에게선가 용하다는 힐러에 대한 소문을 듣고는 만을 닦달하다시피 해 그 힐러를 찾아갔었다는 것이다. 그런데 이 늙은 여인이 치료를 받다 말고 혼절을 해버렸다는 것이다.

만은 그 늙은 여인에게서 유산 상속을 약속 받고 모자의 인연을 맺었다. 여인의 집 거실에는 그녀의 본국에 있는 집 사진이 걸려 있었다. 밀짚모자를 쓴 푸른 눈의 여자가 그녀의 여동생, 그리고 개 한 마리와 함께 집 현관 앞에서 찍은 사진이었다. 만은 그 집을 방문하는 누구에게든 그 사진을 보여주었는데, 사람들이 사진 속의 여자와 놀랍게 닮은 여동생, 그리고 심지어는 주인과 놀랍게 닮은 개를 감탄하며 쳐다보고 있는 동안, 언제나 홀린 듯이 그 배경인 저택만을 바라보았다. 사진 속의 희미한 저택, 그러나 만은 그 집의 유리창 개수까지 알았고 어느 유리창에 어느 격자가 틀어져 있는지도 알았다.

여인의 의붓아들이 된 후, 만의 유일한 소망은 그 늙은 여인이 하루라도 빨리 세상을 뜨는 것뿐이었다. 여인이 죽으면 여인의 소망대로 성대히 장례를 치러줄 것이며 그 소식을 여인의 본국에 있는 친지들에게도 알릴 것이다. 그때 자신이 얼마나 슬픔에 겨울지, 그런 상상만으로도 만은 몇 차례 눈물을 흘리기까지 했다. 한번은 그가 어찌나 슬퍼 보였던지, 의붓어머니가 가만히 다가와 그의 머리를 품에 안아주기도 했다.

"걱정 마라. 나는 오래 살 거야."

그 말을 듣자마자 만이 대성통곡을 했음은 물론이었다.

자식도 없고 가족도 없고 연금만 있는 이웃나라의 늙은 여인들이 섬에 와서 의붓아들이나 의붓딸을 구하는 것은 흔하다고 까진 할 수 없었지만 드문 일도 아니었다. 누구에게는 아름다운 인연이겠지만 누구에게는 그저 돈이 오고 가는 거래일 뿐이었다. 만이 어떤 경우일지는 말할 필요도 없는 일이었다. 그런데 놀랍게도 그런 문제에 관해서 더 영리한 것은 만이 아니라 이 늙은 여인 쪽이었다.

만을 만난 후 유언을 새로 작성할 때, 그녀는 자신이 자연사 했을 경우에만 의붓아들에게 유산이 상속될 것이라는 조항을 명기했다. 신의 뜻만큼 살다 가지 못한다면 세상에 빚진 것이 여전히 많다는 뜻일 터이니, 남은 재산이나마 세상을 위해 기부 하겠다는 것이었다. 그러나 결국에는 만에게 자신을 잘 받들어 모시라는 뜻이었다. 유언의 내용을 만은 나중에야 알았다. 비록 자신의 의붓어머니가 빨리 죽기를 간절히 소망하기는 했으나, 그렇다고 해서 그녀를 죽여 없앨 생각 같은 건 결코 없었던 만 은, 그 사실을 알던 날 처음으로 그야말로 맹렬한 살의를 느꼈 다. 그러나 이룰 가망이 없게 된 살의였다.

그러므로 그 늙은 여인이 힐러의 집에서 혼절했을 때, 만은 자신이 느껴야 하는 것이 기쁨인지 놀라움인지 알 수 없어 당황 하지 않을 수 없었다. 만의 머리가 어지럽게 돌아갔다. 기절 한 번 했다고 사람이 그렇게 쉽게 죽는 것은 아닐 터였다. 만이 앰 뷸런스를 부르려고 했다. 핸드폰의 버튼을 누르려는데 힐러가 가만히 만의 손을 잡았다고 했다. 가만히 잡았으나 전기가 통하는 것처럼 뜨거운 손이었다고도 했다.

"깨어날 게다. 잠이 길기는 하겠지만."

힐러의 말을 듣는 순간 당혹감이 의심스러운 안도로 바뀌었다가, 곧 다시 조바심으로 바뀌었다.

그러니까 깨어날 거란 말이지…….

의붓어머니는 정말 잠자는 듯하더라고 했다. 깨어나기를 바라는 것인지, 아니면 그 반대의 마음인지 알 수 없는 채로 만은 기다렸다. 이해할 수 없게도 깊고 무거운 우울이 그를 짓눌렀다. 어디선가 울음소리가 들렸다. 앵무새의 울음소리였다. 힐러가 기르는 앵무새인 것 같았다. 흰 깃털에 정수리가 노란색인 앵무새가 사람의 목소리로 오오, 하며 울음소리를 냈다. 늙은 의붓어머니가 혼절하기 직전에 냈던 소리와 같았다.

의붓어머니는 오랫동안 깨어나지 않았다. 아마도 한 시간이나 한 시간 반쯤 흘렀을 것이다. 만의 우울이 깊어지다 못해 마침내 앵무새의 울음소리를 좇아, 오오, 하고 울고 싶어졌을 때 그녀가 깨어났다. 힐러의 말대로 잠자다 일어난 것처럼 멀쩡한 얼굴로 자리에서 일어나 앉는데, 그 얼굴이 마치 딴사람 같았다. 만의 말이 그러했다. 그렇게 맑은 얼굴은 자신의 어린 딸에게서 본 이후로 처음이었다고 만은 고개를 흔들며 말했다. 이야 나 역시 만의 어린 딸을 알고 있었다. 벙어리로 태어난 어린아이는 말을 하지 않았을뿐더러 울지도 않았다. 어린아이의 얼굴이 천사처럼 맑았다.

깨어 일어난 만의 의붓어머니도 벙어리 아이처럼 아무 말도 하지 않았다. 늙은 여인은 지갑을 열어 치료비를 넣는 바구니에 돈을 넣고, 힐러에게 가만히 고개 숙여 인사했다. 그녀가 바구니에 넣은 치료비가 엄청났다. 치료비는 손님이 원하는 대로 넣게 되어 있었고, 외국인들은 누구나 넉넉히 치료비를 내곤 했지만, 그토록 큰돈을 내는 사람을 만은 이전에는 본 적이 없었다.

"세상에, 백 달러를 넣었다니까! 맙소사! 백 달러를!"

만은 분노에 차서 소리를 질렀다. 이야나의 입에서도 탄성이 새어 나왔다. 섬에서 백 달러는 정말로 큰돈이었고, 만의 의붓어머니가 얼마나 구두쇠인지를 알고 있었기에 더욱 그러했다. 그녀는 만에게 언제 상속하게 될지 알 수 없는 유산을 약속한 것 이외에는 푼돈이나마 용돈조차 내미는 법이 없었다. 심지어는 감자 일 킬로그램을 사고 남은 거스름돈까지 챙길 정도였다. 그런 그녀가 십 달러 정도면 충분할 치료비를 열 배 가까이나 지불했다는 것이다.

"그런데 더 끔찍한 건, 그러고 나서 엄마가 십 년은 젊어진 것 같더라는 거야. 맙소사!"

만을 정말로 좌절시킨 것은 정작 백 달러의 치료비가 아니었던 것이다. 집으로 돌아가는 길, 만이 차 안에서 의붓어머니에게 물었다고 했다.

괜찮으신 거예요?

그때 늙은 여인이 고요히 웃으면서 대답했다고 했다.

그가 나를 고쳤구나.

만은 의붓어머니의 목소리를 흉내 내서 말한 후, 절망적으로 머리를 흔들었다.

"난 이제 완전히 망해버린 거야. 아주 망해버린 거라구! 내가 죽기 전에 엄마가 먼저 죽을 일은 없을 거야! 생고생만 하다가 엄마보다 내가 먼저 죽어버릴 게 확실하다고!"

그 와중에도 자신의 의붓어머니를 꼬박꼬박 '엄마'라고 부르는 만이 우스워 보였으나, 이야나는 웃음을 터뜨리지 않았다. 만의 얘기가 어쩐지 그를 끌어당겼기 때문이었다.

물론 만의 말을 곧이곧대로 믿기는 어려웠다. 그는 늘 거짓말을 했고, 사실을 말하더라도 대부분은 엄청나게 과장을 섞어 말하곤 했다. 그의 거짓말이 매우 매력적이기는 했다.

한때 만이 이야나처럼 드라이버였을 때, 그는 정말이지 인기 있는 드라이버이고 가이드였다. 만은 이야나보다 일곱 살이 많아 이제는 제법 배가 나오기 시작했지만, 당시의 그는 늘씬하고 잘생겼었고 무엇보다도 유머가 넘쳐났다. 관광객들은 투어보다 오히려 그의 말재간에 빠져들어 그를 홀린 듯이 바라보곤 했다. 그는 대개 총각이었다가 때때로 유부남이 되기도 했고, 주로 이십대였지만 때때로 삼십대가 되기도 했으며, 때로는 아마추어 가수였다가 댄서이기도 했다. 가장 놀라운 거짓말은 그가 크루즈에서 일한 적이 있으며, 그래서 세계의 항구 곳곳 안 가본 데가 없다는 말이었는데, 더 놀라운 것은 관광객들이 그의 말을 의심조차 하지 않는다는 것이었다. 그에게는 세계 곳곳에 연인들이 있었고, 적어도 백 가지 이상의 애틋한 러브스토리가 있었다. 크루즈가 닿지도 않는 곳에서 온 관광객들조차 만과 함께 방금 전에 떠나온 자신의 고향 이야기를 향수에 젖어 말하곤 했다. 누군가는 존재하지도 않는 만의 연인의 주소를 만이 불러주는 대로 받아 적어 가기도 했다. 사실 관광객들에게 필요한 것은 구질구질한 현실의 진실이 아니라 달콤하고 낭만적인 거짓말일지도 몰랐다.

만의 의붓어머니조차도 그에 대해 완전히 알지는 못했다. 만에게 벙어리 딸이 있다는 것은 알고 있었지만, 그의 친부가 멀쩡히 생존해 있다는 것은 알지 못했다. 아내가 없다는 것만큼은 사실이었다. 만의 아내가 집을 나간 것은 만이 의붓어머니를 만나기 전의 일이었고, 그 후 만은 다시 결혼하지 않았다.

어쨌든 간에 힐러에 대한 만의 이야기는 상당히 흥미로웠다.

언젠가 나도 그를 찾아가보게 되리라…….

만에게 그 얘기를 듣기 전날 밤에도 이야나는 교통사고를 낼 뻔했었다. 죽은 개도 없었고, 사람도 다치지 않았지만, 차가 길가 도랑에 빠져버렸다. 지나가던 차들이 모두 멈춰 서고 심지어는 지나쳤던 차들까지 모두 되돌아와 사람들이 우르르 그의 차를 둘러쌌다. 그의 차의 창문을 두드리며 사람들이 악을 써댔다. 괜찮니? 괜찮은 거야? 간신히 창문을 내리고 괜찮다고 말했지만, 사실 이야나는 괜찮지 않았다. 사고 순간 비록 찰나였지만 데위를 본 듯했다. 녀석이 사라지고 나서 처음 있는 일이었다.

혹시 그 힐러를 찾아간다면…… 그가 나 또한 고칠 수 있을까.

그 즈음 이야나는 늘 어떤 경계 위를 걷는 듯했다. 자고 일어나면 늘 한 발로만 서 있었던 것처럼 한쪽 다리가 아팠다. 깨어 있을 때는 자주 절뚝거려 관광객들을 불안하게 만들었다.

그날 그의 차를 탔던 여자 역시 마찬가지였다. 이야나가 여자를 위해 차 문을 열어주었을 때, 여자가 그를 안을 듯이 두 팔을 벌렸다. 이야나가 여자의 앞으로 기운 것인지 아니면 여자가 그에게로 다가온 것인지, 여자의 팔목 안쪽이 그의 팔뚝을 건드렸다. 먼저 화들짝 놀라 떨어진 것은 여자였다. 여자는 미소도 띠지 않은 채, 넘어지는 줄 알았어요, 라고 말했다. 그가 넘어지는 줄 알았다는 것인지 여자가 넘어질 뻔했다는 것인지 해독하기가 어려운 말이었다.

이야나가 만과 만의 의붓어머니가 찾아갔었다는 힐러의 이야기를 할 때 여자는 잠자코 듣고만 있었다. 워낙 말재간이 없기는 했지만, 그렇더라도 좀 더 흥미롭게 풀어놓을 수도 있었을 이야기를 이야나가 대충 마무리 지었다. 그러나 이야나가 말을 멈췄을 때, 여자의 눈이 순간 깊어지는 듯했다.

"거기로 갈 수 있나요?"

"그 힐러한테요?"

"네. 그 사람한테요."

이야나가 이야기를 하는 동안에는 줄곧 아무런 반응도 보이지 않던 여자가 매우 단호한 말투로 말했다. 이야나는 전방의 표지판을 먼저 확인했다.

"갈 수야 있지만 좀 먼걸요. 여기서 차를 돌려서 두 시간 정도 나 가야 하는데…… 괜찮으시면 가까운 곳에도 괜찮은 힐러가 있어요. 훨씬 더 유명한 사람이죠. 할리우드 스타가 촬영 때문에 여길 왔다가 그 사람한테 들렀었거든요. 아주 마음에 들었던 모양이에요. 나중에 영화 인터뷰를 할 때마다 그 얘기를 해서 그 힐러, 세계적으로 아주 유명해졌죠."

"아니요. 그 사람이요."

여자가 다시 한 번 단호하게 말했다.

그때 전방에서 마른천둥 소리가 우렁차게 울렸다. 또 한바탕 비가 쏟아질 모양이었다. 빗속의 왕복 네 시간 거리는 결코 가까운 거리가 아니었다. 그러나 이야나는 드라이버였고, 고객이 원하면 어디든지 가야만 했다. 게다가 먼 거리는 그만큼의 돈이었다. 이야나가 마다해야 할 이유는 없었다.

도로가 좁은 이차선 도로로 이어졌다. 다시 되돌아가기 위해 유턴을 하자면 좀 멀리 갔다가 돌아와야 할 것이다. 마을 안쪽으로 들어갔다가 돌아 나오는 것이 더 나을 수도 있었다.

차가 마을 입구로 들어서면서부터 비가 쏟아지기 시작했다. 논 한가운데에서 새들이 날아올랐다가 다시 낮게 날았다. 곧 눈앞이 보이지 않을 만큼 거센 비가 쏟아졌고, 좁은 마을길을 걷던 아이들이 황급히 차를 피해 도랑 아래로 내려서곤 했다. 도

42

로 사정이 아주 안 좋은 마을이었다. 차를 다시 되돌리기 위해 운전석의 창을 내리자 무섭게 비가 들이쳤다. 비가 그치기를 기다릴 수도 없었고, 앞으로 곧장 갈 수도 없는 상황이었다. 우의를 입은 사람들이 어느 틈에 달려와 소리를 질러가며 차를 뺄 수 있도록 도와주었다. 빗소리와 사람들의 고함 소리 때문에 마치 무슨 엄청난 사고 현장 같았다. 그러는 동안에도 여자는 줄곧 창밖만 바라보고 있었다.

"미안합니다."

간신히 차를 돌린 후 이야나가 말했을 때도 여자는 이야나 쪽으로 고개를 돌리지도 않았다.

"이렇게 많은 사원과 함께 살면 사는 게 힘들지 않나요?"

미안하다는 그의 말에 여자가 꺼낸 말이었다. 쏟아지는 빗속에서 연이어 있는 가족 사원과 마을 사원을 지나가고 있을 무렵이었다. 이야나는 여자의 말을 잘 알아들을 수가 없었다. 그가 "파든?" 하고 물었고, 여자는 대답하지 않았다. 살짝 웃는 듯한 표정이 룸미러로 보였다.

힐러

만이 말한 힐러는 생각보다 늙어 보였고, 또 생각보다 젊어 보였다. 늙은 것은 분명한데 젊은이 같은 기운이 느껴졌다. 이물스럽지는 않았다. 영험한 힐러라면 그 정도는 되어야 할 것 같았다. 힐러가 의자에 앉아 여자에게 가까이 오라고 손짓했다. 막상 힐러 앞에 이르자 여자는 좀 겁을 먹은 것 같은 표정이었다.

"가까이 가서 등을 돌리고 앉으세요."

누군가 등 뒤에서 건네는 말에 돌아보니 푸른 눈의 백인 남자였다. 그는 힐러와 같은 옷을 입고 있었고 힐러와 비슷한 표정을 짓고 있었다.

"스승님은 영어를 못하세요."

44

웃지 않는 힐러와 달리 그가 맑은 미소를 지으며 여자에게 말했다. 누구라도 반할 만한 맑은 미소였다.

여자가 등을 돌리고 앉자 힐러가 여자의 등을 군데군데 짚어보더니 머리의 혈점들을 찾아 눌렀다. 그리 세게 누르는 것 같지 않은데도 여자는 간혹 신음 소리를 냈다. 힐러가 여자에게 누우라고 했고, 그 말을 백인 남자가 영어로 여자에게 옮겼다. 여자가 이야나를 쳐다봤다. 그래도 되겠는지 묻는 눈빛이었는데, 마치 보호자를 쳐다보는 것 같은 눈빛이어서 이야나는 순간 당혹스러움을 느끼지 않을 수 없었다.

혹시, 난 이 여자를 전에 언젠가 본 적이 있지 않았을까.

그런 밑도 끝도 없는 생각이 스치듯 떠올랐다가 사라졌다. 아무래도 힐러의 치료가 필요한 건 여자보다 이야나 자신인 것 같았다. 이야나는 여자를 향해 고개를 끄덕여주었다.

여자가 눕자 힐러가 여자의 발가락 사이를 가느다란 막대기 같은 것으로 누르기 시작했다. 여자의 입에서 순간 날카로운 비명 소리가 솟구쳤다. 힐러가 고개를 끄덕이며 다시 또 다른 발가락 사이를 눌렀다. 이번엔 여자에게서 아무 반응도 보이지 않았다. 힐러가 또 다른 곳을 눌렀고 여자가 몸을 활처럼 굽혔다. 비명을 지르며 뭐라고 말을 하는데, 아마도 여자의 모국어인 모양이었다. 통증 때문인지 여자의 눈초리에 눈물이 맺혔다. 힐러가 고개를 들어 제자를 향해 말했고, 제자가 영어로 다시 여자에게 말했다.

"당신한테 나쁜 기억이 있대요."

여자는 말없이 들었다.

"그 기억을 지워야만 해요."

여자는 여전히 말없이 들었다.

"스승님이 그 기억을 지워주실 거예요."

이야나는 옆에서 그들의 모습을 바라보고만 있었는데, 참견할 수는 없었지만, 백인 제자의 통역은 훌륭한 것이 못되었다. 힐러의 말은 훨씬 더 풍성했고 훨씬 더 많은 얘기들을 내포하고 있었다. 당신은 닫힌 문 앞에 있다고 힐러는 말했다. 그 문을 내가 열어줄 거라고, 내가 그렇게 할 수 있기를 바란다고 그는 또 말했다.

그 문이 열리면 당신은 기억하고 싶지 않은 것들을 기억하게 될 겁니다. 그러나 또한 반드시 기억해야만 할 것도 기억하게 될 겁니다. 기억해야만 할 것이 기억하고 싶지 않은 것들을 지우게 될 겁니다. 내가 당신을 도와주겠습니다.

영국식 영어를 쓰고 있는 백인 제자의 영어는 훌륭했으나, 그 시적인 말을 옮기기에는 한계가 있는 것이 분명했다. 물론 이야나 역시 마찬가지였다. 이야나가 통역을 하는 상황이 발생했다고 하더라도 그 역시 그렇게밖에는 옮기지 못했을 것이다. 아니 어쩌면 더 나빴을지도 모른다. 그리고 여자는 결국 자기가 이해

46

하고 싶은 방식대로만 이해하게 되었을 것이다.

힐러의 손이 여자의 가슴 위에서 춤추듯 움직이기 시작했다. 다른 힐러들과 크게 다를 바 없는 방식이었다. 기를 불러 모으는 동작이었다. 대부분은 그렇지 않았으나 드물게 힐러를 사기 꾼으로 몰아세우는 관광객도 있었다. 주사도 놓지 않고, 신비한 약초도 주지 않고, 심지어는 부적조차 그려주지 않고 겨우 손 몇 번 움직인 치료에 돈을 지불할 수는 없다는 것이다. 그리고 그런 곳으로 자신을 데려온 드라이버에게도 화를 냈다.

그들이 어떻게 분통을 터뜨리든 간에 이야나에게는 보이지 않는 것을 설명할 재간이 없었다. 이야나는 다만 그것이 신으로부터 오는 것이라고 짐작할 뿐이었다. 보이지 않는 모든 것이 그런 것처럼……. 삶과 죽음이 그런 것처럼……. 기억의 통증도, 그것의 치유도 신으로부터 오는 것일 터이다.

여자는 눈을 감고 누워 있었다. 그리고 춤추는 듯하던 힐러의 손이 여자의 명치 위에 한동안 머물렀다. 여자도 꼼짝하지 않았고 힐러도 꼼짝하지 않았다. 잠시 후 힐러의 손이 내려갔다. 힐러는 자신의 자리로 돌아갔다.

"이제, 당신의 문이 열렸어요."

백인 제자가 말했다. 여자가 누운 자리에서 눈을 떴다. 어리둥절해하는 표정이 역력했다.

"다 끝난 건가요?"

여자는 백인 제자가 아닌 이야나에게 물었고, 이야나가 그런

47

것 같다고 대답했다. 여자가 일어나 앉으며 아주 잠깐 힐러의 얼굴을 똑바로 응시했다. 뭔가 하고 싶은 말이 있는 것 같은 얼굴이었다. 불만을 터뜨리고 싶어 하는 표정은 아니었다. 그러나 여자는 아무 말도 하지 않았다.

여자는 이야나가 미리 일러준 대로 바구니에 치료비를 넣었다. 치료비를 넣는 여자의 손을 유심히 바라봤으나 만의 의붓어머니가 그랬다는 것처럼 놀랄 만한 액수는 아니었다. 여자는 벗어두었던 신발을 신었고, 돌아서려다 말고 무언가 잊었던 것을 생각해낸 것처럼 허리를 깊이 숙여 힐러에게 인사했다. 힐러가 일어서서 인사를 받았다. 땅이 흔들리는 게 느껴진 것은 그때였다. 놀랄 만한 일은 아니었다. 언제부턴가 이야나가 딛고 선 땅이 그렇게 시도 때도 없이 흔들렸다.

그러나 그 흔들림을 다른 사람이 같이 느낀 적은 없었다. 힐러가 휘청하며 엉덩방아를 찧었을 때, 이야나가 놀란 것은 그래서였다. 힐러는 마치 무언가 거대한 것에, 있는 힘껏 떠밀려 넘어지는 듯했다. 넘어진 그 자리에서 힐러가 황급히 고개를 돌려 어딘가를 바라보았다. 섬에서 가장 높은 산이 있는 방향이었다.

"무슨 일이죠?"

땅의 흔들림 같은 것은 전혀 느끼지 못한 여자가 힐러의 엉덩방아에만 놀란 채 이야나에게 물었다.

"글쎄요……"

이야나 역시 당황스럽기는 마찬가지였다. 백인 제자가 달려

48

가 겨드랑이에 팔을 껴 힐러를 일으켰다. 일어서는 힐러의 얼굴
이 삽시간에 곧 죽을 중늙은이처럼 보였다.

신의 산

"저 산이 이 섬에서 가장 높은 산인가요?"

돌아가는 길, 차 안에서 여자가 물었다.

"맞아요."

"화산이라고 했죠?"

"네, 뭐 그렇긴 하지만……."

"폭발을 한 적은 없었다는 얘기군요?"

"적어도 근래에는요."

"그러면 죽은 화산인가요?"

"아니요. 여전히 가끔 움직이지요. 몇 년 전인가 한번 화산재가 솟아나오기도 했었어요. 굉장했죠. 관광객들이 아주 좋아했었어요."

그러나 이야나의 말은 반은 사실이고 반은 거짓말이었다. 많은 관광객들이 화산이 움직이는 것에 환호했지만 또 그만큼의 관광객들이 공포에 사로잡혔다. 급히 귀국하려는 관광객들의 소동으로 공항이 마비될 지경이었다. 화산의 움직임이 미미한 정도이고 전혀 걱정할 만한 상태가 아니라는 재난 당국의 발표는 공포에 사로잡힌 사람들에게는 전혀 위로가 되지 않았다. 이야나는 환호하는 관광객들을 화산 가장 가까운 곳에 태워다주느라 바빴고, 또 반면 공포에 사로잡힌 관광객들을 공항으로 실어 나르느라 바빴다.

그중의 한 고객이 차 안에서 울음을 터뜨렸던 것을 이야나는 아직도 기억하고 있다. 딸과 함께 휴가를 왔던 중년의 여자였는데, 그 일 년 전에 남편을 사고로 잃었다고 했다. 출근을 하는 길에 갑자기 다리가 무너졌다고 했다. 다리 위에 있던 수십 대의 차량들이 강 속으로 침몰했다. 교각에서 떨어져 나간 집채만 한 시멘트 구조물이 다시 강 속에 잠긴 차량들 위를 덮었다. 여자의 남편은 삼십 년이 넘게 그 다리를 건너 출퇴근했다. 그러나 그날 다리가 무너졌고, 여자의 남편은 그렇게 목숨을 잃었다고 했다.

그러니 안전하다고 말하지 말아요. 그건 누구도 알 수 없는 일이라고요.

그 여자의 슬픔이 너무 깊어서 이야나는 밑도 끝도 없이 미안하다고 말했다. 먼 나라의 이름도 알 수 없는 도시의 다리가 무

51

너진 것이 마치 자신의 실수이기나 한 것처럼. 그리고 그때 화산이 움직이고 있는 것도 자신의 실수이기나 한 것처럼.

"정말 굉장하겠군요. 나도 운이 좋다면 볼 수 있을 텐데."

여자가 멀리 바라보이는 산 정상에서 눈을 떼지 못하며 말했다. 이야나의 짐작이 맞았다. 화산이 움직인다면 여자는 공포를 느끼는 쪽이 아니라 환호하는 쪽이리라. 그러나 그때 여자가 보고 싶은 것은 무엇일까. 좀 더 결정적인 폭발, 그리고 마침내는 완전한 폭발……. 세상엔 위험한 갈망을 가진 사람들이 너무 많다. 여행지에서는 더군다나 그렇다.

"뭐가 좀 달라진 거 같긴 해요?"

이야나가 화제를 바꿔 물었다. 여자는 소리 없이 웃었다.

"그 나쁜 기억이란 게…… 만일에 지워진 게 사실이라면 난 이제 그게 뭔지도 알 수 없게 된 거잖아요."

"그렇네요."

"덕분에 온갖 것을 생각하게 만들었어요. 뭐가 지워졌는지를 알려니……."

여자의 웃음에 소리가 실렸다.

"일곱 살 때 오빠가 무술을 보여주겠다면서 내 배를 발로 걷어찼던 것까지 떠올랐어요. 나는 지금도 가끔 오빠를 보면 아무 이유도 없이 울컥울컥 미운 마음이 드는데 그게 왜 그런지 도통 알 수 없었거든요. 이제 보니 아무 이유도 없었던 게 아니라 그게 어린 마음에도 몹시 분했던 거예요. 아팠던 게 아니라 분했던 거죠, 그게. 그냥 장난이었을 텐데도."

장난이었다면 고약한 장난이었을 테다. 일곱 살 여자 아이의 배를 걷어차다니. 데위가 그의 손가락을 깨물려고 했던 기억이 떠올랐다. 데위가 사라져버린 지금까지도 그 기억이 떠오르는 걸 보면, 그것 역시 나쁜 기억이었을 테다.

"사람이 죽는 걸 본 적이 있어요?"

문득 여자가 물었다. 이야나는 대답 대신 여자의 옆얼굴을 바라보았다. 창밖을 바라보고 있는 여자의 표정을 읽을 수가 없었다.

"사람을 죽여본 적은요?"

이야나의 발이 본능적으로 브레이크 쪽으로 향했다. 속도를 늦추며 이야나는 다시 한 번 여자의 얼굴을 살폈다. 여자가 이야나 쪽으로 고개를 돌렸다. 웃고 있는 얼굴이었다.

"농담을 좋아하는군요."

이야나가 대꾸했고 여자의 웃음이 좀 더 넓어졌다.

"세상엔 농담 아닌 게 없는 거예요. 그렇죠?"

같이 웃어줘야 했지만 이야나는 웃을 수가 없었다. 여자의 기묘한 농담과 여전히 기억 속에 머물고 있는 도어 손잡이의 핏자국 때문이 아니었다. 순간 웃음이나 농담 따위가 아니라 진심으로 하고 싶은 말이 그의 입속을 채웠던 것이다.

이상하게 들리겠지만 지금 당신 얼굴이 맑아요.

사실이었다. 여자의 얼굴이 맑았다. 힐러에게 가기 전까지 그토록 불안해 보이던 얼굴이 지금은 아니었던 것이다. 그러나 할 수 없는 말이었다. 오해의 소지가 있을 것이었다. '이제 보니 당신 참 아름다워요'라는 말은 더욱더……. 아무리 진심을 담아 말한다고 하더라도 결국은 음흉하게 들리리라. 여자는 예약도 없이 그의 차를 탄 고객이었다. 여자에게 내일도 차를 쓸 계획이 있다면 그의 차를 불러 써주기를 바랐다. 비수기에 고객이 필요할 뿐이었다.

  그날 늦은 밤, 여자에게서 전화가 걸려왔다.
  "잊어버린 걸 찾았어요."
  무슨 말인지 알아들을 수가 없었다. 이야나가 되묻기도 전에 여자가 말을 이었다.
  "여권이요. 여권을 잃어버렸어요."
  여자의 말을 이해하기도 전에 이야나의 마음이 다급해졌다.
  "그런데 찾았다고요?"
  "아니요. 내가 잃어버린 게 뭔지를 알아냈고 그게 바로 여권이라고요. 찾아봐줄래요? 혹시 차 안에 떨어뜨렸나 해서요."
  여자의 여권은 과연 차 안에 있었다. 그림자 인형을 담았던 봉투를 차에 실을 때 바닥에 떨어진 모양인데, 그렇다면 여자는 여권을 그 쓸모없는 인형과 함께 비닐봉투 안에 넣어두었다는 소리였다. 재래시장에서 싸구려 인형을 사면서 여권은 왜 꺼내들고 있었을까. 아무튼 여권같이 중요한 것을 그렇게 함부로 다

루다니 내책이 없는 여자인 게 확실했나. 이야나는 핸드폰에 씩힌 여자의 번호로 전화를 걸었다. 안심하는 긴 숨소리가 전화기를 통해 전해져왔다. 그러나 찾았으니, 이제 이것은 나쁜 기억이 아닐 터이다. 농담처럼 말해주고 싶었으나 자칫 나쁜 농담이 될까봐 참았다.

이튿날 여자와 만날 약속을 정한 후 여권을 주머니 속에 넣었다. 여자의 여권을 펼쳐본 것은 방에 돌아와 옷을 갈아입을 때였다. 여권이 바닥으로 떨어졌고, 여자의 사진이 드러났다. 잘 찍힌 사진이 아니었다. 사진 속의 여자는 힐러의 집에 가기 전에 그랬던 것처럼 불안해 보이는 얼굴이었다. 여자의 생년월일을 확인해본 것은 그저 단순한 호기심 때문이었다. 이야나는 좀 놀라운 심정이었는데, 여자의 나이가 뜻밖에 아주 많았기 때문이었다. 여자의 나이는 잘 찍히지 않은 사진 속의 얼굴보다도 훨씬 더 많았다. 오래전에 발급받은 여권이었다. 사진 속의 얼굴이 젊은 것은 당연한 일이었다. 이야나가 놀란 것은 그 사진 속의 얼굴이 지금의 여자와 너무나 똑같았기 때문이었다. 그 뜻은 이야나가 여자를 태우고 다니는 동안 여자의 나이를 한참 아래로 착각하고 있었다는 말이기도 했다.

여행지의 여자들이 흔히 어려 보인다는 것을 감안하더라도, 여자의 위장이 너무 심했다. 하긴, 여자가 위장을 했다고 생각할 만한 근거가 있는 것도 아니었지만…… 그렇더라도 이야나가 여자의 나이를 깨닫지 못했던 것은 자신의 실수가 아니라 그

쪽 때문이었을 거라는 생각을 지울 수가 없었다. 무슨 까닭인지
는 알 수 없었다.

분명히 무례한 일이었지만, 이야나는 여자의 여권을 찬찬히 살
펴보기 시작했다. 해마다 정확히 같은 날짜의 현지 도착 비자가
부착되어 있었다. 여권의 겉표지 속에 보딩티켓이 하나 들어 있
었다. 그토록 여러 번 섬을 찾아왔음에도 여자가 여권 속에 간직
하고 있는 티켓은 한 장뿐이었다. 최근의 것이 아니었다. 그것은
자그마치 칠 년 전의 것이었다.

게들의 목적지

여자는 바다에 가고 싶다고 했다. 이튿날 아침, 여권을 돌려받은 후였다. 여자의 호텔 역시 비치를 끼고 있었다. 괜찮은 방에 투숙하고 있다면 발코니에서 곧바로 바다를 볼 수도 있을 만한 위치였다. 그런데 바다에 가고 싶다니…….

"조용한 곳이 있지 않나요? 여긴 너무 번잡해요."

여자가 묵고 있는 호텔 지역은 최근에 개발이 시작된 곳이었다. 전통적인 방갈로 형의 호텔들 사이로 빌딩들이 신축되고, 밤새 영업을 하는 나이트클럽들이 개장을 했다. 그 모든 것이 고작 일 년 사이의 일이었다. 일 년 전만 하더라도, 이곳은 섬에서 가장 조용한 곳에 속했고 그래서 섬을 잘 아는 사람들만 찾아오던 곳이었다.

섬의 어디에 조용한 바다가 남아 있을까. 개장한 지 얼마 안 되어 버진비치라는 이름이 붙은 바다가 떠올랐다. 그러나 바로 그 이름 때문에 관광객들이 몰리기 시작한 비치이기도 했다.

여자를 태우고 가는 동안 이야나는 가끔씩 여자의 옆얼굴을 훔쳐보았다. 힐러의 치료 효과는 하루 사이에 끝나버린 것인지, 더는 맑은 느낌을 찾을 수가 없었다. 그렇더라도 여권에 기재되어 있는 나이를 실감할 수 있는 얼굴은 아니었다. 그것은 매우 기묘한 기분이었는데, 젊어 보여서 아름답다는 것이 아니라 나이만큼 늙지 않아서 부자연스럽다는 느낌이었다. 여권의 나이 같은 건 확인하지 않는 게 훨씬 나았을지 모른다.

차가 신호에 멈춰 서 있는 동안 옆 차가 경적을 빵빵 울렸다. 돌아보니 친구 하나가 단체 손님을 태우고 있는 중이었다. 친구가 엄지손가락을 들어 올리며 흰 이를 다 드러낸 채 환히 웃어 보였다. 싱글로 온 여자 손님을 태우는 일이 그리 드문 일이라고 할 수는 없었다. 싱글인 여자 승객을 태웠다고 해서 곧바로 로맨스를 꿈꾸는 것도 아니었다. 그렇다고는 해도 대여섯 명이나 되는 단체 손님을 태우는 것보다야 즐거운 일인 게 분명했다.

오래전 만이 드라이버였던 시절, 만은 최소한 열 명 이상의 여자 승객들과 로맨스에 빠졌다. 물론 대부분은 과장이거나 거짓말이었겠지만, 그중의 두어 명은 분명히 사실이었을 것이다. 이야나는 만과 함께 그런 여자 중의 하나를 만난 적이 있었다.

저녁을 먹고 술을 마시는 동안 여자가 만의 다리에 손을 얹은 채 떼지 않았다. 여자의 나이가 만보다 열 살은 더 많아 보였음에도 만의 표정이 내내 황홀했다. 이야나가 어이가 없어 쳐다볼 때마다 만이 여자 모르게 윙크를 해보였다.

만은 그 여자와 일 년 이상 연락을 주고받았다. 여자는 이런 저런 명목으로 만에게 돈과 선물을 보내주었다. 생일 선물, 크리스마스 선물, 새해 선물……. 그리고 있지도 않은 할머니의 수술비와 나지도 않은 교통사고의 합의금도 보내주었다. 그러나 만이 그 여자의 나라로 가는 비자 수속 비용을 보내달라고 했을 때 여자는 두말없이 연락을 끊어버렸다. 만의 상심을 걱정했으나 그는 오히려 큰 소리로 웃음을 터뜨렸다. 이봐, 친구! 그건 일부러 그런 거였어. 그런 여자 떼어내는 데 그거보다 간단한 방법이 없거든! 그때 만에게는 더 큰 고객이 생겼던 것이다.

"꿈을 꿔요."

여자가 말했다.

"바다에 있는 꿈인데, 내가 물속에 있어요. 물고기처럼 물속에서도 숨을 쉬어요. 나중엔 내가 물이고, 물고기들이 모두 내 안에 있어요."

여자가 하는 말이 지난밤의 꿈에 관한 이야기라는 것을 이야나는 알아들었다. 여자는 자주 과거시제를 혼동하거나 생략했다. 영어가 서툰 사람들이 흔히 하는 실수였다. 그것은 이야나 역시 마찬가지였다. 이야나의 언어에는 과거시제가 없었다. 생략이 아니라 아예 존재하지 않았다. 이야나의 모든 언어는 현재형이었다. 지난밤에 나는 꿈을 꿔요……. 지난밤에 나는 물속에 있어요……. 내일 밤 나는 꿈을 꿔요……. 내일 밤 나는 물속에 있어요……. 관광객들은 시제가 없는 이야나의 언어에 흥미를 보였다.

그러면 어제와 오늘은 어떻게 구분하지요?

이야나로서는 오히려 그런 질문이 흥미로웠다. 현재와 과거와 미래는 대체 어떻게 구분되는 것일까. 그것은 어떻게 말로 구분될 수 있는 것일까. 이야나가 사는 섬에서 시간은 사람의 것이 아니었다. 그것은 신의 것이었고 신의 시간은 처음부터 끝까지 영원했다. 아니, 처음도 끝도 없는 영원이었다. 그러나 관광객들에게 그걸 설명할 방법은 없었다. 그가 설명할 수 있는 시간이라고는 고작 목적지까지는 몇 분이 남았다는 것 정도에 지나지 않았다.

"그런데 이런 꿈은 좋은 꿈일까요? 여기에서도 꿈을 해석하지요? 내가 사는 나라에서는 물을 보는 꿈을 좋은 꿈이라고 하는데……. 나는 밤새도록 꿈을 꾸고, 물속에 있어요."

사라진 과거시제 때문이 아니라, 여자의 표정이 지금도 꿈을 꾸고 있는 듯하다. 그리고 지금도 여전히 물속에 있는 듯하다. 이야나가 사는 섬에서 물고기를 잡는 꿈은 좋은 꿈이었다. 큰돈을 모을 수 있는 꿈이라고 알려져 있다. 그러나 몸속에 가득 찬 물고기라니……. 몸속에 그토록 많은 것들이 들어와 잠들지도 않고 평생을 함께 유영한다면, 그것은 좋은 꿈일까, 나쁜 꿈일까.

섬에서도 내륙에 속하는 곳에서 태어난 이야나는 일곱 살 무렵에야 바다를 처음 봤다. 그때까지 이야나는 그가 살던 마을을 벗어나본 적이 없었다. 바다에 관한 이야기와 상상은 어린 시절 늘 그를 혼란에 빠뜨리게 했던 신의 존재와 다를 바가 없었다.

보이는 것만 보려고 해서는 안 된다. 신은 어디에나 있다.

마을의 사제가 어린 이야나에게 했던 말이었다. 그 말이 오래도록 기억에 남는 것은 사제가 그 말을 하면서 이야나를 흠씬 두들겨 팼기 때문이었다. 동네 형들과 함께 사제가 키우던 닭을 잡아먹은 후의 일이었다. 그 닭이 사제가 가장 아끼던 투계라는 것을 이야나는 알지 못했다. 알았더라도 마찬가지였을 것이다. 어떻든 훔쳐 먹은 닭은 대단히 맛있었다. 하기야 사제가 사랑한 닭이고, 그렇다면 그것은 신의 닭이 아닌가. 그래서인지 어쩐지 그날 밤 이야나는 지독하게 배탈을 앓았고 마침내 사제를 찾아가 자신의 잘못을 고백하지 않을 수 없었다.

신께서 벌을 내리신 거겠지요? 난 죽을 병에 걸린 거 같아요.

여전히 꾸르륵거리며 요동치는 배를 움켜쥐고 이야나가 물었을 때 사제의 얼굴이 순간 꿈틀했다. 그리고 눈앞에서 불이 번쩍 튀었는데, 사제가 주먹으로 이야나의 이마를 강타했던 것이다. 신에게 벌을 받아 죽을 병에는 걸릴망정 사제에게 얻어맞으리라고는 상상도 못했던 이야나는 울지도 못한 채 사제의 얼굴을 쳐다보기만 했다. 다시 주먹이 날아왔다.

　신은 어디에나 있다. 특히나 너같이 나쁜 녀석을 벌주기 위해서라면 천 개의 손을 휘두르기도 하지.

　그날 온종일 사제는 천 개의 손으로 동네의 말썽꾸러기들을 후려갈겼다. 집으로 돌아온 이야나는 다시 아버지에게도 얻어맞았다. 천 개의 손이라니……. 신은 만 개의 손은 가진 것 같았다.

　그 일이 이야나가 바다를 보기 전이었는지, 그 후의 일이었는지는 잘 기억나지 않는다. 마을의 모든 아이들이 바다를 보았다고 했다. 그러나 자기 눈으로 보지 않은 바다는 천 개나 혹은 만 개의 손을 휘두른다는 신과 조금도 다를 바가 없었다. 밤이면 왼쪽에서 다가와 그의 악몽을 장악하기도 하는 신, 신은 자비롭기도 했지만 가혹하기도 했다. 인간이 무엇으로 신의 자비를 얻고, 무엇으로 노여움을 사게 되는지 어린 이야나는 알지 못했다. 그것은 실은, 지금도 역시 마찬가지다.

　처음 바다를 봤던 날, 두려움 때문에 아버지의 손을 꼭 잡고 놓지 못했던 기억이 난다. 기억은 그뿐이다. 아버지가 그날 왜 그를 바다에 데려갔는지, 그곳에서 그들이 무엇을 했는지는 기억에 남아 있지 않다. 다만 두려움이 남았다. 그것은 너무 크고 너무 막막했다. 그토록 많은 물이 그토록 끝없이 펼쳐져 있다는 것이 믿어지지 않았다. 모래사장에 맨발로 섰을 때 파도가 밀려와 그의 발밑의 모래를 끌어당겼다. 그 전까지, 그리고 그 후에도 이야나는 그토록 강력한 끌림을 느껴본 적이 없다. 그는 파도가 닿지 않는 곳으로 달려 나왔고 다시는 바다 쪽으로 가려고 하지 않았다. 아버지가 그의 등을 밀었지만, 그는 겁먹은 강아지처럼 두 발을 버티고 서서 꼼짝도 하지 않았다.

이런 멍청한 놈!

아버지의 욕설이었다. 아버지는 평생 동안 그에게 그런 식의 욕설을 퍼부었는데, 그가 기억하는 최초의 욕설은 분명, 그 뜨겁고 막막한 바닷가 앞에서가 처음이었다. 이런 멍청한 자식, 멍청하기는, 세상에 둘도 없이 멍청한 놈 같으니라고! 아버지는 왜 그토록 그를 윽박질러야 했을까. 아버지가 세상을 뜰 때, 눈물을 멈추지 못하던 그에게 마지막으로 남긴 말 역시 마찬가지였다.

멍청한 놈, 계집애처럼 울고 있구나.

아버지의 말이 끝나자마자 그의 온몸에서 걷잡을 수 없는 통곡이 쏟아져 나왔다. 마지막 작별의 말까지 그런 식으로 남기는 아버지에 대한 노여운 마음 때문이었을까 아니면 태어나서 처음으로 그 말이 따듯하게 들려서였을까.

여자는 뜨거운 모래사장에 앉아 꼼짝도 하지 않았다. 선탠을 할 생각으로 비치에 가자고 했던 건 아닌 게 분명했다. 여자는 수영복이나 타월을 챙겨 오지도 않았고, 비치 어디에나 있는 파라솔을 빌리려고도 하지 않았다. 쨍하고 뜨거운 햇살 아래에 그저 앉아 있을 뿐이었다. 여자가 원했던 만큼, 어쩌면 여자가 원

63

했던 것보다도 더 비치는 조용했다. 비수기였고, 게다가 공항에서 먼 곳이었다. 스노클링을 위해 배를 타고 나가는 관광객들이 몇몇 보일 뿐, 비치는 텅 비어 있다시피 했다.

이야나는 여자의 옆에 겨우 한 팔쯤의 거리를 두고 앉아 있었다. 여자가 곁에 있어달라고 부탁했던 것은 아니었다. 이야나는 가이드를 겸한 드라이버였다. 낯선 관광지에서 길을 자주 잃는 고객을 챙기는 것은 성실한 드라이버라면 누구나 신경 써야만 할 일이었다. 여자는 그런 고객일 것 같았다. 길을 잃은 고객은 돈도 지불하지 않는다. 그는 차 안에서 대기하고 있을 수도 있었지만 여자의 곁을 지켰다.

꼼짝도 안 하고 앉아 있던 여자가 문득 손으로 모래를 뒤적이기 시작했다. 뜻밖에 여자는 핸드폰을 모래 속에 묻고 있었다. 자신의 핸드폰도 아니었지만 이야나는 당황했다. 여자의 핸드폰은 고가의 것이었다. 그렇지 않더라도 핸드폰을 모래에 파묻는 사람은 없을 터였다. 참으로 여러 가지 방식으로 그를 놀래주는 여자였다. 여자가 이야나의 기색을 눈치 채고 웃는 듯한 목소리로 물었다.

"땅에 묻어도 핸드폰이 통할까요?"

꺼내세요, 마른 모래에 묻었으니 아직 괜찮을 거예요. 그렇게 말하는 대신 이야나는 자신의 핸드폰을 꺼내 여자의 전화번호를 눌렀다. 잠시 후 희미하게 벨소리가 들렸다.

"어머나, 통하네!"

64

여자가 웃으면서 모래를 헤쳐 다시 핸드폰을 파냈다. 여자의 손에 모래가 잔뜩 묻어 있었으므로 그가 여자의 핸드폰을 건네받아 꼼꼼히 모래를 털어내주었다. 버튼을 잘못 만진 모양이었다. 불쑥 핸드폰의 액정이 켜지고 시작 화면이 나타났다. 한 손이 한 손을 가만히 잡고 있는 사진이었다. 여자는 아마도 그 손의 주인이 걸어오는 전화를 기다리고 있었던 모양이었다. 아마도 파묻어버리고 싶었던 것은 정작 그 기다림이었을 것이다. 던져버리지 못하고 기껏해야 파묻었다가 다시 파내는 기다림이라니……

"더워요. 뭘 좀 마셔야겠어요."

좋은 생각이었다. 그렇잖아도 이야나는 여자가 지나치게 오래 햇볕 아래에 있었다고 생각했다. 그들은 비치의 레스토랑으로 자리를 옮겼다. 여자는 맥주를 시켰고, 이야나는 파인애플 주스를 시켰다. 원한다면 맥주를 시켜도 좋다고 여자가 말했다.

"취하지만 않는다면 음주운전 뭐라고 안 할게요."

여자의 얼굴에 장난스러운 미소가 떠올랐다. 시원한 맥주를 마시고 싶은 마음이 간절하기는 했지만, 이야나는 그 미소 때문에 여자의 진의를 분명히 판단하기가 어려웠다. 잠깐 동안의 고민 끝에 이야나는 충실한 드라이버로 머물기로 결정했다. 그는 여자가 맥주를 세 병째 시킬 때까지 여자의 앞에 앉아 이미 냉기를 다 잃은 파인애플 주스를 홀짝였다.

"어머나, 그런데 저게 뭐죠? 게들이 온통 다 바다 바깥으로 몰려나오고 있어요."

  여자는 바다를 향해 앉아 있었고 이야나는 바다를 등지고 앉아 있었다. 아마도 여자가 취한 모양이라고 생각하면서 이야나는 고개를 돌려 모래사장을 바라보았다. 이야나의 입에서 아, 하는 소리가 흘러나왔다. 여자의 말은 사실이었다. 수백 마리, 아니 수천 마리의 게들이 바다에서 모래사장으로 기어 나와 어느새 모래사장이 새까맣게 변하고 있었다. 그런 풍경은 이야나로서도 처음 보는 것이었는데, 그야말로 어마어마한 광경이었고, 장관이었다.

만의 아름다운 나날

그날 오후, 이야나는 만에게 전화를 걸었다. 여자를 호텔로 데려다준 후, 늦은 점심을 해결하기 위해 식당에 들어갔다가 그는 밥과 함께 시킨 맥주를 마셨고, 밥이 나온 후에도 맥주만 마셨다. 그리고 그는 만에게 전화를 했고, 만은 "이런 젠장, 나는 지금 잔디를 깎는 중이란 말야!" 소리를 지르기는 했지만 삼십 분도 지나지 않아 이야나가 있는 식당으로 달려왔다.

"잔디는?"

"엄마가 잔소리를 좀 해대긴 하겠지. 반만 깎고 그냥 내던져 두고 나왔으니까."

"천천히 오지 그랬어. 잔디를 다 깎기 전에는 유산 상속은 없다고 말하면 어쩌려고."

만이 화를 내지도 않고 웃음을 터뜨렸다. 만은 자신의 의붓어머니가 하루빨리 세상을 뜨기를 그야말로 간절히 바라고 있기는 했지만 그 때문에 그녀가 잠들어 있는 침실 안으로 잔디깎이 기계를 밀고 돌진할 정도는 아니었다. 오히려 그들은 아주 자주 평범한 모자지간처럼 보였다. 늘상 잔소리를 해대는 엄마와 그러거나 말거나 말썽을 피워대는 아들. 이야나도 언젠가 아들을 낳는다면 만과 같은 아들을 낳게 되리라. 잘생기고 개구쟁이인 아들. 수줍음이 많은 자신을 닮은 아들을 상상하는 것보다는 만을 닮은 아들을 상상하는 쪽이 훨씬 더 즐거웠다.

이야나는 전날 힐러를 찾아갔던 이야기를 했다. 힐러가 뭐 그렇게까지 신통한 것 같지는 않더라는 얘기를 했을 뿐인데, 이야나가 이야기를 하는 동안 만의 눈빛이 반짝반짝했다.

"왜 그래? 왜 그런 눈으로 보는 건데?"

만이 갑자기 웃음을 터뜨렸다.

"한 가지만 말해줄까? 사실 이게 전부기도 하지만. 사랑에 빠지지만 않으면 돼. 그게 전부야."

이야나의 얼굴이 화끈 달아올랐다. 자신이 하려는 얘기가 힐러에 대한 것이 아니라, 그 힐러를 함께 찾아갔던 여자에 대한 것이라는 걸 만이 알아차린 것이다.

오 년 전 교통사고를 당하고 다리 한쪽을 절게 되기 전까지 만은 아주 잘 나가는 카우보이였다. 완전히 믿을 수는 없었지만, 그의 표현을 그대로 빌리자면 그는 완전히 톱 클래스였다.

여자들은 모두 그를 원했고, 그는 여자들이 그에게 원하는 것을 언제나 분명히 알고 있었다. 모든 여자들이 한결같이 한 가지만을 원하는 것은 아니었다. 어떤 여자는 섹스를 원했지만, 어떤 여자는 사랑을 원했고, 어떤 여자는 섹스나 사랑도 없이 오직 추억만을 원하기도 했다.

이야나가 사는 섬에서는 소 대신 여자를 쫓는 남자들을 카우보이라고 불렀다. 여자와 소 사이에 무슨 연관이 있는 걸까. 이야나로서는 여자와 소 사이의 공통점이라고는 둘 다 궁둥이가 있다는 것 외에 짐작할 수 있는 것이 없었다. 그러니 궁둥이를 쫓아간다는 점에서 같은 것일까. 아니면 궁둥이에 채찍을 내리친다는 점에서 같은 것일까.

어쨌든 소, 혹은 여자들의 취향을 잘 헤아려야 하는 것은 만이 카우보이가 되기 전에 오래 종사해왔던 드라이버의 일과 다를 것이 없었다. 시간과 오일을 투자한 대가로 돈을 버는 것이다. 단지 드라이버와 다른 점이 있다면 드라이버의 수입은 반드시 시간과 오일의 투자와 비례하지만, 카우보이의 일은 그렇지가 않다는 점이었다. 성공적인 카우보이는 가장 적은 투자로 가장 많은 수입을 올린다. 하룻밤, 단 한 잔의 술과 한 차례의 춤, 그리고 단 한 번의 섹스, 혹은 단 한 번의 채찍질만으로도 여자의 모든 것을 가질 수도 있는 것이다. 바로 그것이 성공적인 카우보이였고, 또한 모든 카우보이의 소망이기도 했다.

불행히도 만은 바로 그 직전 단계에서 교통사고를 당했다. 비록 하룻밤의 성공은 아니었지만, 만은 갖은 노력을 기울여 한 여자의 지갑을 완전히 열게 하기까지에 이르렀다. 심지어 그 여자는 만의 비자 수속 비용까지 보내줄 태세였다. 그러나 하필이면 그때 만은 교통사고를 당했고, 오래 병원에 머물러야 했으며, 다시는 예전처럼 건들거리는 멋진 걸음걸이를 뽐낼 수가 없게 되었다. 여자든 소든, 그 궁둥이에 채찍을 휘두를 수 없게 된 것은 물론이었다. 지갑을 열기까지는 오랜 시간이 걸렸으나 그 지갑이 다시 닫히는 데는 순간으로 족했다. 여자는 만과의 모든 연락을 끊어버렸고, 만도 그것을 이해했다. 그의 카우보이 인생이 끝난 것이다.

"그래서 그 여자의 나이는? 국적은? 그리고 결혼은?"

"그런 게 아니야, 만."

이야나가 고개를 저었지만, 만이 이야나의 말을 믿을 리가 없었다. 사실 믿지 못하는 것은 이야나 자신이 더할지도 몰랐다.

이야나는 결국 그 여자에 관한 이야기를 하기 시작했다. 개를 치어 죽인 이야기를 했고, 도어 손잡이의 핏자국에 대해 얘기했고, 그녀의 나이에 대해 얘기했고, 그리고 그녀가 묵고 있는 호텔의 이름도 얘기했다. 이야나는 말재간이 좋은 사람이 아니었다. 그러나 그는 자신이 느끼는 불분명한 감정에 대해서도 이야기하고 싶어 했다. 어쩌면 그것에 대해 더 많이.

이야나에게는 결혼하고 싶었던 여자가 있었다. 결혼에 대해서라면 모든 것에 대해서 그런 것처럼 만이 더 많이 알고 있었다. 만은 이야나보다 일곱 살이 많았다. 그러나 일곱 살이 아니라 일흔 살이 많다고 하더라도, 도어 손잡이에 핏자국을 남긴 여자와 자신의 지나간 연애가 무슨 상관이 있는지 말해줄 수 있을까. 이야나는 자신의 빚에 대해서도 이야기하고 싶었다. 차를 사느라고 있는 대로 끌어당겨 쓴 돈. 그중에는 그가 결혼하고 싶었던 여자, 수니의 돈도 있었다. 자신에게는 너무나 많은 돈이지만, 잘사는 나라의 관광객에게는 그저 얼마간의 여행 비용에 지나지 않을 돈. 그러나 아무리 만의 앞이라고 하더라도, 그런 말을 할 수 있을까.

이야나의 말 간격이 길어질수록 만의 표정이 지루해졌다. 만이 이야나에게서 들어야 할 얘기는 그런 불분명한 감정 따위가 아니었다. 만이 이야나에게 충고를 하기 위해 알아야 할 것들은 그저 단순한 것들에 지나지 않았다. 국적, 나이, 혼인 여부, 그리고 결혼한 여자라면 그녀에게는 몇 명의 자식이 있는지. 자식들의 나이는 몇 살이나 되는지. 그러한 단순한 사실들이 관계의 내부를 규정하는 것은 물론 아니었다. 그러나 어떤 직업에서나 고객관리 차원의 필요한 정보라는 것은 있는 법이었다. 여자가 묵고 있는 호텔의 이름을 이야나가 말할 때, 만의 눈빛이 다시 반짝였다. 여자가 묵고 있는 호텔은 특급이라고는 할 수 없었지만 가난한 여행자들이 선택할 만한 곳은 분명 아니었다.

"이봐, 친구. 내가 잠깐 한 마디 해도 되겠어?"

만이 이야나의 말을 끊으며 말했다. 그렇잖아도 어디까지 이야기를 해야 할지 알 수 없었던 이야나의 표정에 안도가 어렸다. 무슨 이야기든 제발 해달라는 듯 이야나의 표정이 문득 간절했다.

"한번은 내가 진짜로 끝내주는 여자를 만났었다 이거야. 그 아줌마, 파이브스타 빌라에서 한 달을 묵을 정도였으니까 말 다 한 거지. 일주일도 아니고 한 달을! 그야말로 돈이 썩어난다 이거 아니겠어? 그 빌라 한 달 치 숙박료가 좀 과장하자면 아마 네 방의 십 년 치 방세는 될걸? 젠장, 아무튼 내가 그 마나님 침대에서 하룻밤을 보냈다 이거야. 와우, 진짜 지독한 여자였지. 밤새 잠시도 못 쉬게 했으니까. 물고 빨고 뜯고, 위로 아래로…… 나중엔 이 대단한 만께서 제발 좀 봐달라고 사정을 해야 했을 지경이었으니까 말 다 했지. 그런데 그 다음 날 아침에 무슨 일이 벌어진지 알아? 그 여자가 나한테 지불한 돈이 딱 정가였다는 거야. 그게 무슨 뜻인지 알겠어, 친구? 정가는 우리들 사이에서나 통용되는 액순데 그 여자가 그걸 알고 있었다 이 소리야."

그게 무슨 뜻일까. 이야나는 만의 말을 알아들을 수가 없었다. 알아들을 수 없는 채로도 입속으로 정가, 라고 중얼거려보았다. 도대체 그 액수는 얼마나 되는 것일까.

"세상에는 말이야, 친구. 지갑 속에 백 달러밖에 안 가지고 있어도 나한테 구십 달러를 쓰는 여자가 있는가 하면 천 달러, 만

72

달러가 있어도 절대로 지갑을 안 여는 여자가 있어. 너라면 어느 쪽이 더 좋겠어? 그러니까 내 말은 그 여자가 어떤 호텔에 묵고 있는지가 중요한 게 아니라 그 여자가 어떤 종류의 여자인지가 중요하다 이 소리야."

이야나는 묵묵히 들었다. 그 여자는 어떤 종류의 여자일까.

"한 가지 더 말하자면 세상의 어떤 여자도 자기가 가진 걸 전부 다 내놓지는 않는다는 거야. 자기가 가진 것의 구십 프로를 내놓는 여자도 나머지 십 프로만큼은 절대로 안 내놓지. 그러니까 사실 네가 알아야 할 것은 그 십 프로가 뭐냐 이거야."

만에게서 이런 이야기를 듣는 것이 처음 있는 일이 아니었으므로 이야나는 만의 다음 말이 무엇일지도 알았다. 그는 이제부터 자신의 불행해진 현실을 이야기하려고 들 것이다. 그리고 마침내는 한없이 불쌍한 표정을 지으며 이야나에게 물을 것이다.

그런데 네 생각엔 우리 엄마가 몇 살까지 살 것 같니?

문득 이야나의 입에서 웃음이 터져 나올 것 같았다. 만의 이야기대로라면 그의 의붓어머니의 마지막 십 프로는 목숨이었다. 그 늙은 여인이 얼마나 충만된 생의 의지로 살아가고 있는지는 만의 친구들이라면 누구나 다 알고 있는 사실이었다. 단언하건대 그 여인은 신이 허락하기만 한다면 영원히 살 수도 있을 것 같은 여자였다. 그런 의지가 없었다면 남의 나라에 와서 의붓아들을 구하지도 않았으리라.

그러나 여자는…… 그 여자라면…… 그 여자의 구십 프로

73

는 뭐고, 나머지 십 프로는 무엇일까.

비치의 레스토랑이 떠올랐다. 여자는 세 병의 맥주를 마셨고, 취한 듯했다. 세 병의 맥주는 비록 작은 병이라고는 해도, 한낮의 바람 한 점 없는 비치의 레스토랑에서 마시기에는 결코 적은 양이라고 할 수 없었다. 여자는 네 병째의 맥주를 시킬까 말까 망설이는 눈치였다. 취하고 싶은 욕구와 취하고 싶지 않은 욕구가 동시에 여자의 붉은 얼굴을 스쳐지나갔다. 결국 여자는 맥주 한 병을 더 시키는 대신 계산서를 요구했고, 그 후에는 호텔로 돌아가겠다고 했다. 호텔 앞에서 지갑을 연 여자는 반나절의 페이만 지불해도 좋다고 말하는 이야나에게 하루 치의 값을 전부 지불했다. 이야나가 그 돈을 받을 때 여자의 손이 이야나의 손과 맞닿았다. 그때 여자가 말했다.

"내 손 한 번만 잡아볼래요?"

이야나는 당황할 수밖에 없었고, 그런 식의 요구를 어떻게 받아들여야 할지도 알 수 없었다. 여자가 먼저 손을 내밀었다. 잠시 후 이야나 역시 손을 내밀었다. 여자가 이야나의 손바닥 위에 자신의 손을 얹었다.

"당신…… 손이 참 까매요."

검은색에 가까운 손과 흰색에 가까운 손이 겹쳐져 있었다.

"사진으로 찍으면 근사하겠어요."

여자가 미소를 지으며 이야나를 쳐다보았고, 이야나 역시 어색하게 웃음을 띠었다. 여자가 그때 손을 풀고 차에서 내리지 않았다면, 이야나는 그다음에는 무슨 일을 해야 했을까. 다행히 여자는 차에서 내렸고 이야나 역시 차에서 내렸다. 여자가 한 번 더 미소를 지어 보인 후 호텔 안으로 들어갔다. 여자의 뒷모습이 시야에서 완전히 사라질 때까지 이야나는 호텔 앞에 서 있었다. 그러고 나서도 몇 분을 더 서 있다가 차에 올라탔는데, 그때까지도 그는 발기된 상태 그대로였다. 겨우 손 한번 잡았다고 몸이 움직이다니, 당혹스러운 일이 아닐 수 없었다.

"이봐, 친구."

만이 이야나를 불렀다. 네가 지금 무슨 생각을 하고 있는지 다 알고 있다는 듯 눈빛이 짓궂었다.

"난 말이지. 세상의 모든 아마추어들을 경멸해. 아마추어들은 건전한 상거래를 망친단 말이지. 그런데 내가 봤을 때 그 여자는 프로야. 넌 아마추어고."

무슨 뜻일까.

"여권을 잃어버렸다고? 우연히 네 차에 떨어뜨렸다고? 세상의 어느 머저리가 그걸 믿어? 섬에 혼자 오는 여자가 원하는 거, 빤해. 나이 많은 거? 그야말로 오케이지. 나이 많을수록 지불 능력도 좋으니까. 핸드폰을 모래에 묻었다고? 그거 수작인 거 모르겠어? 너한테 전화 걸어달라, 이거지. 콜 미 플리즈, 콜 미, 콜 미, 유 노? 그러니까, 핏자국이라느니, 제발 그런 지긋지긋한 소리는 집어치우란 말이야."

만이 말을 하다 말고 머리를 흔들었다.

"넌 그러다가 개 한 마리가 아니라 널 죽이게 될 거야. 그러니까 제발 좀 잊어버리라고. 포수가 새 한 마리를 놓치면 어떻게 되는지 알아? 나씽. 새는 저 날아가고 싶은 데로 날아가서 행복하고 포수는 또 그다음 새를 기다리면 되는 거야. 그냥 그런 것뿐이라고."

이야나는 말없이 들었다. 만이 하는 말이 무슨 말인지 알아들었기 때문이다. 저 날아가고 싶은 데로 날아가버린 새는 그가 결혼하고 싶었던 여자, 수니였다. 그러나 그뿐일까. 지나가버린 인생은 어떻게 되는 것일까. 그 인생에 바쳤던 모든 열정과 소망은 어떻게 되는 것일까.

지금 이야나에게 충고를 하고 있는 만 역시 마찬가지였다. 공을 들였던 여자 하나를 놓친 후, 만이 했던 말을 이야나는 기억했다. 다음 새라고? 그거 기다리는 동안 모가지 꺾어지게 허공만 쳐다보고 있어야 할 건 생각 안 해? 땀 줄줄 흐르고 목 마른 건 생각 안 해? 배고프고 성질나 죽겠지? 날아가버린 총알은 또 어쩔 건데? 그게 마지막 총알이었으면 어쩌냐고, 이 자식아.

그리고 또 이런 말도 했다. 포수가 새 한 마리를 놓치면 어떤 일이 벌어지는지 알아? 포수는 다음 새를 기다리면 그만이고 날아간 새는 날아가다가 또 다른 포수를 만나 뒈져버리는 거지. 그것뿐이야.

그렇더라도 어떻든 만의 말을 듣기는 해야 했다. 그는 잊어야만 했고, 잊지 않고서는 달리 방법이 없다는 것도 알았다. 되돌아갈 수 없는 인생이라면, 다시 시작해야만 했다. 죽지 않으려면 그러는 수밖에는 없는 것이다. 그러나 산다는 것은 또 무슨 의미인 것일까.

"중요한 건 말이지. 어쨌든 누구나 이 섬을 찾아온다는 거야. 그리고 우리는 섬의 주인이지. 그러니까 손님들을 잘 모셔야 한다고. 그게 바로 예절 바른 사람들이 해야 할 일 아니겠어?"

만의 말처럼 섬은, 그들의 것이었다. 그러나 손님들의 돈으로 움직였다. 수없이 많은 호텔과 방갈로들, 레스토랑과 카페와 바와 마사지 숍, 택시와 모터바이크…… 가난한 농부들의 논과 밭마저도 관광객들의 관광 상품이 되었다. 관광객들의 돈이 없는 섬은 상상할 수조차 없었고 그들이 소비하고 가는 로맨스 역시 마찬가지였다. 그렇더라도 섬은 관광객들의 것이 아니었다. 섬은 그들의 신의 것이었고, 신이 그들에게 살기를 허용한 땅이었다. 그러니까 죽음이 아니라 삶을…… 어떻든 간에 살아가야만 하는 삶을…….

진동으로 맞춰둔 핸드폰이 바지 주머니 속에서 흔들렸다. 마음이 같이 흔들렸다. 이야나는 핸드폰을 꺼내 전화번호부터 확인했다. 여자였다.

만이 이야나의 얼굴을 빤히 쳐다봤다. 이야나에게 걸려온 전화가 누구의 것인지 짐작하는 것이다.

"기억하라고, 친구. 사랑에 빠져서는 안 돼. 그게 바로 제일 규칙이야. 그리고 계산을 잊지 마. 그것만 기억하고 있으면 다른 건 문제될 게 없다고!"

이야나가 전화를 끊자마자 만이 웃음을 터뜨리며 한 말이었다.

섬은 아직 어둠 속

결국 일어날 일은 일어나게 되어 있는 것이다.

그렇지 않을까. 그렇게 생각하는 것은 달리 방법이 없어서일 것이다. 이것은 그저 일어나게 되어 있었던 일일 뿐이라고…….
어떻든 그 밤에 이야나는 여자의 호텔 방에 있게 된 것이다.

여자의 원피스 지퍼를 내릴 때, 이야나의 온몸에서 땀이 흘렀다. 에어컨과 천장의 팬이 같이 돌아가고 있는 호텔 방 안은 시원하다 못해 몸이 시릴 지경이었다. 땀을 흘리면서 이야나는 몸을 떨었다. 온몸이 미끈거리도록 젖어 있는 이야나와는 달리 여자의 몸은 파우더를 바른 것처럼 건조했다. 여자의 마른 몸이 잠시 그를 망설이게 했다. 이야나가 망설이는 사이 여자가 스스로 자신의 옷을 마저 벗었다. 이야나의 젖은 등을 끌어안는 여

79

자의 힘이 놀라웠다. 그것은 간절함이었다.

여자의 손에서 전해져오는 힘이 이야나의 등을 파고드는 듯했다. 이야나는 여자의 갈망을 느꼈고, 그 갈망이 문득 두려웠다. 아마도 자신의 갈망 때문이었을 것이다. 여자가 그 순간에 원하는 것, 아니 자신이 그 순간에 원하는 것이 섹스보다 더 결정적인 것이라는 생각이 들었던 것이다. 계산을 잊지 말라던 만의 말이 문득 떠올랐다. 그리고 정가라는 말도……. 그러나 소용없는 일이었다. 지금 이 순간, 이야나가 생각할 수 있는 것은 오직 갈망뿐이었다.

이야나는 여자를 안아 침대 위로 옮겼다. 어쩌자고 침대의 시트 색깔이 짙은 핑크빛이었다. 핑크빛 시트는 베드테이블의 오렌지색 스탠드 불빛을 받아 다시 더욱 붉어졌다. 옷 속에 가려져 있던 여자의 몸, 햇살에 그을리지 않은 살이 하얬다. 그중에서도 젖가슴이 가장 하얬다. 이야나의 손이 그 여자의 가슴 위에 얹어졌다. 뜨거운 젖가슴이었다. 이야나가 신음 소리를 흘렸다.

여자의 중심은 파우더를 바른 듯 건조한 몸과 달리 푹 젖어 있었다. 더는 다른 아무것도 생각할 수가 없었다. 중심이 중심을 부르는 갈망이 너무 결정적이었다. 이토록 견딜 수 없는 갈망이라면 용서받을 수 있을 것인가. 그러나 누구에게, 무엇에게……. 키스를 할 사이도 없이, 가벼운 애무를 할 사이도 없이 이야나는 여자의 중심으로 파고 들어갔다.

깊고 아득하고 뜨거운 중심이었다. 몸이 생각보다 먼저 간절한 곳을 향해 움직였다. 시작부터 격렬했고, 시작부터 터질 것 같았다. 이야나의 온몸이 온통 다 물처럼 흘러 여자의 몸속으로 완전히 쏟아져 들어갈 듯했다.

바다…….

그리고 마침내 결정적인 순간, 이야나는 바다를 보았다. 너무나 크고 너무나 막막한……. 그리고 거침없는 끌림. 그랬다. 그것은 이야나가 생애 처음으로 본 바다였다. 생애 처음으로 만난 바다 앞에서 어렸던 이야나는 공포를 느꼈고, 다시는 바다 쪽으로 가려고 하지 않는 어린 그의 등을 아버지가 떠밀었다. 파도가 밀려와 그의 발밑의 모래를 끌어당겼다. 고작 발등을 덮은 모래였을 뿐인데도 그의 온몸이 속수무책으로 끌려가 바다 한가운데로 던져질 듯했다. 그토록 강력한 끌림을 이야나는 그 전에도 그 후에도 느껴본 적이 없다. 이야나는 비로소 느낀다. 그토록 강력한 끌림이 실은 공포가 아니라 매혹이었다는 것을……. 그렇다, 이것은 바다였다…….

이런 멍청한 자식 하고는!

그런데 사정의 순간, 이야나가 등을 떠밀던 아버지의 손길과 함께 욕설을 떠올렸다면, 그것은 그야말로 얼마나 멍청한 짓일까.

투계

길은 텅 비어 있었다. 관광지에서 떨어진 곳이었고, 출근 시간이 지났기도 했다. 이런 곳에서는 택시를 타는 사람들을 발견하기도 어려웠다. 그런데도 이야나는 다시 그 자리에 있었다. 이틀 전, 개를 죽였던 자리였다.

죽은 개의 흔적 같은 것은 남아 있지 않았다. 당연한 일이었다. 그 사이에도 여러 차례 폭우가 쏟아졌던 것이다. 개 아니라 무엇이 죽어 피를 쏟았다고 하더라도 그 흔적이 남아 있을 리 없었다. 차를 다시 출발시키려는데 무언가가 이야나의 눈에 보였다. 그것은 아침마다 신에게 바치는 거리의 공물이었는데, 어쩐지 좀 특별해 보였다. 그곳에서 누군가가 죽었다는 것을 알리는 공물 같았다.

멀지 않은 곳의 가게 안에서 소년 하나가 빗자루를 들고 나오
는 것이 보였다. 이야나는 시동을 끄고 차에서 내렸다. 그가 가
게 안으로 들어가자 소년도 빗자루를 내려놓고 이야나를 쫓아
들어왔다. 이야나는 생수 한 병과 빵 한 개를 샀다. 생각해보니
그는 전날 저녁부터 맥주 외에는 먹은 게 없었다.

"교통사고가 있었니? 밖에서?"

계산을 하며 이야나가 물었다. 소년은 가게의 종업원인 듯했
고, 고등학교를 갓 졸업했을 것처럼 어려 보였다. 그러나 게으
름이 가득해 보이는 얼굴이었다.

"네, 굉장했지요!"

"사람이 죽었어?"

"사람이 죽긴요. 개 한 마리가 죽었는데, 그 개 주인이 울고불
고 까무러쳐서 거의 숨이 넘어갈 뻔했지요."

"아, 개······."

"그 개 주인이 아홉 살짜리 꼬만데, 개 죽은 걸 보고는 까무러
쳐서 병원에 실려갔어요. 그런 난리가 없었어요. 그래서 그 애
아버지가 공물을 바친 거예요."

"개가······ 피를 많이 흘렸니?"

소년이 이상하다는 듯 이야나를 쳐다보고는 말을 이었다.

"그랬을까요? 그래서 까무러쳤나? 아니었어도 마찬가지였을
걸요. 애가 워낙에 유난스러워요. 안 키우는 게 없는걸요. 키우
던 닭 잡아먹었다고도 까무러쳤던 애래요. 무슨 병이 있다

나……. 아무튼 오죽하면 도마뱀도 키워요. 그게 말이 돼요? 세상에 넘치는 게 도마뱀인데 그걸 왜 키운대요? 그 애 아버지가 그 앨 너무 오냐오냐 키우는 거예요."

"나도 도마뱀을 키웠었는데……."

선 자리에서 빵을 뜯어 먹으며 이야나가 하는 말을 소년은 무시했다.

"그 애 아버지가 바로 가게 주인인데요. 애 때문에 병원에 가는 바람에 쉬는 날인데도 내가 가게를 보는 거예요. 어제 오늘 계속이요. 성질나 죽겠어요, 진짜."

게을러 보이는 인상이었던 것은 아마도 그래서였던 모양이다. 소년이 가게 밖에 아무렇게나 던져놓은 빗자루가 텅 빈 거리에 홀로 놓여 있었다.

"나는 너보다도 어릴 때 거리에서 말린 과일이랑 신문을 팔았거든. 그때 내 꿈이 뭐였는지 아니? 너처럼 가게 안에서 일하는 거였어. 경찰관이 되거나 과학자가 되는 것도 아니고, 가수가 되는 것도 아니고 가게 안에서 일하는 거였어."

무엇 때문에 그런 말이 나왔을까. 훈계를 하려는 마음이 있었을 리 없었다. 아마도 잘못 꺼낸 말이었으리라. 소년의 인상이 와락 구겨졌다. 가뜩이나 성질나 죽겠는데, 그딴 소리나 하려면 나가주실래요, 하는 것 같은 표정이었다.

"뭐, 그랬다는 거야."

이야나는 카운터 위에 놓여 있던 거스름돈을 챙겨 들고 돌아섰다.

차 안으로 들어와 남은 빵을 마저 뜯어 먹으며 이야나는 비로소 핸드폰을 켰다. 그의 차를 부르는 호텔의 전화번호와 알 수 없는 번호가 몇 개 찍혀 있었다. 알 수 없는 번호는 아마도 그의 명함을 갖고 있는 관광객들의 것일 터이다. 곧바로 응답하지 않으면 기회는 다른 드라이버에게 넘어갈 것이다. 그러나 이야나는 그대로 핸드폰을 닫아버렸다. 핸드폰을 꺼놓은 동안 걸려온 전화 중에 수니의 것이 없다는 것을 떠올린 것은 잠시 후의 일이었다. 전화번호를 확인하면서 수니를 떠올리지 않은 것이 언제부터였을까. 어쩌면 이번이 처음인지도 모른다. 아마도 그럴 것이다.

이야나는 만에게 전화를 걸었다. 만을 만나 무슨 말이든 지껄이면 이 울렁이는 마음이 가실까. 만, 대체 뭐지, 이건? 침대에 누워 여자의 손을 잡고 있던 기억이 난다. 왜 나랑 잔 거예요, 묻고 싶었지만 물을 수가 없었다. 그건 만의 말대로 지나치게 '아마추어'적인 질문일 것 같았다. 어쩌면 여자가 자신에게 같은 질문을 할까봐 두려웠는지도 모른다.

여자가 이야나의 손으로 자신의 얼굴을 덮었다. 이건 또 무슨 뜻일까 싶었는데 잠시 후 여자에게서 고른 숨소리가 들렸다. 가만히 손을 떼어내고 여자의 얼굴을 들여다보았다. 여자의 얼굴이 힐러의 치료를 받고 돌아나올 때처럼 고요해 보였다.

만은 엄마와 함께 어시장에 가는 중이라고 했다. 만의 목소리가 들떠 있었다. 만이 설명하지 않아도 그 이유를 이야나는 알고 있었다. 그날 낮, 투계판이 벌어질 예정이었던 것이다.

"나중에 봐, 이야나. 나중에! 지금 내가 바쁘거든. 무지하게 바빠!"

만의 목소리가 정신없이 들떠 있었다. 많은 섬 사람들이 그런 것처럼 만은 투계에 미쳐 있었다. 아니 누구보다 더 미쳐 있다고 말하는 편이 옳을 것이다. 투계판 앞에서는 만의 아버지조차도 만을 돌려세울 수 없었다. 투계판에 있는 만을 붙잡으러 갔던 아버지가 만의 상대 닭에게 돈을 걸었던 일화는 유명했다. 그 판에서 만의 닭이 이겼고, 만은 그 잠깐 사이에 자기 옆에 서 있는 사람이 아버지라는 것을 까맣게 잊어버리고 말았다.

보라고! 자식아! 내가 이겼잖아!

그러고는 아버지에게 그렇게 소리를 질러버렸던 것이다.

자식에게 자식 소리를 듣다니!

만의 아버지가 고함을 지르고 만을 두들겨 패기 시작했기 때문에, 그날 투계판이 엉망진창이 되어버렸다.

만의 의붓어머니는 만에게 결코 잔돈푼이라도 용돈을 주지 않았지만, 만은 여러 가지 방식으로 의붓어머니의 돈을 빼냈다. 만에게 가짜 영수증을 끊어줄 상점은 얼마든지 있었다. 만의 의붓어머니가 현대식 쇼핑센터보다 재래시장의 물건들을 더 좋아하는 게 그에게는 행운이었다. 만의 의붓어머니가 사들이는 싸구려 골동품들도 마찬가지였다. 만의 의붓어머니의 단골 가게 주인은 늘 그녀를 속였고, 그 대가로 일정 정도의 커미션을 만에게 떼주었다. 만은 심지어는 몇 푼 안 되는 계란 한 줄 값까지도 속였는데, 그렇게 빼낸 돈 거의 전부를 투계판의 노름 돈으로 갖다 바쳤다. 때로 운이 좋아 큰돈을 딸 때도 있었지만, 결국엔 다시 잃기 위해 따는 돈일 뿐이었다.

만의 집안은 대대로 유명한 투계 집안이었다. 그의 할아버지가 키웠던 투계는 거의 모든 투계판에서 모든 닭들을 쓰러트렸다. 그 닭은 그의 할아버지보다도 오래 살았고, 논둑에서 미끄러져 죽은 할아버지와는 달리 닭답지 못하게도 늙어 죽었다. 투계판에서 죽지 않고 늙어 죽은 닭을 만의 아버지는 먹지 않고 불에 태워 부친의 뼛가루를 뿌린 곳에 같이 뿌려주었다. 만은 지금도 갓 죽은 닭이 타던 냄새를 기억한다고 했다. 만의 아버지 역시 훌륭한 투계를 키웠다. 부친의 투계만큼 성공적이지는 못했지만 꽤 여러 판에서 승리를 거두다가 투계답게 투계판에서 죽었다.

만이 투계를 키우기 시작한 것은 그리 오래된 일이 아니었다. 의붓어머니의 집에서 키울 수 없었으므로 자기 아버지 집에다 가져다놓고 키웠는데, 만의 아버지가 더 이상 투계를 하지 않는 것과는 달리 만의 열정은 대단했다. 그는 틈만 나면 삼십 분 이상이나 차를 타고 가야 하는 자기 아버지의 집으로 달려갔다. 그는 닭에게 질 좋은 옥수수를 먹이는 것은 물론이거니와 고기도 갈아 먹이고 영양제도 사다 먹였다. 이야나도 그 닭을 본 적이 있다. 한눈에 봐도 혈통이 좋은 놈이었고 성깔이 대단했다. 그 닭이 오늘 투계판에 처음으로 출전하는 것이다. 만은 이 날을 위해 악착같이 돈을 모아두었다.

만이 그의 의붓어머니를 태우고 멀리 있는 어시장에 가는 것도 투계판 때문일 게 뻔했다. 그날 오후 의붓어머니를 푹 잠들게 할 작정인 것이다. 일흔이 넘은 나이에도 불구하고 놀랍게 정정한 그의 의붓어머니는 엔간해서는 낮잠도 잘 자지 않았다. 피곤하지 않은 의붓어머니는 온갖 일을 만들어 만을 찾았다. 물론 만 역시 온갖 핑계를 만들어 의붓어머니의 호출을 피했지만 이날만큼은 그 어떤 일로도 방해받고 싶지 않은 것이다.

만은 때때로 그의 의붓어머니의 음식에 소량의 환각버섯즙을 섞었다. 그야말로 적당한 양이었으므로 환각을 일으킬 정도는 아니었지만, 기분 좋은 숙면을 취하게 만들기에는 충분한 양이었다. 만의 의붓어머니는 만이 구워주는 생선과 거기에 곁들인 기묘한 드레싱의 야채샐러드를 그야말로 최고의 음식으로 여겼는데, 그걸 먹고 난 후에는 반드시 잠이 오는 것이 어시장에 다녀온 피로의 여파인지 아니면 번번이 음식을 과식하게 되는 탓인지 아직도 알지 못하고 있었다.

만과 투계장에서 만나기로 약속한 후, 이야나는 전화를 끊었다. 여전히 여자에 대한 생각이 머리에서 떠나지 않았다. 만에게 그 말을 할 기회가 있을 것인가. 만이 오늘 하루 얼마나 바쁠지는 짐작 못할 바가 아니었다. 그렇더라도 이야나는 투계장으로 갈 생각이었다.

날은 아침부터 무더웠다. 예약된 손님은 없었다. 길거리 어디에서든 손님을 기다릴 수 있었고, 여기저기 호텔로 전화를 걸어볼 수도 있었지만, 그러고 싶지 않았다. 일을 할 수 있는 컨디션이 아니었고 하고 싶은 생각도 들지 않았다. 이야나는 차 안으로 들어가 에어컨을 틀어놓고 눈을 감았다. 지난밤에는 한숨도 자지 못했고, 그 전날도 겨우 두어 시간 눈을 붙였을 뿐이었다. 숙면을 취하지 못한 게 언제부터인지 알 수 없었다. 아마도 수니의 결혼이 결정되던 그 무렵부터였을 것이다.

그 무렵에 수니의 아버지가 연락도 없이 이야나가 세 들어 사는 방을 찾아왔다. 그는 방 안으로는 들어오지도 않고 문턱에 서서 이야나의 방을 둘러보았다.

"정말 큰 방이로구나. 아무것도 가진 게 없으니 이만한 방도 운동장처럼 넓어 보이는구나."

그날 수니 아버지는 수니가 다른 남자와 약혼할 것이라는 말을 하기 위해 이야나를 찾아왔다. 그러니 굳이 그런 식으로 이야나를 모욕할 필요는 없었을 것이다.

"가난이란 끔찍한 거야. 일전 한 푼 없다는 건 정말 끔찍한 일이지."

그때 이야나의 얼굴이 확 붉어졌다. 어찌 안 그럴 수가 있겠는가. 수니와의 결혼을 꿈꾸었던 나날들에 받았던 모든 모멸이 떠올랐다. 참았던 분노가 한꺼번에 터져 나올 듯했다. 마땅히 그랬어야 했을 것이다. 그러나 수니 아버지가 돌아설 때, 이야나는 땅바닥만 내려다보고 있었을 뿐이었다. 그동안 수니 아버지에게 하지 못했던 욕설이 마음속에서 자신을 향해 들끓었다. 들끓는 정도가 아니라 거의 폭발할 듯했다.

이야나는 돌아 나가는 수니 아버지를 쫓아 나갔다. 수니 아버지가 뒤를 한번 힐끗 돌아보았다. 네놈의 배웅 따위는 받고 싶지 않다는 듯, 그러나 이 와중에도 너는 마땅히 그래야 한다는 듯, 수니 아버지의 표정에 멸시가 어렸다. 그래도 이야나는 계속해서 쫓아갔다. 버스 정류장이 멀었다. 이야나는 끝끝내 수니 아버지를 쫓아갔고, 수니 아버지가 두 번 세 번 돌아보았다. 두 번째는 쫓아버릴 수 없는 개를 쳐다보듯 눈빛이 사나웠다. 그러나 세 번째 돌아보았을 때는 언뜻 두려움 같은 게 어리는 듯도 했다. 수니 아버지가 주위를 두리번거렸다. 개를 쫓을 돌멩이라도 찾듯이. 그러고 나서는, 오히려 그가 개처럼, 낮게 으르렁거리듯이 말했다.

"다시 한 번만 내 딸한테 전화를 했다가는 내가 널 죽여버리고 말 테다."

수니 아버지의 입가에 거품이 묻어났다.

핸드폰에서 진동이 울렸다. 수니는 물론 아니었고, 여자도 아니었다. 다시 모르는 번호였다. 이야나는 전화를 받지 않고 눈을 감은 채 여자를 생각했다. 투계판에 가자고 하면 여자는 혹시 좋아할까?

투계는 여자들이 보기에는 잔인한 경기였다. 여자들이 비명을 지르고 눈을 감아버리는 찰나에 이미 게임은 끝나 있곤 했다. 닭의 발목에 매달린 칼날은 사람의 굵은 목이라도 베어버리고 남을 것처럼 날카롭게 벼려져 있다. 패자인 닭의 모가지가 칼에 베여 건들건들한 채로 피를 뿜어낸다. 주인들이 달려 들어가 피투성이가 되어 죽은 닭과 피투성이가 되어 승리한 닭을 떼어낸다. 죽은 닭의 깃털이 살점과 함께 떨어져 나온다.

죽은 닭은 바로 그 자리에서 털이 뽑히고 발목이 잘려 승자에게로 넘겨진다. 승자는 승리만 갖는 것이 아니라 패자의 모든 것을 가지는 것이다. 승리와 돈과 고깃덩어리와 그리고 삶과 죽음까지. 만일 만의 닭이 이긴다면 만은 기꺼이 죽은 닭의 고깃덩어리를 요리해 사람들을 대접할 것이다. 투계판에서 죽은 닭의 요리가 얼마나 특별한 것인지 여자에게 맛보여주고 싶었다. 입속으로 들어가는 단 한 점의 고기에 삶과 죽음이 어울려 버무려져 있는 것이다. 인간들의 갈망과 닭들의 본능이 맵고 뜨겁게 버무려져 혀끝에서 녹는다.

그날 낮, 사원 밖에 마련된 투계장은 큰 판은 아니었으나 사람들이 많이 모였다. 만이 투계장에서 사귄 대부분의 친구들을 불러 모은 것이다. 만의 상대 역시 첫 출전을 하는 닭이었다. 그러나 그 닭의 주인이 경험 많은 투계꾼이었다. 닭장 속에서 푸드덕거리는 닭들보다 주인들의 눈이 더 새빨갰다. 판돈을 올리려는 호객꾼의 목소리가 드높았다. 대부분의 판돈이 만의 상대 닭에게 걸리고 있었다. 그럴수록 만의 눈이 더 시뻘게졌다. 만이 이야나에게 다급히 달려와 돈이 있는지 물었다. 상대편에게 걸린 판돈이 너무 커져버린 것이다.

"이길 수 있어, 이야나. 반드시 이긴다구!"

적어도 그 순간, 만은 전혀 전직 제비답지 않았다. 그는 자기가 가진 것 전부를 내놓을 작정인 것이다. 이야나는 지갑 속의 돈 전부를 만의 닭에게 걸었다. 만이 또 다른 사람에게로 달려갔다.

드디어 게임이 시작되었다. 주인의 손에서 풀려난 닭들이 자신의 본분을 다 안다는 듯이, 그것이 결국 죽음이거나 삶뿐이라는 것을 잘 안다는 듯이 맹렬히 서로를 향해 돌진했다. 만의 닭 발목에 매달린 칼날이 햇살을 받아 날카롭게 빛났다. 그러나 그것은 상대 닭 역시 마찬가지였다. 사람들이 운율을 맞춰 지르는 고함 역시 맹렬히 높아졌다. 그중에서도 만의 목소리가 가장 높았다.

죽여, 죽여, 죽이라구!

바로 그 순간에 이해할 수 없는 일이 벌어졌다. 서로를 향해 맹렬히 돌진하던 닭들이 순간 싸움판 한가운데에서 딱 멈춰버린 것이다. 사람들의 고함 소리도 딱 멈춰졌다. 싸움판에 나선 닭들이 싸우기도 전에 동시에 전의를 잃어버리는 것을 이야나는 물론이거니와 누구도 본 적이 없었다. 아주 잠깐 동안의 정적, 닭들이 갑자기 퍼덕거리며 날개를 치기 시작했다. 어찌나 거센 퍼덕거림인지 진짜 새처럼 하늘 높이 날아오를 듯했다.

　왜 저래, 무슨 일이야?

　웅성거림이 갑자기 고함 소리와 비명 소리로 뒤바뀌었다. 사원이 흔들리고 있었다. 아니, 정확히 말하면 그들이 흔들리고 있었다. 그리고 더 정확히 말하면 사원과 그들과 닭과 땅이 함께. 지진이었다. 사람들이 모두 고꾸라지듯 땅에 납작 엎드렸다. 도망칠 데도 숨을 데도 없었다. 그들은 엎드려 비명을 삼켜 가며 땅과 함께 흔들렸다. 사원의 돌담이 갈라지는 소리가 뼈가 갈라지는 소리처럼 들렸다. 먼 곳과 가까운 곳에서 비명 소리가 높아졌다가 울부짖음으로 변했다. 닭들이 무섭게 울어댔다. 땅바닥에 뺨을 붙인 채로 이야나는 사원의 석상 머리가 바닥으로 떨어져 내리는 것을 보았다.

땅이 시작되는 시간

그 시간은 얼마나 되었을까.

흔들리던 순간에는 영원처럼 길게 느껴졌지만 흔들림이 멈춘 후에는 모든 게 꿈같았다. 바닥에 납작 엎드렸던 사람들이 뺨과 이마에 흙과 모래를 묻힌 채 유령처럼 몸을 일으켰다. 무서운 정적 속에서 닭들도 새들도 울지 않았다. 사람들이 일제히 바라본 곳은 사원의 돌담 문이었다. 석상이 바닥에 떨어져 땅에 누워 있을 뿐 사원은 멀쩡했다. 그러나 멀쩡한 것은 낮은 돌담문을 가진 사원뿐이었다. 사제 하나가 하늘을 향해 두 팔을 벌리고 서 있는 것이 보였다. 하늘을 향한 것처럼 보였으나, 실은 산을 향해서였다. 신성한 화산은 여전히 죽은 듯이 고요했다. 그러나 그 고요가 불길했다.

마치 신호가 울린 것처럼 느닷없이 사람들이 비명을 지르고 악을 쓰기 시작했다. 닭들이 동시에 울기 시작했다. 이야나는 차를 향해 달려갔다. 차들이 마구 뒤엉켜 쓰러진 채 불길을 솟아올리고 있었다. 다행히 이야나의 차는 무사했다. 문을 열기 위해 주머니에서 차 키를 꺼내는데 땀으로 미끈해진 손에서 자꾸 열쇠가 헛돌았다. 이야나는 진땀을 흘리며 키를 돌렸다. 시동이 걸렸다. 차를 출발시키고 나서야 이야나는 사람들이 자신의 차를 얻어 타기 위해 정신없이 차체를 두드려댔다는 것을 깨달았다. 되돌아가 그들을 태워야만 했다. 후진 기어를 넣으면서 이야나는 핸드폰을 확인했다. 신호가 잡히지 않았다.

지진은 어디에서부터 온 것이었을까. 한꺼번에 수없이 많은 사람들이 떠올랐다. 태어나서 지금까지 알아왔던 사람들 모두가 떠오르는 것 같았다. 그러나 뭘 어떻게 해야 할지 알 수가 없었다. 차에 올라타기는 했지만 어디로 차를 몰아야 할지도 알 수가 없었다. 그만큼 방금 전의 지진이 결정적으로 느껴졌던 것이다. 후진기어를 놓고 액셀을 밟아버리는 바람에 이야나의 차는 사람들을 태우려는 꼴이 아니라 그 사람들을 떼어놓으려는 형국이 되어버렸다. 사람들이 우르르 흩어져 악을 쓰는 것을 이야나는 룸미러로 보았다. 사람들이 이야나의 차를 포기하고 다른 차들을 향해 달려갔다. 어느 차나 서슴없이 문을 열어주었다. 이야나의 차 곁으로 모터바이크 한 대가 바짝 붙었다.

"야, 이 개자식! 그렇게 혼자만 살고 싶냐!"

악을 쓰며 욕을 하는 사람을 이야나는 얼이 빠져 바라보았다. 본의가 아니었다는 말을 할 사이도 없었다. 이야나도 다시 차를 출발시켰다. 어디로 가야 할 것인가. 지진이 어디에서 온 것인지 알 수 없었으므로 어느 곳이 가장 위험한 곳인지도 알 수 없었다. 라디오를 떠올린 것은 차를 출발시키고 나서도 십여 분이 더 지나서였다. 다행히 라디오는 멀쩡했다.

그러나 어느 채널을 돌려도 지진에 대한 소식은 없었다. 코미디언들이 정신없이 웃어젖히거나 높은 톤의 광고방송들이 흘러나올 뿐이었다. 생방송 중인 뉴스 채널을 간신히 찾았을 때, 잡음이 심해 아나운서의 말을 잘 알아들을 수가 없었다. 그러고는 곧 방송이 끊겨버렸다. 정신없이 채널을 바꾸고 있을 때 핸드폰의 진동이 느껴졌다. 신호가 다시 잡히기 시작한 모양이었다. 전화를 받기 위해 이야나는 라디오를 껐다.

수니였다! 수니가 전화를 건 것이다!

다른 남자의 아내가 되기로 결정한 후, 수니는 돈 문제로도 전화를 건 적이 없었다. 언제 돈을 갚겠느냐고, 그렇게 확실한 핑계가 있었음에도 단 한 차례도 전화를 걸지 않았던 수니가 전화를 걸어와 다짜고짜 울음을 터뜨렸다.

"이야나, 살아 있는 거야?"

수니가 울면서 외쳤다.

"끔찍해! 여긴 모든 게 다 엉망진창이야! 내가 살아 있는 건지 죽은 건지도 모르겠어!"

이야나가 뭐라고 말을 할 사이도 없이 수니는 자기 할 말만 내뱉었다.

"다 무너졌어! 사람들이 다 죽었어, 이야나!"

오, 하나님…… 이야나가 신음 소리를 냈다. 수니는 비치 타운의 쇼핑센터에서 일했는데, 아마도 지진은 그곳에서부터 시작된 모양이었다. 그러나 어떻든 수니는 살아 있는 것이다! 살아서 그에게 전화를 한 것이다! 다친 데는 없냐고 물었으나 수니는 대답하지 않았다. 아마도 대답할 수 없을 터이다. 공황상태에 빠진 수니를 전화로는 달랠 수가 없었다. 수니에게 기다리라고, 내가 곧 그리로 가겠다고 말을 한 후 이야나는 서둘러 전화를 끊었다.

어머니에게도 전화를 걸어야만 했다. 어머니와 어머니의 남편이 살고 있는 마을은 수니가 일하는 타운과는 반대편에 있었다. 게다가 높은 건물이라고는 하나도 없는 시골 마을이었다. 낮은 집의 지붕은 가벼웠다. 조금 흔들리고 무너진다고 해도 크게 다치지는 않을 것이다. 땅이 한꺼번에 갈라져 그들을 통째로 삼켜버리지 않았다면, 그런 일만 없다면 무사할 것이다. 그러할 것이다. 어머니 집의 전화번호를 누르는데 핸드폰이 다시 부르르 진동했다. 모르는 번호였으나 받지 않을 수 없었다.

"택시? 택시!"

"누구세요?"

"택시, 택시! 택시!"

그의 명함을 간직하고 있던 관광객 중의 하나가 틀림없었다.
아무 말도 하지 못한 채 오직 택시만을 부르며 울부짖는 관광객
의 전화를 이야나는 대꾸 없이 끊어버렸다. 전화를 끊기가 무섭
게 핸드폰이 다시 진동했다. 역시 모르는 번호였고, 역시 관광
객일 터였다. 모든 관광객들이 공황상태에 빠진 것이 틀림없었
다. 다행히 어머니의 집 전화가 연결되었다. 전화를 받은 것은
어머니의 남편이었다.

"이야나냐?"

묻는 목소리가 느긋하기 짝이 없었다.

"괜찮으세요?"

이야나가 다급하게 묻자 돼지우리가 부서졌다고 대답했다.
돼지새끼들이 전부 뛰쳐나갔는데 어디로 가서 그놈들을 잡아
야 할지 모르겠다는 것이다. 이야나의 입에서 자신도 모르는
사이에 젠장, 소리가 흘러나왔다.

"그럼 어디로든 돼지들을 찾으러 나가셔야지, 왜 집 안에서
전화를 받으시는 건데요?"

"찾으러 나가려는데 전화벨이 울렸다."

"내 전화를 기다리셨다는 거예요?"

"그런지도 모르겠다."

"먼저 하시든가요?"

"사실은 먼저 했었는데 네가 통화 중이었다."

이런 젠장. 이야나의 입에서 다시 욕설 같은 소리가 흘러나왔

다. 어머니의 남편과는 무슨 얘기를 해도 늘 이런 식이었다. 자신이 거의 일 년 만에 어머니의 집에 전화를 했다는 사실을 이야나는 그 순간 까맣게 잊고 있었다.

"괜찮으시면 됐어요. 다시 전화 드릴게요."

어머니와 의붓동생들은 무사한 거냐는 말도 묻지 않은 채 이야나는 전화를 끊었다. 돼지새끼들을 걱정한다는 건 다른 가족들은 무사하다는 소리라는 걸 이야나가 알아들었기 때문이었다. 계부와 통화를 끝내자마자 다시 전화벨이 울려대기 시작했다. 급히 택시를 부르려는 관광객들의 전화일 것이 뻔했다. 이야나는 전화기를 옆 좌석에 집어던졌다. 그러다가 잠시 후 다시 전화기를 집어 들었는데 문자 메시지가 수신된 것이 보였기 때문이었다.

— 구해주세요.

여자였다.

여자가 묵고 있는 곳은 수니가 있는 타운과 같은 방향이었다. 바다를 낀 해안도로로 연결되어 있는 비치였다. 수니가 일하는 타운이 다 무너졌다면 여자가 있는 그곳도 마찬가지일지 모른다. 그러나 여자 역시 살아 있는 것이다. 문자 메시지를 보낼 만큼은 무사한 것이다.

차가 달리는 동안 전원의 풍경이 거짓말처럼 멀쩡했다. 아니 부서지고 무너진 것들 사이에서 멀쩡해 보이는 것뿐이었다. 논은 여전히 푸르렀고, 쓰러진 나무들은 쓰러진 채로도 크고 푸른 잎을 바람결에 흔들고 있었다. 높은 건축물이 없는 시골 마을을 달려가고 있는 중이었다. 사람들이 모두 집 바깥으로 나와 있었으나 아무도 움직이는 사람들이 없었다. 모두들 정지 화면처럼 서서 어딘가를 그저 하염없이 바라보고 있을 뿐이었다. 폭풍 전야라는 말이 떠올랐다. 그 말의 두려움이 이토록 생생한 적이 없었다. 미친 듯이 과속을 해서 달려가고 있는 차들만 아니라면 위험과 재앙의 징조가 너무나 고요해서 믿을 수가 없을 지경이었다. 이야나는 차 속도계를 확인했다. 바늘이 백이십 킬로미터를 가리키고 있었다. 미친 짓이었다. 커브가 많고 굴곡이 심해 평소라면 아무리 빨리 달려도 겨우 칠팔십 킬로미터로 달릴 도로였다.

이야나는 다시 라디오를 켰다. 여전히 라디오의 신호가 잘 잡히지 않았다. 여자 아나운서의 목소리가 들리는 듯하기는 했으나 그 내용을 분간하기가 어려웠다. 그사이에 핸드폰이 전혀 울리지 않는다는 것을 이야나는 비로소 깨달았다. 다시 먹통이 된 게 분명했다. 핸드폰을 들어 확인하려는 찰나 이야나는 급브레이크를 밟았다. 이야나보다 먼저 급브레이크를 밟은 앞차를 박는 것을 간신히 면하면서 이야나의 차가 비명 같은 소리를 내며 정지했다.

데위!

식은땀이 이마보다 먼저 가슴에서 흘러내렸다. 도로 한가운데가 온통 도마뱀들 천지였다. 새끼손가락만 한 도마뱀부터 손바닥만 한 도마뱀까지, 그야말로 수백 마리의 도마뱀들이 도로를 가로질러 건너가고 있었다. 도마뱀들이 나무나 벽을 타지 않고 바닥을 기어 건너가고 있는 것이다. 그것도 한꺼번에 무리를 지어. 급정거를 하지 못한 차가 급히 핸들을 꺾어 이야나의 차 곁을 지나쳐 달려갔다. 도마뱀들이 차바퀴 아래에 뭉개지고 으깨져 도로가 삽시간에 시퍼런 풀빛이었다.

데위…….

지금 자신을 떠나간 도마뱀 따위를 생각할 때가 아니었다. 이야나도 그 정도는 알았다. 이야나는 다시 액셀을 밟았고, 앞차들이 으깨고 뭉개고 지나간 도마뱀들의 푸른 무덤을 역시 밟았다. 결코 그럴 리 없을 터인데도 마치 거대한 봉분을 밟고 지나가는 듯한 느낌이 들었다.

여자의 호텔이 있는 비치로 가기 위해서는 핸들을 잠시만 꺾으면 그만이었다. 그러나 여자는 무사할 것이다. 구해달라는 문자 메시지를 보낼 수 있을 만큼은 무사한 것이다. 그러나 과연 그럴까.

수니의 울부짖음이 귓가에 쟁쟁했다. 그곳은 그야말로 지옥 같다고, 자신이 살았는지 죽었는지도 모르겠다고 했다. 수니는 씩씩한 여자였다. 그 또래의 여자들 중에 수니만큼 씩씩한 여자를 본 적이 없었다. 그런 수니가 그렇게까지 심하게 울부짖었던 것이다. 수니에게로 가야만 했다. 물론 이야나는 수니에게로 갈

작정이었다.

그러나 마침내 이정표가 보였을 때, 이야나는 핸들을 꺾었다. 바다가 차창 전면으로 달려들듯이 펼쳐졌다. 산호초 때문에 온갖 색깔을 드러내는 바다로 유명했다. 그러나 지금 이야나의 눈앞에 펼쳐진 바다에는 아무 색깔도 없었다. 그것은 그냥 세상에서 가장 거대한 무언가일 뿐이었다.

차가 호텔들이 밀집해 있는 비치 쪽으로 진입하면서 지진 피해의 흔적들이 확연했다. 건축 중이던 호텔 하나가 완전히 무너져 박살이 났고 그 아래에 차들이 깔려 있었다. 모터바이크 한 대가 호텔의 지붕 위에 누워 있는 것도 보였다. 어디서나 연기가 뿜어져 나오고 있고 불길이 솟고 있었다.

도로가 꺾어지는 지점에서 쏟아져 나오는 차들이 이차선 도로의 양방향을 완전히 장악해 이야나의 차는 안으로 들어갈 방법이 없었다. 이야나는 마을 안쪽으로 방향을 틀었다. 마을 사람들이 모두 길거리로 쏟아져 나와 얼굴을 감싸거나 두 팔을 벌린 채 하늘을 쳐다보며 울부짖고 있었다. 마을 안쪽으로도 차들이 뒤엉켜 도로와 집의 마당이 분간되지 않았다. 이야나가 혼자 욕설을 내뱉었다. 앞으로 나아갈 수도 되돌아갈 수도 없는 상황에 빠져버린 것이다.

이야나가 간신히 차를 길 바깥으로 빼낸 채 차 문을 열었다. 차를 얻어 타지 못했던 관광객들이 이야나의 차를 향해 달려들었다. 이야나가 어찌할 사이도 없이 사람들이 정신없이 차에 올라타기 시작했고, 제가끔 악을 쓰며 어딘가로 가자고 소리를 질러댔다. 그 모든 말이 그들의 모국어였다. 한꺼번에 수백 가지의 언어가 터져 나오고 있었다.

이야나가 그들을 버려둔 채 차에서 뛰어내렸다. 차에 빈자리가 더 이상 없자 누군가가 운전석에까지 올라타는 것이 보였다. 이야나는 다시 차로 돌아가 운전석에 앉은 사람을 밀치고 차의 키를 빼냈다. 운전석에 올라탄 사람은 늙은 노인이었다. 노인이 차 키를 빼내는 이야나의 손목을 거머쥐었다. 그 손의 힘이 엄청났다. 이야나는 그 늙은 노인을 거의 후려갈기다시피 해서야 떼어낼 수 있었다.

이야나는 안쪽으로 들어가는 모터바이크를 얻어 탔다. 말이 얻어 탔다는 것이지, 그냥 뛰어올랐다고 말하는 편이 더 옳았다. 모터바이크의 운전자가 상욕을 내뱉으면서도 뒤를 돌아보지도 않았다. 뒤를 돌아볼 여유 같은 건 누구에게도 없는 것이다.

모터바이크와 함께 다시 주도로로 나오자 파괴된 도심의 흔적이 고스란히 눈앞에 펼쳐졌다. 여자가 묵고 있는 호텔 지역은 최근에 개발이 시작된 곳이어서 낡은 것과 새로운 것들이 마구잡이로 뒤엉켜 있었다. 무너진 것은 낡은 것들부터였다. 재래시장의 지붕이 무너져 바닥에 납작 엎드려 있었다. 그리고 어디에서나 닭들이 날고 있었다.

그러니까 날고 있다는 소리다. 닭들이⋯⋯.

이야나는 그 믿을 수 없는 풍경에 젠장, 하고 소리를 질렀다.

신축 중이던 호텔의 벽이 무너져 풀장 속으로 시멘트 구조물들이 처박혀 있는 것이 보였다. 화산이 움직였을 때 공포에 사로잡혀 귀국을 서둘렀던 승객이 떠올랐다. 그 여자의 남편이 타고 있던 차가 무너진 다리에서 떨어져 내렸고, 그 차를 교각의 시멘트 구조물이 덮쳤다고 했다.

그러니 안전하다고 말하지 말아요. 그건 누구도 알 수 없는 일이라고요.

어느 나라에서 온 관광객일까. 거리 한복판에 서서 금발과 붉은 머리의 여인 둘이 서로 끌어안고 울고 있었다. 고함을 지르며 우왕좌왕하고 있는 남자들도 보였다. 여자를 발견한 것이 바로 그곳에서였다. 여자가 묵고 있는 호텔에서 도보로 이십여 분은 떨어진 곳이었다. 여자는 맨발로 걷고 있었다. 차를 얻어 타기 위해 아우성을 치지도 않고 울부짖지도 않은 채 여자는 걷고 있었다. 정신이 나가버린 듯했다.

"이봐요!"

이야나가 악을 써 여자를 부르고, 모터바이크를 세워달라고 소리쳤다. 모터바이크도 멈추지 않았고 여자도 걸음을 멈추지 않았다. 이야나가 발을 내리자 모터바이크의 중심이 흔들렸다. 이야나는 떨어지다시피 해서 모터바이크에서 내렸고, 간신히 넘어지는 것을 면한 모터바이크의 운전자가 처음으로 이야나를 돌아보았다. 열다섯 살도 안 돼 보이는 소녀였다. 아이의 얼굴이 눈물범벅이었다.

이야나가 다시 길을 되돌아 달려갔을 때, 여자는 여전히 길을 걷고 있는 중이었다. 여자가 걷고 있는 길가에 거의 무너질 듯한 건물이 보였다. 신축 중이던 건물의 지붕이 휘어진 담벽 위에 간신히 걸쳐져 있었다. 이야나가 있는 힘을 다해 달려가 여자의 어깨를 잡아챘다. 비로소 여자가 이야나를 돌아보았다. 여자의 눈이 시꺼멨다.

여자가 자신을 바라보는 게 아니라 자신의 등 뒤를 바라보고 있다는 것을 이야나는 공포 속에서 깨달았다. 등 뒤를 바라보는 시선처럼 두려운 것이 없다는 것을 그때 깨달았는지, 그로부터 오 초나 십 초쯤 뒤에 깨달았는지는 알 수 없다.

"오, 갓⋯⋯."

이야나가 여자의 시선을 쫓아 고개를 돌리자마자 바라본 것은, 절벽처럼 일어선 바다였다.

이야나는 달리기 시작했다. 생각보다 본능이 먼저였다. 거대하게 몸을 일으킨 바다보다 먼저 비처럼 쏟아져오는 물기가 등을 펑 하고 적셨다. 소금기둥이 된다고 해도 뒤돌아보지 않을 수가 없었다. 아무것도 보이지 않고 들리지 않았다. 보이는 것은 오직 절벽뿐이었다.

바다가 삽시간에 모든 것을 삼켜버리고 있었다. 달리다가 넘어진 사람들이 눈 깜짝할 사이에 바다 쪽으로 휩쓸렸다. 사람뿐만이 아니라, 차도 건물도 마찬가지였다. 그것은 마치 거대한 혀와 같아서, 단 한 번에 모든 것을 말끔히 핥아버릴 듯했다. 방금 전에 자신이 탔던 여자 아이의 모터바이크가 바다절벽 속으로 휩쓸려 들어가는 것이 보였다. 비명도 아우성도 들리지 않았다. 자신의 비명이 자신의 귀에도 들리지 않았다.

손…….

손바닥에 박힌 여자의 손톱……. 그리고 손등의 할퀸 자국들……. 잡을 수 있는 것은, 그때 손 말고 무엇이 있었을까.

"이봐요, 괜찮은 거예요?"

시간이 얼마나 흘렀을까. 정신을 차리자마자 이야나가 한 말이었다. 실은 자신에게 묻고 싶은 말이었을 것이다.

소리쳐 여자를 불렀다고 믿었으나 간신히 스며나온 것은 신음 소리였다. 신음 소리와 함께 울컥 입 안에서 물과 흙덩어리가 쏟아져 나왔다. 입속을 메우고 있던 흙을 토해내고 뱉어낸 후에야 기침이 터져 나왔다. 격렬한 기침 끝에야 이야나는 여자가 여전히 자신의 손을 잡고 있다는 것을 알았다. 여자의 손톱 끝이 전부 이야나의 손등과 손바닥에 박혀 있었다.

"괜찮냐고요?"

이야나가 다시 물었다. 물속에 반쯤 잠긴 여자가 이야나를 바라보고 있었다.

"……살아 있어요, 우리?"

"모르겠어요."

"……그렇군요."

그곳은 어느 건물의 내부 같았다. 눈이 어둠에 익숙해지면서 밑으로 난 계단이 보였다. 그러나 계단을 뛰어올라온 기억이 없고, 건물 안으로 뛰어들어온 기억도 없었다. 바닷물에 휩쓸려 들어왔거나, 휩쓸린 채 구조물에 갇혀버렸거나 둘 중의 하나일 것이다. 어떤 기억이 지금 존재할 수가 있겠는가. 오직 있는 힘을 다해 달렸다는 것밖에는 떠오르는 것이 아무것도 없었다.

바닷물이 빠져나가고 있는 모양이었다. 엄청난 물이 계단을 따라 콸콸 쏟아져내렸다. 여자가 일어서려고 했다. 손으로 벽을 짚으려던 여자가 다시 이야나를 바라보았다.

"손이, 펴지질 않아요."

이야나가 여자의 손가락을 하나씩 하나씩 펴주어야만 했다. 이야나의 손에서 완전히 떨어진 뒤에도 여전히 무언가를 움켜쥐고 있던 모양 그대로인 자기 손바닥을 내려다보면서 여자가 갑자기 울기 시작했다.

"살아 있는 거잖아요, 우리……."

여자의 흐느낌이 거셌다. 여자가 흐느끼며 다시 말했다.

"살아 있는 거잖아요, 나……."

문 같은 것이 보였다. 이야나가 여자를 혼자 두고 일어서서 그것을 밀어보았다. 문이 아니라 무너진 건물 위로 휩쓸려온 구조물이었다. 쉽게 밀어낼 수는 없었지만 간신히 틈을 만들 수는 있었다. 눈을 찌를 듯한 햇살이 순간 어둠의 내부로 쏟아져 들어왔다.

이야나의 몸이 비틀했다. 남아 있는 것이 없었다. 이곳이 과연 그가 기억하고 있는 비치가 맞는 것일까. 이야나가 자기 눈으로 보면서도 자기 눈으로 보는 것을 믿을 수가 없었다.

이것은 다른 세상이었다. 눈에 보이는 세상 모두가 그러했다. 이곳은 파괴된 것과 찢기고 물에 퉁퉁 불은 시체들의 세상일 뿐이었다.

사라지다

섬은 사라졌다. 그렇게 말해도 좋다면. 수니가 일하는 타운까지 달려오는 동안 보이는 모든 것이 그러했다. 비치에서 비치로 이어지는 도로는 완전히 사라져버렸다.

그러나 마침내 타운에 이르렀을 때, 이야나는 사라지는 것보다 더한 것이 있다는 것을 알았다. 그것은 사라지면서 남겨진, 참혹하고 처절한 흔적들이었다.

섬에서 유일하게 고층 빌딩의 건축이 허용된 곳이었다. 파이브스타급의 호텔들과 쇼핑센터, 그리고 레스토랑이 즐비한 곳이었다. 아니 즐비했던 곳이었다. 그러나 지금 남아 있는 것은 부서지고 뒤틀린 잔해들뿐이었다. 길을 찾을 수도 분간할 수도 없었다. 길이라고 할 만한 곳이 남아 있지 않았다. 이야나는 주저앉아 구토를 했다. 먹은 것이 없어 나오는 것이라고는 쓰고 신 위액뿐이었다. 이야나가 구토를 하다 말고 비명을 질렀다. 건물의 잔해 바깥으로 돌출되어 있는 것이 죽은 사람의 팔이었 다. 이야나는 엉덩방아를 찧은 채 주저앉아 꼼짝도 할 수가 없 었다.

비로소 눈에 들어오는 것이 모두 시체들이었다. 눈 닿는 곳 어디에나 시체였다. 사람과 개와 고양이와 새와 닭, 그리고 어 디서 떠내려왔는지, 비치에는 있을 리도 없고 있어서도 안 되는 돼지 한 마리의 시체도 보였다. 그중에서도 가장 많은 것이 사 람의 시체였다. 그 어느 시신 하나 멀쩡한 것이 없어 찢기고 뒤 틀리고 물에 불었는데, 부릅뜬 눈동자들만이 멀쩡했다.

살려줘, 살려줘, 살려줘…….

그 눈동자들이 한꺼번에 이야나를 향해 소리를 지르고 있었다.

이야나가 주저앉은 채 귀를 막으려고 할 때, 누군가가 그의 어깨를 건드렸고, 그는 비명을 질렀다.

"정신 차려! 이야나!"

만이었다. 만이 놀랍게도 그의 앞에 서 있었다. 그러나 산 사 람 같지가 않았다. 만 역시 찢기고 뒤틀리고 짠 바닷물에 절여진 시체 같았다. 그러나 서서 말하는 시체라니……. 이야나가 만의 뺨에 손을 가져다 대려고 하자 만이 이야나의 뺨을 때렸다.

"정신 차리라구, 친구!"

그러나 이야나는 그대로 바닥에 드러누워버렸다. 눈부시게 푸른 하늘이 바라보였다. 하늘은 너무나 멀쩡해서 마치 거짓말 같았다. 잠시 후에는 사람들이 보이기 시작했다. 헛것처럼 폐허를 거니는 사람들……. 다시 잠시 후에야 그들이 울부짖는 소리가 들렸다. 살아 있는 사람들이 사라진 사람들을 찾기 위해 소리를 지르고 악을 쓰고, 그리고 시체를 끌어안고 울부짖고 있었다. 시체보다 더 많은 것이 또한 울부짖는 사람들이라는 것을 이야나는 그때야 알 수 있었다. 와락 울음이 솟구쳤다. 더는 울음을 참기 위해 아무것도 하고 싶지 않았다. 이야나는 드러누운 채 한참 동안을 울었고, 만은 이야나가 울음을 그칠 때까지 그 옆에서 기다렸다. 아마 만도 울고 있었을 것이다. 이야나의 울음이 거의 멎었을 때, 만이 느닷없이 통곡하는 목소리로 이야나에게 말했다.

"내 닭이 사라졌어! 이야나!"

맙소사, 닭이라니…….

"찾을 수가 없다구!"

이야나 역시 만이 울도록 놔두었다. 만이 통곡하는 동안 이야나는 여전히 드러누운 채로 푸르른 하늘을 올려다보았다. 헬리콥터 여러 대가 굉음을 울리며 날고 있었다. 누군가의 비명 소리가 들려 돌아보니, 외국인 하나가 헬리콥터를 향해 정신없이 소리를 질러대고 있었다. 분간할 수 없는 말이었다. 누구나 제정신이 아닌 것이다. 이 와중에 닭을 걱정하는 만처럼.

"그리고, 엄마도 사라졌어."

더럽혀진 손으로 얼굴을 문대 얼굴이 온통 흙투성이가 되어 버린 만이 울음 끝에 말했다.

"그 빌어먹을 늙은이가 낮잠도 안 자고 혼자 여길 왔다는 거야. 대체 뭘 하러? 그 웬수 같은 늙은이가 죽을 수가 아주 뻗친 거지! 내가 차 태워주지 않으면 집 앞 구멍가게도 가지 않는 늙은이가 어쩌자고 여길 혼자 왔다는 거야!"

비치의 타운에는 만의 의붓어머니가 다니는 병원이 있었다. 섬에서 가장 크고 좋은 병원이었다. 어디가 조금만 불편해도 의사부터 찾는 엄마가 설상가상 병원을 먼 데로 다닌다고 만이 불만을 터뜨렸던 걸 이야나는 기억했다. 그날 오후 투계장에 있던 만은 엄마의 전화를 받지 않았을 것이고, 만의 의붓어머니는 만에게 저주를 퍼부어대며 택시를 불렀을 것이다. 어쩌면 만이 그날 그의 의붓어머니에게 환각버섯을 너무 많이 먹였던 것인지도 모른다. 만의 의붓어머니는 병원에 가기 위해서가 아니라 어쩌면 환각에 빠져 자신이 아주 젊은 여자라고 생각했을지도 모른다. 그러니 비치에 가야지. 비치에 가서, 내 아들 만처럼 잘생긴 젊은이를 찾아야지. 그리고 다시 한 번 뜨거운 연애를 해야지. 죽기 전에 그래야지. 만의 어머니는 거실에다 실내복을 몽땅 벗어놓고 그녀가 추억으로 남겨놓은 채 가끔씩 꺼내보기만 하는 빨간색 레이스 드레스를 입었다고 했다. 만의 집 앞 가게 주인이 해준 말이라고 했다.

처음 있는 일이 아니었다. 어느 날인가 만이 외출했다가 돌아왔을 때, 만의 의붓어머니가 그 빨간색 레이스 드레스를 입고 있었다. 그러고는 대빗자루를 끌어안은 채 사랑을 호소하고 있었다. 만이 곧 상황을 짐작했다. 누군가의 부탁을 받고 구해놓았던 버섯주스가 있었는데, 만의 의붓어머니가 그걸 마셔버렸던 것이다. 그게 뭔지도 모른 채 너무 많이 마신 게 틀림없었다. 대빗자루를 끌어안고 홍홍거리며 고양이 같은 소리를 내는 늙은 여인의 모습은 충격적이었다. 속살이라도 감춰주려고 가운을 입혀보려고 했지만 소용이 없었다. 바깥으로 나가려고 하는 것을 간신히 붙들어 앉혔을 뿐이었다.

노인의 모습이 충분히 추하고 끔찍했음에도 불구하고 만은 연민을 느꼈다. 어쨌거나 노인은 그의 '엄마'인 것이다. 환각에 취한 채 잠이 들어버린 노인의 곁에 만이 마대자루를 갖다주었다. 대빗자루보다는 아무래도 그게 나아 보였던 것이다. 잘 빨아 말려놓은 마대는 더럽지도 않았다. 머리를 빗기듯 마대자루의 천 부분을 가지런히 놓아주기도 했다. 훨씬 어울려 보였다. 노인이 젊은 연인의 숱 많은 머리를 끌어안듯이 마대자루를 품에 품으며 달콤한 표정을 지었다.

그러나 그로부터 열두 시간이나 잠에 빠졌다가 깨어 일어난 노인은, 자신이 끌어안고 있는 마대자루를 보자마자 비명을 질렀고, 거울에 비친 자신의 모습을 보고는 다시 비명을 질렀다.

만이 달려들어가 의붓어머니의 충격을 달래주려고 애를 썼다.

"엄마, 괜찮아요. 그 옷 잘 어울려요. 예뻐요. 진짜 예뻐요!"

노인이 마대자루로 만을 두들겨 패기 시작했다. 그러다가는 정말로 서럽게 울더라고, 만이 이야나에게 해준 말이었다. 그 말을 들으면서 이야나도 어쩐지 연민을 느꼈는데, 만이 문득 목소리를 낮춰 말했다.

"그런데 그 후로 엄마가 그 마대자루를 가끔씩 사랑스러운 눈으로 쳐다보는 거 있지."

이야나가 마시던 생수병으로 만의 머리통을 후려갈겼고 만이 큰 소리로 웃음을 터뜨렸었다.

그러나 이제 만의 어머니는 찾을 수 없었고, 그녀가 다니던 병원도 완전히 파괴되어 흔적으로만 남아 있었다. 건물의 잔해 속으로 환자복 차림의 시체들이 보였다. 간호사와 의사의 시체도 보였다. 이야나는 다시 구토를 했고 만도 구토를 했다. 누군가 반 토막 난 시체를 끌어안고 울고 있었다. 시체의 나머지 반 토막이 시멘트 구조물 아래에 깔린 채 조용히 침묵했다.

수니가 일하는 마켓은 병원 바로 옆에 있었다. 대형 쇼핑센터의 지하에 있는 재래식 마켓이었다. 수니는 그곳에서 전통의상을 팔았다. 쇼핑센터에 고급 전통의상을 파는 숍들이 즐비했지만 관광객들은 지하에 있는 수니의 가게 옷을 더 좋아했다. 쇼핑센터에서 파는 옷과는 비교도 할 수 없게 싼 가격도 가격이었지만, 수니가 워낙 옷을 잘 팔았기 때문이었다.

수니는 영어를 거의 못했다. 그렇더라도 그게 문제가 된 적은 없었다. 관광객들은 수니에게 농담이든 진담이든 흔히 데이트

신청을 했다. 전통의상을 입고 머리에 꽃을 꽂은 수니는 전통의 상을 위해 특수 제작된 마네킹처럼 예뻤다. 다른 옷을 입을 때는 그렇지 않은데 전통의상을 입은 수니는 누가 봐도 홀리도록 예뻤다. 결혼식 날, 그녀는 정말로 아름다울 것이다.

핸드폰은 전혀 통하지 않았다. 어디에서 수니를 찾아야 할지 알 수 없었다. 다른 모든 사람들이 그러하듯이 그녀의 이름을 악을 써서 불러보는 수밖에는 없었으나, 다른 모든 사람들이 그런 것처럼 부질없는 짓이었다. 수니를 찾아다니는 동안 이야나는 여러 번 주저앉았다. 그때마다 지옥 같은 풍경이 눈앞에 펼쳐졌고, 그때마다 이야나는 눈물을 흘렸다. 새들이 낮게 날아 시체 위에 앉아 부리를 쪼아댔다. 그런 새들을 쫓아버릴 엄두도 내지 못한 채 이야나는 그저 쳐다보기만 했다.

비가 쏟아지기 시작했다. 부서지고 무너진 폐허 위로 쏟아지는 비는 거침이 없었다. 천둥이 울릴 때마다 사람들이 주저앉아 머리를 싸쥐었다. 굉음을 울리는 것이 땅이 아니라 하늘이라는 사실이 사람들에게 위로가 되지 않았다. 땅도 갈라졌으니 하늘도 갈라질 수 있을 것이다.

빗물이 핏물로 흘렀다. 모든 것이 뒤틀려 물길을 잃어버린 땅 위로 핏물이 가득 고였다. 무엇이든 닥치는 대로 그 핏물 위로 떠올랐다. 가벼운 것이 먼저였다. 벌레들이 가득 떠올랐다. 그러나 곧 사람들도 떠오를 것이다.

여진이 계속될 것이라는 소문이 돌았고, 최악의 쓰나미가 몰아닥칠 것이라는 소문도 돌았다. 살아남은 사람들은 모두 될 수 있는 대로 먼 곳으로 빠져나갔고, 여전히 남은 사람들은 사라진 사람들을 찾는 사람들이거나 넋이 나가버린 사람들뿐이었다. 이야나는 아는 얼굴들을 몇몇 만났으나, 마치 방언을 하듯 서로가 하고 싶은 말들만 외쳐댔다. 누군가를 보았느냐는 외침이 전부였다. 이야나도 그들이 찾는 사람들을 보지 못했고 그들도 수니를 보지 못했다.

이야나는 무너진 쇼핑센터에서 지하로 내려가는 계단을 발견했다. 그러나 입구는 막혀 있었다. 이야나는 돌덩어리 틈으로 얼굴을 쑤셔박다시피 하고는 수니의 이름을 외쳐 불렀다. 어디선가 희미하게 대답 소리가 들렸다. 이야나가 맨 손으로 돌덩어리 틈을 파기 시작했다. 손톱이 부러지고 손가락 끝마다 피가 맺혔다. 그러나 곧 이야나는 그 소리가 들려온 곳이 돌덩어리 아래가 아니라 그의 뒤쪽이라는 것을 깨달았다.

백인 남자 하나가 무너진 구조물 아래에 절반쯤 깔려 있다가 비로소 정신을 차린 것 같았다. 방금 전까지만 해도 시체라고 여겼던 사람이었다. 살려달라는 간절한 외침이 그러나 외침이 되지 못한 채 신음 소리로 흘러나왔다. 이야나가 그쪽으로 달려갔을 때, 피범벅이 된 얼굴이 먼저 보였다.

"여기요! 여기 사람이 살아 있어요!"

이야나가 혼자 힘으로는 들어 올릴 수 없는 구조물 아래로 두 손을 집어넣어, 그래도 어떻게든 들어 올려보려고 애를 쓰

며 악을 썼다. 넋을 잃었던 사람들이 이야나를 향해 고개를 돌
렸다가 정신이 번쩍 난 것처럼 달려오기 시작했다. 살아 있는
사람이 그들이 찾는 사람이기를 바라는 것이다. 사람들이 고함
을 질러가며 구조물을 들어 올리기 시작했다. 누군가가 살아
있다면 그들이 찾는 사람도 살아 있을 수 있다는 뜻이었다. 절
망과 희망이 교차되어 눈물이 거침없이 흘러내렸으나, 누구도
자신이 울고 있다는 것을 알지 못했다. 핏물은 땅에만 고이지
않고 하늘에서도 흘러내리는 듯했다. 멀쩡한 사람들까지도 피
범벅이었다.

"이봐요, 기운 내요! 거의 다 됐어요!"

십여 명이 달라붙어서야 구조물을 간신히 들어 올릴 수 있었
다. 누군가가 깔려 있던 사람을 끌어냈다. 백인 남자의 비명 소
리가 폭우 속에서 해안 전체로 퍼져나갈 것처럼 엄청났다. 비명
과 함께 흐르는 빗물이 말 그대로 핏물로 변해버렸다.

"누구 이 사람 아는 사람 없어요!"

이야나가 악을 썼다.

"누가 이 사람 아느냐고요!"

"나 알아요! 오, 하나님! 내가 이 사람 알아요!"

이야나가 고개를 돌렸다. 이야나의 입에서도 비명 같은 소리
가 터져 나왔다.

"수니!"

백인 남자의 다리를 들고 있던 손을 놓아버리며 이야나는 수

니를 향해 달려갔다. 수니는 무사한 것이다! 수니는 살아 있는 것이다! 이야나가 거의 울음을 터뜨릴 듯하며 수니를 끌어안으려고 할 때 수니가 이야나의 가슴을 세차게 밀어냈다.

"다친 사람을 놓아버렸어!"

"미안해, 미안해, 미안해!"

다친 백인 남자가 어떻게 되든지, 그런 건 아무 상관도 없었다. 이야나는 수니를 다시 끌어안았고, 미안하다고 고맙다고 외쳤다. 이야나의 어깨에 파묻힌 수니의 얼굴이 눈물범벅이었다.

"나 저 사람 안단 말이야! 나한테 팁을 십 달러나 줬는데! 겨우 십오 달러짜리 옷 사면서 나한테 팁을 십 달러나 줬단 말이야!"

그런 게 무슨 상관이냐고 말하고 싶었다. 네가 살아 있는데, 다친 데 하나 없이 지금 네가 살아 있는데!

"그런데 네가 저 사람 다리를 놓아버렸어! 죽어가는 사람 다리를 놓아버렸다고!"

수니가 이야나의 가슴을 다시 밀다가 와락 어깨를 끌어안았다. 어린아이같이 우왕 하는 울음소리가 터져 나왔다. 울고 싶었던 것이다, 수니는……. 이야나가 수니의 어깨를 마주 끌어안은 채 눈물을 흘렸다. 고마워, 수니……. 수니, 고마워…….

남겨진 사람들

지진이 날 당시에 수니는 쇼핑센터 바깥에 있었다고 했다. 늙은 손님 하나가 길을 물어보는데, 도무지 말이 통하지 않아 그 손님의 손을 잡고 길거리까지 나와 방향을 알려줬다는 것이다. 그런데도 그 노인이 수니의 손을 놓지 않았다고 했다. 여전히 말이 통하지 않았으므로 수니는 노인의 손을 잡고 얼마를 더 걸어갔다. 그때 느닷없이 무언가가 번쩍했다고 했다. 번쩍, 그 이상의 표현이 뭐가 있을까. 번쩍, 그다음에 눈을 떴을 때, 모든 게 다 무너져 있었다고 했다. 그냥 번쩍, 그리고 완전히 다른 세상.

손을 놓으려고 하지 않아 성가셨던 손님은 혹시 구세주 같은 것이었을까. 그러나 수니에게는 신이나 다름없었던 노인은 날아온 파편에 맞아 쓰러져 있었다. 머리가 절반쯤 깨졌다. 수니가 도와달라고 악을 썼으나 수니의 말을 듣는 것이 시체들뿐이었다. 사방에서 불길이 솟아올랐고, 건물들이 연달아 굉음을 울리며 무너져내렸다. 수니는 머리가 깨진 노인을 끌고 밀고 당기며 무작정 옮겼다. 무작정 옮겼으나 가 닿을 수 있는 곳이 없었다. 건물이 없어 덜 무너진 곳까지 이르러 수니가 비로소 숨을 몰아쉬었다. 노인은 그사이에 숨져 있었다. 수니의 몸에 노인의 피가 묻어 온몸이 피투성이였다.

이야나는 수니와 한동네에서 컸다. 그들은 꽤 컸을 때까지 한 개울에서 목욕을 했다. 얕은 물에서 몸을 씻는 여자 아이들의 웃음소리가 물소리와 뒤섞여 들려오곤 했다. 그 웃음소리들 사이에서 이야나는 수니의 웃음소리를 가려들을 수 있었다. 점차 봉긋해지는 수니의 젖가슴을 상상할 수 있었고, 은밀히 검어지기 시작한 수니의 다리 사이도 상상할 수 있었다. 그러므로 이야나는 수니의 모든 것을 다 알았다. 다 안다고 믿었다. 수니가 웃는 것을 보았을 뿐만 아니라 우는 것도 보았다. 울면서 그녀가 했던 말도 기억했다.

난 울지 않을 거야. 그러니까 너도 울지 마.

이야나를 잊을 거라는 말을 하던 날 밤이었다.

울지 마. 울지 말란 말이야. 절대로 울지 마.

그러나 수니는 울고 있었고, 그것이 이야나의 마지막 기억이었다. 그 후로 수니는 다시 이야나를 만나지 않았다. 지진이 나기 전까지는, 그랬다.

이야나는 부상자들을 옮겨야 했다. 피해 지역에 들어갈 때 붕괴된 도로에 버려두었던 차는 운전석의 유리가 깨져 있고 문이 열려 있기는 했지만, 시동이 걸렸다. 핸들이 피로 범벅이었다. 누군가가 운전을 시도했던 것일 테다. 차를 출발시키기 직전, 이야나는 다시 차에서 내렸다. 부상자들이 울부짖고 있었지만 어쨌든 그들은 살아 있고, 이야나에게 적어도 일 분쯤의 시간은 허락해줄 수 있을 것이다.

"같이 가자."

이야나가 수니에게 말했다. 태어나 그토록 간절한 말은 처음이었을 것이다. 이야나가 다시 말했다.

"같이 가자."

차에 수니가 탈 자리는 없었다. 그걸 이야나가 모르고 있는 것은 아니었다. 그러나 수니가 같이 가겠다고만 하면, 이야나는 죽어가는 환자를 내동댕이치고라도 수니를 태울 것이다. 그렇게 할 수 있다고 믿었다.

"가…… 이야나."

수니의 대답이었다. 그사이에도 차에 빈자리가 남아 있기를 바라는 부상자들이 몰려들고 있었다. 빨리 떠나라고 악을 쓰는 사람도 있었다.

"누구 운전할 수 있는 사람 없어요!"

이야도 마주 악을 썼다. 수니가 가지 않겠다면 그도 가지 않을 것이다. 대답을 한 것은 수니였다.

"혼자 가란 말이야, 이야나!"

이야나가 입술을 깨문 채로 수니를 쳐다보았다.

"난, 그 사람을 찾아야 해!"

이야나의 입술에 하얗게 잇자국이 새겨졌다. 지진이 나도, 세상이 무너져도, 수니가 이미 다른 남자의 여자라는 사실은 변하지 않은 것이다. 그리고 바로 그것이 지진이 나도, 세상이 무너져도 이야나가 가장 믿을 수 없는 사실이었다.

이야나는 부상자들을 태우고 세 곳의 병원을 통과했다. 그러는 동안 줄곧 눈앞이 뿌예 이야나는 자주 와이퍼를 작동시켰다. 지진 후에 솟아오른 흙먼지 때문이 아니었다. 이야나는 울음을 멈추지 못하고 있었다.

그의 차에 실린 부상자가 열두 명이었다. 피해 지역에서 가장 가까운 병원으로 갔을 때, 이야나는 그곳에 부상자들을 내려놓기는커녕 그곳의 의사마저도 차에 실어야 했다. 아직 정신이 남아 있던 의사가 이야나의 차에 올라타면서 부상자들을 보고는 고개를 흔들었다. 그때 의사의 눈과 이야나의 눈이 마주쳤는데, 이야나는 차마 그 의사의 눈을 오래 바라보고 있을 수가 없었다. 의사가 눈으로 말하고 있었던 것이다. 이들은 모두 죽을 거예요…….

나도 죽을 거고요.

이야나는 다시 와이퍼를 작동시켰다.

두 번째 병원 역시 엉망이기는 마찬가지였다. 그래도 살아남은 의사들과 간호사들이 있어서 부상자들을 받아들였다. 이야나가 세 명의 부상자를 그곳에 내려놓았을 때, 병원의 의사 하나가 악을 썼다.

"여기서는 더 이상 안 돼요! 여긴 아무것도 없어요! 소독약 하나도 없다고요!"

그러면 어쩌란 말인가.

악을 썼던 의사는 이야나의 차에서 부상자를 내려놓는 것을 돕는 대신 다시 네 명의 부상자를 실었다. 더 이상은 좁혀 앉을 데도 없이 짐짝처럼 실려 있던 차 안의 부상자들이 비명을 질렀다. 그 와중에도 악을 쓰지 못하는 부상자도 있었다. 그사이에 이미 숨이 끊어져버린 것이다. 첫 번째 병원에서 실려 왔던 의사도 그중의 하나였다.

"갈 수 있는 데까지 달려가세요! 병원을 찾을 때까지 그냥 무조건 가요!"

이야나의 중고 사륜구동차는 겉모양만 멀쩡할 뿐 속은 형편없는 고물이었다. 그런데도 이 차가 놀랄 만큼의 성능을 보여주었다. 여러 번 도로를 버리고 논밭을 가로질러야 했는데도 차는 제법 높은 둔덕과 고랑을 문제없이 타고 넘었다.

도로의 곳곳이 붕괴되어 차보다 모터바이크들이 더 잘 달렸다. 이야나가 몇 번이나 도로를 버려야 했던 것과는 달리 모터바이크들은 갈라진 틈을 피해 질주했다. 이야나가 본 것을 믿을 수 있다면 어떤 모터바이크에는 일곱 명이나 되는 사람들이 타고 있었다. 사람들뿐만 아니라 짐도 엄청났다. 그 광경이 너무 놀라워 그 와중에도 이야나는 그 모터바이크에서 눈을 뗄 수가 없었다. 모터바이크는 달리다가 멈춰 마주 오던 모터바이크와 고함을 질러가며 무슨 이야긴가를 나누었다. 어이없게도 두 모터바이크가 동시에 방향을 바꾸었다. 각기 안전하다고 믿고 있던 방향이 그 잠깐 사이의 대화 동안 서로 뒤바뀌어버린 것이다.

그래도 가장 많은 차량과 모터바이크들이 병원 쪽으로 몰려가고 있었다. 오직 병원만이 그들이 살 곳이라는 듯이. 병원 쪽에서 오는 차량이나 모터바이크를 만날 때마다 사람들은 악을 써서 물었다.

병원은 안전한 거죠? 괜찮은 거죠?

유리가 깨지고 피로 얼룩진 차를 몰고 가고 있었으나, 게다가 고통 때문에 울부짖는 부상자들을 태우고 가고 있었으나, 피해 지역에서 멀어질수록 전원의 풍경이 너무 고요하고 아름다워 잠시 잠깐씩 이야나는 꿈을 꾸고 있는 듯했다. 땅은 언제 흔들렸나 싶게 고요했다. 하늘도 시침을 뗀 듯 너무 맑았다.

마지막 병원은 흔들린 흔적 하나 없이 멀쩡했다. 그러나 피해 지역으로부터 그곳까지 옮겨진 환자들로 인해 역시 발 디딜 틈이 없었다. 병원의 마당을 채우고 있는 사람들은 환자들만이 아니었다. 환자들의 가족들도 있었지만, 그보다 더 많은 사람들이 공포 때문에 병원으로 몰려든 사람들이었다. 여진이 계속될 것이라는 소문이 지나간 지진보다 더 큰 공포로 사람들을 장악했다. 어디가 안전한지를 알지 못하는 사람들이 무작정 사람들이 가장 많이 모인 곳으로 몰려들고 있는 것이다.

집 안에서 가져온 보따리를 움켜쥔 사람들이 한 가족씩 뭉쳐서 병원 마당 아무 곳에나 주저앉아 있었다. 병원에 새로 나타나는 사람이 있을 때마다 새로운 소문을 듣기 위해 몰려들었다. 소문은 많았으되 확인되는 소식은 없었다. 병원으로 오는 도중 이야나는 방송 송신탑이 붕괴된 것을 보았다. 외곽 지역의 티브이 송수신을 원활하게 하기 위해 산중턱에 세워진 송신탑은 관광지인 섬의 경관을 망쳤다고 원성이 자자했었다. 그것이 무너져 갈라진 도로 위에 참혹하게 누워 있었다.

이야나가 부상자들을 모두 내렸을 때, 여자의 시선이 느껴졌다. 바닷물에 휩쓸렸을 때 여자는 발가락이 부러지고 어깨가 탈골되었다. 그렇더라도 대단한 부상이라고는 할 수 없었다. 이야나가 여자를 사람들에게 맡기고 혼자 수니가 있는 타운으로 떠날 때, 그때까지도 여자가 이야나의 손을 잡고 있었다.

다시 돌아올게요.

여자에게 그렇게 말했지만, 그 약속을 이런 식으로 지키게 될지는 몰랐다. 여자는 응급조치만 받은 채 마당 한구석에 앉아 있었다. 햇살이 너무 쨍해 여자의 온몸이 빨갛게 익어 있었다.

빨간 피부 색깔이 오히려 핏자국보다 더 붉었다.

"괜찮은 거예요?"

여자에게 물으며 이야나는 자신이 여자에게 그 말을 몇 번이나 했는지를 생각했다. 여자에게 가장 많이 한 말이 아마도 그 말이었으리라. 여자를 호텔 앞에서 만났던 날에도 그는 그렇게 물었고, 여자는 섬의 언어로 대답했었다. 저는 괜찮사옵니다, 너무 심려하지 마시옵소서…….

"치료를 받았다는 게 죄스러울 지경이에요. 너무 멀쩡해서, 미안해요."

농담과 진담을 도통 구분할 수 없는 여자, 그 여자가 햇살 속에 서 있는 이야나를 눈을 찡그려 바라보며 희미하게 웃어 보였다. 여자의 발에 붕대가 감겨 있었다. 치료를 해야 할 발만 씻어놓아 맨발인 두 발의 색깔이 한쪽은 검고 한쪽은 하얬다. 그나마 여자는 일찍 병원으로 옮겨져 치료를 받은 축에 속했던 것이다. 여자의 말처럼, 그 정도의 부상에 알코올과 붕대를 썼다는 것이 미안할 지경인 상황이었다.

"걸을 수는 있어요?"

"내 발보다 더 튼튼하게 만들어놓은 거 같아요. 그런데 어디로 가야 할지……."

"그냥 여기 계세요."

"돌아가고 싶어요."

"곧 그렇게 될 거예요. 너무 걱정하지 말아요."

"……집에 가고 싶어요."

여자가 무릎 사이로 얼굴을 파묻었다.

그런 여자를 이야나가 물끄러미 내려다보았다. 공항은 피해 지역에서 멀다고도 가깝다고도 할 수 없는 곳에 있었지만, 어쨌든 폐쇄되었을 가능성이 컸다. 모든 관광객들이 나가려고 할 것이고, 연락이 닿지 않는 관광객들의 지인들이 그들의 생사 확인을 위해 들어오려고 할 것이다. 이야나가 여자를 위해 해줄 수 있는 일이 없었다.

이야나는 여자가 걸터앉은 곳에 같이 걸터앉았다. 비 온 뒤의 햇살이 너무 맑았다. 여느 날처럼 새들도 날고 있었고, 다람쥐도 나무 사이를 오가고 있었다. 모기도 있었다. 한낮에 잠들었던 모기들이 지진 때문에 전부 깨어난 것처럼 정신없이 살을 물어뜯었다. 모기와 나눌 피가 아니었으나, 이야나는 모기들이 자신의 피를 맘껏 가져가라고 그대로 놔두었다.

하룻밤을 같이 보낸 여자였다. 그런 걸 지금 생각할 때가 아니었지만, 그 생각이 한번 떠오른 후 다시는 사라지지 않았다. 슬픔과 고독 때문인지도 모른다. 이야나는 간절히 이 여자를 안고 싶었다. 안고, 관계하고 싶었다. 그러면 모든 것이 다 사라질 것 같았다. 지진도 죽음도 비명도…… 그리고 잃어버린 사랑도.

그러나 관계할 수 없었으므로, 이야나는 붕대로 감긴 여자의 발등 위에 손을 얹었다. 그 순간 이야나가 눈을 감은 채 홀로 신음 소리를 내뱉었다는 것을 여자는 알지 못했을 것이다.

"같이 가면 안 될까요?"

여자가 이야나의 머리 위에서 말했다. 이야나가 고개를 들어 올려 여자의 눈을 들여다보았다.

"그렇게 하게 해주세요."

이야나는 대답할 수 없었다. 여자와 같이 갈 수 있는 곳 따위가 있을 리 없었기 때문이었다.

여자와 관계를 가졌던 것은 그저 충동적인 감정 때문이었을 것이다. 여자에게 기대했던 무언가가 전혀 없다고는 할 수 없겠지만, 그러나 그것조차도 그저 충동적인 감정이었을 뿐이다. 만을 만날 때마다 그가 지껄였던 말들을 농담 이상으로 받아들여 본 적이 없었다. 그렇더라도 때때로 농담 같은 꿈을 꾸기는 했으리라. 오일과 시간의 투자에 비례하지 않는 돈과 낭만. 이 섬을 찾아오는 수많은 관광객들이 같은 걸 꿈꿨다. 그러니 그라고 해서 그런 걸 꿈꿔서는 안 될 이유는 없었다. 그러나 그 모든 것이 이제 다 지나간 꿈이었다.

갑자기 통곡 소리가 울려 퍼졌다. 또 누군가가 그사이에 숨을 거둔 모양이었다. 여자의 눈이 빨개졌다. 누군지도 알 수 없는 사람의 죽음 곁에서 여자가 눈물을 흘리기 시작한 것이다.

"얼마나 많은 사람들이 죽을까요?"

이야나는 대답할 수 없었다. 수도 없이 많은 사람이 죽었고, 또 그만큼의, 아니 그보다 더 많은 사람들이 죽게 될 것이다. 삶과 죽음이 완전히 무의미해져버린 순간이었다. 중요한 것은 오직 단 하나, 그들이 아직은 살아 있다는 것뿐이었다.

"걸을 수 있겠어요?"

여자가 고개를 끄덕였다.

차 안에서 둘은 한동안 아무 말이 없었다. 여자는 차창 밖으로 고개를 돌리고 있었고, 이야나는 전방만 바라보았다.

"화산은 괜찮을까요?"

여자가 물었다.

"지진하고 화산은 상관없어요."

그렇게 대답했지만 이야나도 지진과 화산에 대해서 알지 못하기는 마찬가지였다. 용암은 땅속에 있으니 땅이 용암을 흔든다면 화산도 폭발하는 것일까. 사화산은 아니지만 백 년 이상 불길을 내뿜어본 적은 없는 산이었다. 살아 있다는 걸 증명하기 위해 아주 간혹 연기를 내뿜고 화산재를 뿜어냈지만 관광을 위한 정도 이상을 벗어난 적은 없었다.

그러나 이제 와서 무엇을 믿을 것인가. 누가 무엇을 안전하다고 말할 수 있을 것인가.

전방에 개 사체 한 구가 보였다. 사람들이 무더기로 죽어 있는데 개 사체가 무슨 의미가 있을 것인가. 이야나가 개의 사체를 피해 핸들을 꺾었다. 그리고 차가 갓길의 풀더미를 밟을 때, 느닷없이 차를 멈췄다.

"왜……"

여자는 질문을 끝까지 할 수가 없었다. 이야나가 여자를 끌어안은 것이다. 안았다기보다는 난폭하게 잡아당겼다는 편이 옳았다. 이야나의 입술이 거칠게 여자의 입술에 맞닿았다. 그리고 이야나의 손이 여자의 옷을 벗기기 시작했다. 이야나의 손이 여자의 젖가슴에 닿았다. 이야나는 그 젖가슴을 움켜쥐는 대신 다시 손을 거두어들여 자기 얼굴을 감쌌다.

이야나의 어깨가 후득후득 떨렸다. 여자가 그런 이야나의 어깨를 안았다.

"괜찮아요…… 괜찮아요."

여자가 어린 아기를 달래듯 이야나의 어깨를 쓸어주었다.

잠시 후, 다시 차를 출발시키면서 이야나가 핸들을 잡지 않은 손으로 여자의 손을 잡았다. 여자가 이야나의 손을 마주 잡고, 잡은 손에 힘을 주었다. 따뜻한 손이었다. 어쩌면 이야나가 진실로 원한 것은, 고작 이 정도, 누군가의 따뜻한 손이었을 것이다.

"어디로 가는 거지요?"

여자의 질문에 이야나가 전방을 바라보다가 대답했다.

"가는 길에 안전 지역에 내려줄게요. 섬이 다 무너진 건 아니니까요."

"……"

여자는 말이 없었다. 그리고 잠시 후에야 다시 입을 열었다.

"……거기로 갈 수 있나요?"

"어디요?"

"타운이요."

"왜요? 거길 가서 뭘 하게요?"

이번에는 여자 쪽에서 대답이 없었다. 이야나의 손 안에서 여자의 손은 여전히 따뜻했다. 실은 뜨겁다고 해야 옳을 것이다. 기름을 아끼기 위해 에어컨을 틀지 않았다. 깨진 유리창으로 후텁지근한 바람이 밀려들었다. 손과 손이 땀으로 미끈했다. 그러나 이야나는 그 손을 놓고 싶지 않았다. 할 말이 있어요, 이야나는 말하고 싶었다. 당신하고 잔 건…… 분명히 충동적이긴 했지만…… 좋았어요…….

"……남편이 거기에 있어요."

손과 손 사이의 땀……. 이야나가 여자의 손을 잡고 있던 자신의 손을 풀었다. 그는 브레이크를 밟았고, 잠시 멈춰 서서 전방을 바라보았다. 진앙지에서 먼 곳이었다. 나무들은 푸르고 꽃들은 찬란했다. 부겐베리아 꽃 하나가 송이째 떨어져 바닥에 얌전히 자리를 잡았다. 개미들이 줄을 지어 지나가고 있었다. 이야나가 다시 액셀을 밟았다.

"거기, 어디에 있는데요?"

수니의 마켓이 있는 쇼핑센터였다. 그곳 이층에 남편이 일하는 가구 매장이 있다고 했다. 건물 전체가 다 무너졌다는 말을 이야나는 하지 않았다. 실은 아무 말도 하고 싶지 않았던 것이다.

나무 하나가 쓰러져 도로의 절반을 막고 있었다. 이야나는 나무의 가지를 타고 넘어갔다. 부러지고 으깨지는 소리가 차바퀴가 아니라 온몸으로 들리는 것 같았다. 곧 피해를 입은 지역의 풍경들이 보이기 시작했다. 처음에는 나무들이 쓰러져 있을 뿐이었지만 곧 이어서 금이 간 벽들이 보였고, 쓰러진 석상도 보였다. 주유소의 간판이 도로에 떨어져 있었다. 반쯤 무너진 주유소는 텅 비어 있었다. 차의 주유계 경고등이 깜박거리고 있었다.

또 비가 내리기 시작했다. 방금 전까지만 해도 쨍한 햇살이었는데 순식간에 하늘이 시꺼멨다. 장대비가 거침없이 쏟아졌다. 그 빗속으로 난데없이 수십 명의 사람들이 줄을 지어 어딘가로 걸어가고 있는 것이 보였다. 우의도 입지 않았고 우산도 없었다. 사람들은 이야나의 차를 세우려고 손을 흔들지도 않았다. 유령처럼 그들이 어딘가로 향해 걸어가고 있었다.

바다가 있는 곳이었다. 수십 명의 사람들이 유령처럼 바다를 향해 걸어가고 있는 것이다.

여자는 도서관에서 일을 한다고 했다. 학교를 졸업하고 곧바로 취직한 도서관에 지금까지 근무하는데, 도서관이 몇 번 개축을 하고 내부 장식을 바꾸는 동안에도 자기 자리는 한 번도 바뀐 적이 없노라고 했다. 그녀의 자리에서 서고가 보인다고 했다. 오래된 책과 수선이 필요한 낡은 책, 아직 열람표를 붙이지 않은 새 책들이 그곳에 진열되어 있거나 쌓여 있는데, 때때로 엄청나게 많은 사람들이 어마어마하게 떠들어대는 소리가 들려 바라보면 그 소리가 서고에서 난다고 했다. 그러면서 여자가 말했다.

도서관은 정말이지 시끄러운 곳이에요.

그래도 당신은 책을 많이 읽겠군요.

도서관에서 일하는 여자, 그리고 책을 많이 읽는 여자의 삶은 어떤 것일까. 이야나가 물었을 때, 여자는 책을 읽지 않고 보기만 한다고 말했다. 그때 여자의 콧잔등이 찡긋하고 찡그려져 마치 장난꾸러기 같았다. 혹시 책 읽는 것을 좋아하냐고 여자가 물어볼까봐 이야나가 먼저 지레 고백하듯이 말했다. 난 책을 읽기만 하면 머리가 아파요. 여자가 다시 콧잔등을 찡그리며 말했다. 그래서 나도 읽지 않고 보기만 하는 거예요.

이야나는 헤아릴 수 없이 많은 관광객들을 만났다. 전 세계에서 날아오는 관광객들은 직업도 다양했다. 그는 묘지에서 일한다는 관광객을 만난 적이 있었고, 프로 축구선수와 우주항공사를 만난 적도 있었다. 가장 기억에 남는 사람은 벌레를 박멸하는 회사에 다닌다는 사람이었다. 그는 사흘간의 관광 일정 중 내내 벌레들에 열광했다. 사원으로 가는 길에 들렀던 로컬식당에서 바퀴벌레를 보았을 때, 그는 흥분해서 외쳤다.

이걸 박멸하려면 얼마나 넓은 지역을 커버해야 하는지 알아요? 바퀴 한 마리를 없애기 위해 이 마을 전체를 소독해야 한다는 소리예요. 이 마을 전체를 소독해도 안 되면 어떻게 해야 하는지 알아요? 이 섬 전체를 소독하거나, 아니면 이 섬 전체를 난짝 들어서 바닷물에 헹궈내는 수밖에 없어요. 그야말로 완전한 청소, 진압, 박멸이죠. 그런데도 그놈들이 다시 들어와요. 그러니 완전한 박멸이란 무슨 뜻이겠어요? 최후의 목표는 전 세계의 청소, 박멸이란 소리죠!

왜 그래야 하죠?

이야나는 자신도 모르게 솟아나오는 질문을 간신히 눌러 참았다. 바퀴는 끔찍한 벌레였다. 모기와 파리도 마찬가지였다. 그러나 그것들을 없애기 위해 전 세계를 청소해야 한다면, 사라지는 것이 어디 벌레뿐이겠는가. 그것들과 함께 사라져야 할 것들을 생각한다면, 아무래도 그 사내의 직업은 좋은 것이 못 되는 것처럼 여겨졌다.

그런데 가끔은 벌레나 잡고 살아야 하는 내 직업이…… 쓸쓸해요.

사내는 감정의 기복이 심했다. 이야나는 그를 위로해줘야만 할 것 같았다. 드라이버라는 직업도 쓸쓸하기는 마찬가지라고. 왜냐하면 모두가 떠나기 때문에, 이곳의 관광객들은 모두 떠나기 위해 오는 사람들이기 때문에, 당신같이 특이한 사람이 떠나도, 나는 또 외로울 거라고…….

여자는 휴가를 온 거라고 말했었다. 도서관처럼 활자들이 와글와글 떠들어대는 곳에서 근무하다 보면, 가끔 조용한 곳에서의 휴가가 필요하다고. 자신의 언어가 존재하지 않고, 책 속의 언어도 존재하지 않는 곳에서 도마뱀과 닭과 새들의 울음소리, 그리고 파도치는 소리만 듣다가 가고 싶다고 했었다. 여자의 말은 때때로 이해하기 어려웠고, 농담인지 진담인지 구분하기가 어려웠다. 그것이 언어의 문제인지, 아니면 그녀가 갖고 있는 내부의 뜻 때문인지도 잘 알 수 없었다.

그렇더라도 여자가 그에게 그녀의 남자에 대해서 말했다면, 이야나는 그 말을 알아듣고 기억했을 것이다. 그런 말은 그냥 알아듣게 되는 것이다. 그러나 여자는 이야나에게 말하지 않았고, 물론 이야나도 묻지 않았다.

이야나와 여자는 무슨 약속을 위해 만난 사이가 아니었다. 그들은 그저 만났고, 그저 관계했을 뿐이었다. 그러므로 이야나에게 여자를 원망하거나, 여자에게 분노할 자격 같은 건 없었다. 그러나 그러한 생각에 무슨 의미가 있을 것인가.

"남편 이름이 어떻게 돼요?"

이야나가 오랜 침묵 끝에 물었다. 그 남자의 이름을 안다고 해서 이야나가 그를 찾을 수 있을 가능성은 전혀 없었다. 이야나에게 무슨 힘이 있어 그 남자를 찾을 수 있을 것이고, 또 무슨 열정이 있어서 그를 찾으려고 노력할 것인가. 그런데도 이야나는 물었고, 여자가 대답했다.

"진……. 우리는 이름이 같아요."

여자는 단지 이름이 같다고 말했을 뿐이었다. 그 단순한 말이 그렇게 통렬하게 들리기는 처음이었다. 어디에다 대고든 욕설을 내뱉고 싶은 심정이었는데, 무슨 말을 하면 욕설이 될 수 있을 것인가.

피해 지역에 가까워지면서 군인들을 태운 트럭들이 보이기 시작했다. 지진이 난 후 여러 시간이 흘러 있었다. 비치의 하늘이 헬기들로 새까맣게 보일 지경이었다. 피해 지역으로 들어갈 수 있는 유일한 도로 역시 어느새 통제되고 있었다. 안으로 들어가기 위해서는 상황을 설명해야 할 것이었다. 이야나가 결혼하고 싶었던 여자가 거기에 있고, 여자의 남편이 거기에 있다고…… 이야나의 입매가 단단했다. 이야나는 다시는 곁눈으로도 여자를 쳐다보지 않았다.

도서관의 저녁

　도서관에서 진의 책상은 남쪽을 향해 있었다. 하루 온종일 넓은 창을 통해 맑은 햇살이 들어왔다. 도서관이 도심의 넓은 공원에 붙어 있었기 때문에 창밖으로 울창한 나무들이 보였다. 다람쥐인지 청솔모인지가 나뭇가지에 앉아 창 안을 들여다보는데, 마치 진과 눈을 마주치는 듯했다.

　진은 그 도서관이 문을 열 때부터 근무했다. 첫 근무를 시작하던 날, 진은 도서관보다 공원이 더 마음에 들었다. 진은 공원의 모든 나무들과 모든 꽃들을 도서관에 비치되어 있는 식물도감에서 찾아보기로 마음먹었다. 도시에서 태어나 도시에서 자라난 진은 나무에 대해서 아는 것이 없었다. 그날 자신이 아는 나무 이름을 손꼽아보았더니 소나무, 느티나무, 은행나무……

누구나 알 만한 것들로만 겨우 스무 개 정도밖에는 떠오르는 게 없었다. 그 스무 개 중에는 그냥 이름만 아는 나무들도 있었다. 그러니까 자작나무, 상수리나무……. 그런 것들은 어떻게 생긴 것일까.

나무 이름을 모두 알게 된 후에는 꽃과 풀잎들의 이름도 알아보리라. 공원에는 야생초 풀밭이 있었다. 진은 일부러 먼 길을 돌아 공원을 통과해 출근하곤 했다. 공원의 주차장에 차를 대고 도서관까지 걸어가려면 삼십 분 이상을 소요해야 했다. 진이 첫 출근을 한 때가 오월이었다. 연초록의 나무들이 한여름을 향해 한창 물이 오를 때였다. 어떤 날은, 쭉쭉, 하고 자라나는 소리가 들리는 것 같았다. 공원 전체가 쭉쭉, 소리를 내 귀가 멍할 지경이었다.

진이 나무와 꽃과 풀잎에 흥미를 잃기 시작한 것은, 모든 일이 그런 것처럼, 특별한 이유가 있었던 것은 아니었다. 출근 때마다 삼십 분씩 걷는 것이 쉬운 일이 아니어서 도서관 주차장에 차를 대는 일이 잦아졌고, 그러다가 어느 때인가부터는 점심시간에도 공원 산책을 나가지 않게 되었다. 바라보면 나무들이 늘 거기에 있기는 했다. 그녀가 일부러 찾아가지 않아도, 늘 거기에.

진은 식물도감을 찾아보는 대신에 지진과 화산, 지각변동에 대한 책들을 골라 읽기 시작했다. 지진, 화산뿐만 아니라 우주 폭발, 그리고 장마와 홍수, 산불까지 그녀는 그저 닥치는 대로 읽었다. 나무에 대한 흥미가 곧 사라졌던 것과는 달리 이번에는 아주 오래갔다. 그녀는 어떤 책은 두 번, 세 번씩 읽기도 했다. 그런데 그토록 수많은 책을 읽었건만, 자신이 그 책의 내용들에 대해 아무것도 기억하지 못한다는 것을 깨달은 것은 도서관 소식지에 짤막한 글을 쓰게 되었을 때였다.

도서관 직원들은 어떤 책을 즐겨 읽나, 그런 내용의 글을 써야만 했다. 그 글을 쓰라고 한 사람은 물론이거니와 그녀 역시도 자신이 당연히 지진과 화산에 대해서 글을 쓰게 될 줄 알았다. 겨우 A4 용지 한 장 분량의 원고였다. 읽은 책의 제목만 나열해도 대충 절반은 쓸 수 있으리라. 그러나 그녀는 단 한 줄의 글도 쓸 수가 없었다. 컴퓨터 화면에 커서 홀로 껌벅거리는 워드프로세서 화면을 띄워놓고 그녀는 공원으로 갔다. 오랜만에 찾은 공원이 여전히 푸르렀다. 한동안의 관심 때문에 그녀는 이제 제법 많은 나무의 이름을 알았다. 그녀는 회화나무 아래에 잠시 앉아 있었다. 뭔가가 그녀 안에서 완전히 사라졌다. 분명히 그런 듯했다. 그런데 그것이 무엇인지를 알 수가 없는 것이다.

지진과 화산, 우주폭발과 산불, 그런 책들을 읽었던 것은, 아니 보았던 것은 무슨 까닭이었을까. 판. 난데없이 그런 단어가 떠올랐다. 충돌하는 두 개의 판. 그리고 또 난데없이도 월리스라는 단어가 솟아올랐다. 그녀가 읽은, 혹은 본 수많은 책들 중에 끼어 있던 단어였을 것이다. 월리스 라인. 그런 단어가 있었다. 안개가 걷히듯 책 속의 문장이 떠올랐다. 영국의 박물학자였던 월리스는 적도 근방의 두 개의 섬에 전혀 연관성이 없는 다른 생물들이 서식하는 것을 보고는 섬 사이에 보이지 않는 라인이 존재하는 게 아닐까 의심하기 시작했다. 당시에 그의 말은 미친놈의 헛소리로 취급받았다. 그러나 그의 '미친 아이디어'가 오늘날의 판구조론을 발전시키는 데 결정적인 기여를 했고, 그가 상상 속으로 그렸던 라인에는 월리스 라인이라는 이름이 붙게 되었다.

어쩌면 쓸 수 있을지도 모른다. 아니, 쓸 수 있을 것 같았다. 그녀는 도서관으로 돌아가기 위해 서둘러 자리에서 일어섰다. 자신이 언제부턴가 심각한 난독증 상태에 빠져 있다는 것을 그녀는 물론 잘 알고 있었다. 그러나 어쩌면 자신도 모르는 사이에 고쳐졌을 수도 있다. 그럴 수도 있는 것이다! 그러나 도서관을 향해 걸음을 떼어놓으려는 순간, 진은 그 자리에서 그만 딱 멈춰버리지 않을 수 없었다. 그녀의 발 앞에 도저히 건널 수 없는 금이 있었다. 이쪽과 저쪽을 선명하게 가르는, 선명하게 갈라, 아무것도 넘어오지 못하게 하는…… 월리스 라인, 대륙이동설, 판구조론! 단어들이 어지러웠다. 그 어지러운 단어들이 소용돌이치는 가운데 그녀가 확실히 알 수 있는 것은, 그것이 기억하고 싶지 않은 것과 기억해야 할 것 사이의 금이라는 사실뿐이었다. 그녀는 결코 그 금을 건너지 못할 것이었다.

거의 퇴근 무렵에야 도서관으로 돌아온 진은 곧바로 관장실로 가서 휴가를 신청했다. 관장은 아무것도 묻지 않았다. 마치 오래전에 신청해놓고 찾아가지 않은 결재서류를 내밀듯이 관장은 고개를 끄덕이며 환하게 웃어 보였다. 환한 웃음이었음에도 어쩐지 그 웃음이 어색하게 여겨졌다.

"또 새까맣게 타서 돌아오겠군."

진은 대답하지 않았다. 관장이 자신보다 먼저 자신이 갈 곳을 알고 있다는 느낌이 들었고, 그 느낌이 어쩐지 고통스러웠다.

"혹시 윌리스라고 아세요?"

진이 관장의 책상 앞에서 돌아서려다 말고 물었다. 관장이 또 웃었다.

"그러니까 그 얘기를 쓰라니까 그러네. 겨우 한 장짜리로 쓰기는 좀 짧지? 아무튼 가더라도 그건 써놓고 가라고."

진은 관장의 말을 도무지 이해할 수가 없었다. 그러니까 윌리스에 대해서는 누구나가 알고 있다는 건가? 그는 다윈이나 파브르처럼 유명한 사람인가? 혹은 '월리를 찾아라'의 월리처럼 유명한가?

도서관 관장은 '무엇이든 아는 사람'으로 통했다. 읽는 족족 기억했고, 자신이 아는 것을 누군가가 물어봐주기를 열렬히 기다렸다. 그의 별명은 앞에서는 '걸어 다니는 백과사전'이었고, 뒤에서는 '대책 없는 쓰레기통'이었다. 읽은 것만 기억하는 게 아니라 듣는 것도 기억했고, 그것에 대해서도 열렬히 떠들어대고 싶어 했기 때문이다. 그러니 도서관장이 윌리스를 안다고 해서 이상할 것은 없었다. 그가 아는 윌리스만 하더라도 수십 명이 넘을 것이다.

그날 그녀는 퇴근시간이 지나서도 도서관에 남아 있었다. 열람실과 서고를 돌아다니며 자신이 읽었던 책들을 다시 찾느라고 진땀을 흘렸다. 대여된 책들은 거의 없었다. 사람들은 그런 책을 좋아하지 않는 것이다. 그래서 그녀는 자신이 읽은, 혹은 읽었을 법한 모든 책들을 발견할 수 있었다. 그러나 책의 내용을 확인하기 위해 표지를 넘기기만 하면 그녀의 가슴이 멀미를 일으키듯 울렁였다. 활자들이 눈앞에서 빙글거리다가 책 바깥으로 후드득 쏟아져 내리는 것 같았다.

그녀는 도서관 직원답게, 혹은 도서관 직원답지 않게도 늘 책을 읽었지만, 책의 내용을 이해해본 적이 없다. 그녀는 다만 글자를 보았을 뿐이다. 자음과 모음이 합쳐진 글자들……. 영원히 끝나지 않는 글자들……. 그 글자들은 늘 그녀의 책상 위로, 혹은 그녀의 발밑으로 쏟아져 내렸다. 손으로는 주워 담을 수 없었고, 쓰레받기를 사용한다고 해도 마찬가지일 것 같았다. 청소기, 청소기! 강력한 청소기가 필요했다. 그녀는 늘 책상을 치우고, 바닥을 쓸었다. 그래도 늘 활자들이 그녀의 곁에 넘쳐났다. 그녀는 늘 그것을 밟고 다녀야만 했다. 가을날 공원의 낙엽을 밟는 것과는 비교할 수도 없는 소리가 늘 발밑에서 와글와글했다.

시끄러웠다……. 도서관은 정말이지, 너무나 시끄러웠다.

집에 돌아와 그녀는 인터넷을 통해 비행기 티켓을 예매했다. 호텔도 예약했다. 마음이 간신히 가라앉았다. 그녀는 이제 곧 쉴 수 있을 것이고, 하늘을 날아갈 것이다. 그녀가 건널 수 없는 금을, 그것이 무엇이든 간에, 훌쩍 날아서 건너게 될 것이다.

그 밤에 오빠에게서 전화가 걸려왔다. 자다가 전화를 받은 진은 오빠가 무슨 말을 하든 그냥 응, 응 하고 건성으로 대꾸했다.

"……같이 갈까?"

"응……."

"같이 가줄 수 있는데."

"응……."

"옆에 있어줄게."

"응……."

"밥도 같이 먹어주고, 술도 같이 마셔주고, 사원에도 같이 가주고, 바다에도 같이 가줄게."

"……고마워. 근데 나, 졸려."

"잘 자라고 재워줄 수도 있는데, 그건 좀 그런가?"

졸려서 눈꺼풀이 내려앉는 것 같은 와중에도 진이 잠시 소리를 내 웃었다.

"야마꼬."

같이 웃음소리를 내던 오빠가 문득 진의 어린 시절 별명을 불렀다. 나이 차이가 많이 나는 동생에게 장난이 심했던 오빠였다. '꼬마야'를 거꾸로 불러 '야마꼬'라고 했었다. 거의 이십 년

만에 들어보는 별명이었다. 오빠는 뭔가, 결정적인 말을 하고
싶은 모양이었다.

"……그만 찾아다녀. 벌써 칠 년이잖아."

진은 못 들은 것처럼 더는 대꾸하지 않았다. 그러고는 조용히
종료 버튼을 눌렀다. 언젠가 오빠는 지진이니 화산이니 그런 책
도 그만 읽으라는 말도 했었다. 진도 모르지 않았다. 오래전의
그날 무너졌던 건 자신의 인생이지, 집도 땅도 세상도 아니었
다. 그렇더라도 진은 여전히 이해할 수 없었다. 자신이 여전히
멀쩡한 세상에서 살고 있고, 또한 자신이 너무 오래 홀로 잠들
었다는 사실이었다. 유진은 대체, 어디에 있나…….

진은 유진을 학교 선배의 소개로 만났다. 미대 디자인 관련
학과를 나왔는데, 가구 회사에서 일을 하고 있고, 그 일은 디자
인과는 아무 상관 없는 사무직이라고 했다. 선배가 농담처럼 말
했다.

"그래도 얘 부잣집 아들인데다가 연봉도 높아."

그리고 유진이 웃으며 말을 이었다.

"높다는 기준이 문제긴 하지요."

그날 선배는 둘의 이름이 같은 걸 가지고 시시껄렁한 농담을
많이 했다. 진이는 뭐 마실래? 아니, 너 말고 너. 그런 정도는
그래도 참고 들어줄 만했지만 술에 취한 후에는 도저히 들어줄
수 없는 농담까지 던졌다.

144

"왜 너희는 둘 다 황진이가 아니야? 그러려면 진이인 게 무슨 소용이 있는데?"

술에 취한 선배를 술집에 버려두고 다른 자리로 옮기기로 의견일치를 보는 데는 두 마디도 필요하지 않았다. 진이 진에게 눈짓을 했고, 진이 진의 눈짓을 알아들었다. 어느 진이 어느 진에게 눈짓을 먼저 보냈는지는 알 수 없었다.

"그쪽의 이름을 부르면 내 이름을 부르는 거네요."

진이 말했을 때, 진이 대답했다.

"무슨 상관이에요. 어차피 우리 둘 다 황진이가 아닌 것만큼은 분명한데."

한 남자가 한 여자를 어떻게 만났는지, 그리고 둘은 어떻게 사랑에 빠졌는지, 그런 이야기는 진부하기 이를 데 없다. 두근 거리는 가슴, 은밀한 떨림과 의심, 그리고, 망설임과 그 망설임을 한꺼번에 압도해버리는, 그 무엇도 확실하다고 할 수 없으나 확실하다고 믿고 싶은, 결정적이라고 믿고 싶은, 그냥 이거, 바로 이거라고 말하고 싶은……. 그 모든 불분명한 감정과 추상어들을 제외하고 나면 남는 것은 이것뿐이다. '한 여자가 한 남자를 만났다.' 혹은 '한 남자가 한 여자를 만났다.'

그리고 이어지는 것들, 가족에 대한 치밀한 탐색, 유년기의 장황한 추억들, 좋아하는 음식과 싫어하는 습관들, 같이 영화 보기, 각자 선물 사기, 서로의 친구들을 만나 떠들기……. 그리고 마침내, 내가 너를 사랑하지 않을 수밖에 없는 이유, 상처를 찾아내기, 상처를 만들어내기……. 제 성한 살을 뜯어서라도 상처를 만들어 그 안에 그를 들여놓기……. 그리고 마침내 운명이라고 믿어버리기…….

진과 진 역시 다를 것은 없었다. 그들은 평범한 사람들이었고, 평범한 누구나가 그런 것처럼 가끔 상처를 과장하고, 그러나 곧 잊어버리고, 서로 살을 섞고, 또 섞고 싶어 하고, 자꾸 섞고 싶어 하고, 그러면서 서로를 사랑한다고 믿었다. 사랑한다고 믿었다와 사랑한다 사이에 차이 같은 건 없다. 사랑이 지나가고 난 뒤에야 깨닫게 될 일이지만, 분명 그것은 같은 말이다.

유진은 어땠을지 모르지만, 진은 사랑한다고 믿은 게 아니라 사랑했다. 결국 같은 말이지만, 그것이 같은 말이란 걸 알지 못했을 때, 그녀에게 그 차이는 세상 전체만큼이나 대단했다. 그녀는 유진을 위해서라면 무엇이든 하고 싶었고, 실제로도 그러했다. 유진의 회사 사장은 그의 아버지의 친구였다. 미대를 나온 자신의 전공을 살리지 못한다는 것 때문이 아니라 아버지의 친구가 사장인 회사를 다닌다는 것이 유진은 늘 불편한 눈치였다. 그러나 다른 선택은 없었다.

그는 늘 부모의 말에 순종하는 편이었고, 부모는 언제나 그보다 유능했다. 미대에 진학했던 것도 그림에 대한 열정이 있어서가 아니었다. 다른 많은 친구들이 그랬던 것처럼 부모의 반대에 저항하거나 반항할 필요도 없었다. 오히려 그의 아버지 쪽에서 미대 진학을 권했다고 했다. 그나마 곧잘 그리는 그림이나 그려야 서울에 있는 대학에 들어갈 수 있을 것 같았기 때문이었고, 그 말은 그의 다른 성적이 형편없었다는 것을 뜻하는 것이기도 했다. 대학을 졸업한 후에는 스스로 직장을 구하지 못하는 자식을 대신해 아버지가 그의 직장을 구해주었다.

유진이 자신의 그런 처지에 대해 불만을 표하는 것을 들어본 적은 없다. 그들은 능력 있는 부모를 뒀다는 것이 얼마나 큰 축복인지 잘 알고 있는 세대였다. 태어날 때부터 예쁜 얼굴을 갖고 있고 팔다리가 쭉쭉 긴 것만큼이나 능력 있는 부모를 뒀다는 건 태생의 축복이었다. 그러나 그것을 인정한다는 것과 행복해한다는 것에는 차이가 있었다. 감사하기는 했지만 줄곧 행복한 것은 아니었다.

유진은 인공수정으로 태어난 외아들이었다. 유진의 어머니는 그 사실을 자주 입에 올렸다. 이 애가 내 뱃속에 들어왔을 때, 난 결심했지. 놓치지 않을 거야. 내가 죽는 한이 있어도 이걸 놓치지 않을 거야. 열 달 내내 꽉 쥔 주먹을 풀어본 적이 없었단다. 그런 말을 하다 말고 그의 어머니는 웃음을 터뜨리기도 했다. 그리고 이 애가 열 살이 될 때까지 나는 자주 그 주먹을 휘둘렀지. 버릇없는 애가 될까봐 겁이 났거든.

유진은 버릇없는 아이가 되지는 않았다. 대신에 그는 남보다 더 힘을 기울여서 나오게 된 세상에 대해 남보다 조금 더 소심해진 듯했다. 그는 자신이 세상에 나오던 날의 장면을 그림으로 그린 적이 있다. 의사가 칼로 어머니의 배를 가르고 자궁을 째

147

자 부드럽고 따듯한 물로 출렁이던 그의 집이 갑자기 핏물로 가득 찼다. 안전하던 그의 세상이 뒤엎어지고 무너졌다. 방금 전까지도 그는 어머니의 구멍을 찾아 유영하고 있었으나 문은 열리지 않았고, 대신에 갑자기 세상이 찢어졌다. 털이 수북한 의사의 손이 그의 맨머리를 거머쥐어 한순간에, 그를 또 하나의 세상, 그러니까 그것은 죽음이었을까, 삶이었을까…… 또 하나의 세상으로 내동댕이쳤다. 그리고 그때 뒤쪽의 문이 철컥 하고 닫혔다. 그때 그는 정말로 우렁차게 울었는데, 대체 울지 않고 어찌 견딜 수 있었겠는가.

내가 언젠가 다시 한 번 그렇게 울 때, 네가 내 손을 잡아주고 있으면 돼. 내가 바라는 건 그것뿐이야.

유진이 진에게 청혼할 때 했던 말이다. 그러니까 그 말은 검은 머리가 파뿌리가 될 때까지, 그리고 죽음까지 함께하자는 말이었다. 진은 물론 그렇게 할 수 있다고 믿었다. 널 다시는 혼자 있게 하지 않을게. 네가 어디에 있거나, 같이 있을게.
둘 사이에 아이가 일찍 생기지 않았으므로, 휴가 때마다 제법 근사한 여행을 계획할 수 있었다. 아기를 갖기 전까지 가능한 둘의 시간을 마음껏 쓰고 싶어 한 건 진이나 유진이나 마찬가지였다. 아마 유진 쪽이 더했을 것이다. 유진은 아이를 바라지 않는 것은 아니었지만 언제나 때가 되지 않았다고 여겼다.

아이에게 할 수 있는 말이 한 마디라도 준비되면 그때 갖고 싶다고 했다.

"그게 어떤 말인데?"

진이 물었을 때 유진은 대답하지 못했다. 오래 궁리하다가 문득 작게 말했는데, 그 말이 좀 웃겼다.

"그러니까 가훈 같은 거 있잖아."

"열심히 살자. 뭐, 그런 거?"

"아니, 그거보단 좀 더 멋있는 거. 열심히 살지 않아도 된다…… 그래도 행복하다면."

"뭐야, 자긴 열심히 사는데도 행복하지 않은 것처럼 말하고 있잖아."

"열심히 살고 있다고 말할 순 없겠지만…… 그래도 된다면 열심히 살고 싶지 않아. 그런데 아이한테는 그렇게 말하면 안 될 것 같아. 나는 열심히 살지 않더라도 열심히 살지 않는 자식은 보기 싫을 것 같아."

섬으로의 여행을 계획한 게 그 즈음의 일이었다. 해외여행이 처음이었던 건 아니지만 그 전까지는 주로 유적지가 많은 곳을 택했었다. 그러나 이번에는 비치나 풀장에서 뒹굴거리다가 그게 지루해지면 그저 마을 사원들이나 기웃거려도 되는, 그런 한가한 여행을 하고 싶었다. 유진에게 필요한 건 그런 휴가라고 믿었던 것인데 정작 유진은 진의 선택을 썩 마음에 들어 하는 눈치가 아니었다. 유진은 뒹굴거리는 건 어디에서나 할 수 있으며 그러기 위해선 오히려 집에서 늘어져 있는 게 더 편안하다고 생각하는 쪽이었다. 그러나 섬에서의 일주일 휴가를 마치고 돌아온 후, 유진의 마음이 난데없이 들썩였다.

그곳에서의 햇살이 눈에서 지워지지 않는다고 했다. 햇살이 지나치다고 여겨질 때마다 한 번씩 쫙쫙 쏟아지던 빗줄기가 또 지워지지 않고, 나무와 풀과 꽃과 벌레 들이 지워지지 않는다고 했다. 그러나 무엇보다도 유진을 매료시켰던 것은 현재형으로만 채워진 그들의 언어라고 했다.

"있잖아, 나는 그렇게 살고 싶었던 것 같아."

유진이 그렇게 말했을 때, 진은 한마디로 말하자면 어이가 없었다. 그들의 언어에 대해서 유진이 알고 있는 것이라곤 고작 가이드가 말해준 몇 마디의 설명이 전부였다. 말하자면 '나는 그렇게 살고 싶었던 것 같아'나 '나는 그렇게 살고 싶은 것 같아'나, '나는 그렇게 살 작정이야'라는 말이 구분되지 않는다는 그들의 언어를 유진은 할 줄도 모르고 알아듣지도 못하는 것이다. 물론 언어의 문제는 아니었을 것이다. 그것이 언어를 움직이는 마음의 문제라는 것을 진이 짐작하지 못하는 것은 아니었다. 그렇더라도 여전히 당혹스럽기는 마찬가지였다.

"너무 늦어서 말고, 지금 한번 그렇게 살아보면 안 될까?"

"그렇게가 어떤 건데?"

"아무도 날 모르는 데서 그냥 조금씩만 일하고……."

"그 사람들은 조금씩만 일한다고 누가 그래? 그리고 거기 가서 살면 옆집 사람도 자길 알고 앞집 사람도 자길 알 텐데, 아무도 자길 모른다고 누가 그래?"

유진은 곧바로 대꾸하지 못했다. 한참 동안 궁리하는 듯하더니 고작 한다는 말이 이랬다.

"그래도 옷값은 많이 안 들잖아, 거기서는."

"옷 사 입느라고 힘들었어? 네 인생이?"

유진은 또 한동안 대꾸하지 못하다가 이윽고 말했다.

"넌 너무 말을 잘해. 난 항상 말이 힘든데."

우연이란 게 묘하게 맞아떨어지면 그것이 필연처럼 여겨지기도 하는 법이다. 유진이 일하는 가구 회사에서 현지 공장과 계약을 맺는다는 걸 알았을 때, 유진은 그곳에 파견될 수 있는지 알아보았다. 회사에서 직원을 파견할 계획은 없었다. 그러나 그 와중에 유진은 섬에 대해 더 많은 것을 알게 되었고, 그가 원하기만 한다면 현지의 공장에서 그를 채용할 수도 있다는 응답을 얻게 되었다. 게다가 사무직이 아니라 디자인 부서였다.

그러나 유진이 하늘에서 떨어진 행운처럼 여겼던 그 응답은 따지고 보면 그야말로 아무 내용도 없는 것에 지나지 않았다. 현지 공장은 기업이라 부를 만한 수준도 못 되었고, 채용이라는 것도 정규채용이 아니었으며, 디자인 부서라는 것이 따로 있지도 않았다. 명색이 디자이너라면서 월급은 형편없는 고정급에 성과급이라는 게 허울 좋게 붙어 있을 뿐이었다. 진이 환히 볼 수 있는 그 모든 형편없는 조건들을 그러나 유진은 보려고 들지 않았다. 그는 현지 공장에서 일을 배우고 판로를 개척하는 것을 배운 후 자기 브랜드의 가구를 제작하겠다는 야무진 꿈을 펼쳐 보였다. 너는 말을 너무 잘해, 라는 말을 다시 듣고 싶지는 않았지만, 그래도 진은 말하지 않을 수 없었다.

"그건 아무도 너를 모르는 데서 조금만 일하면서 사는 거하곤 다른 거잖아."

유진은 또 대꾸하지 못했다.

"그리고 그건 미래를 꿈꾸는 거잖아. 미래도 없고, 과거도 없는 게 좋다면서? 그렇게 살고 싶다면서?"

여전히 유진에게서는 대꾸가 없었다. 이번에는 못 하는 게 아니라 안 하는 것 같았다.

꿈을 꾼다고 해서 누구나 그 꿈을 이룰 시도를 하는 것은 아니다. 그러나 유진의 꿈은 단지 소망에 그치지 않았다. 진이 기를 쓰고 말렸다면 어땠을까. 그랬다면 모든 게 달라질 수 있었을까.

불행히도 진은 유진을 멈추게 할 방법을 알 수가 없었다. 그가 현지 공장에 채용될 수도 있다는 소식을 갖고 들어온 날, 그 설레던 얼굴을 잊을 수가 없다. 그때 그가 쏟아낸 계획과 가능성들, 낭만적인 꿈과 무수히 펼쳐지던 소망들, 그것은 거의 신대륙의 꿈이나 다름없었다. 그것은 아마도 장소의 문제가 아니라 존재의 문제였을 것이다. 그는 삼십 년이나 지나서야 비로소 어미의 구멍이 아니라 자신의 구멍을 찢고 나갈 태세였다. 그리하여 그는 오래전 수줍은 목소리로 청혼을 할 때와는 전혀 다르게, 힘차고도 우렁찬 목소리로 진에게 말했던 것이다.

같이 가는 거지?

그리고 진의 침묵⋯⋯. 침묵 끝의 고작 사랑한다는 말⋯⋯. 달콤했을까. 따뜻했을까. 혹은 간절했을까.

유진의 어머니는 언제나 진의 편이었다. 사소한 고부갈등이 없었다고 할 수는 없었지만, 중요한 시기마다 진의 편에 서기를 마다하지 않았다. 그때는 더욱 그러했다. 그때야말로 지극히 중요한 시기였으니까.

"그 자식은 미쳤어. 내 자식이긴 하지만 미친 건 미쳤다고 해야지. 지가 무슨 예순 살이야, 예순한 살이야? 벌써 은퇴를 꿈꾸게."

아주 오랜만에 주먹을 휘두르기라도 할 것처럼, 유진의 어머니가 목소리에 힘을 꾹꾹 주어가며 말했다.

"같이 간다든가 하는 건 꿈도 꾸지 마. 장담하는데 그 자식, 일 년 안에 돌아와. 애 아버지한테 부탁해서 휴직 처리해둘게. 미친놈. 내가 그놈을 너무 오냐오냐 키운 거야."

진이 유진을 사랑하기 시작했을 때, 유진의 집안이 문제가 된 적은 없었다. 넉넉한 집안이기는 했지만 지레 겁을 집어먹을 만큼 대단한 집안은 아니었다. 적당한 정도에서 약간 넘치는 정도가 마음에 들었다. 마음에 들었다고 생각했을 뿐 치밀하게 계산기를 두드려본 적은 없었다.

그러나 유진은 어땠을까. 유진을 너무 오냐오냐 키웠다고 말하는 그의 어머니의 말은 반은 맞고 반은 틀렸다. 부족한 것 없는 환경에서 자랐다고 해서 부족한 게 없는 사람이 되는 것은 아니었다. 유진을 아는 모든 사람들이 유진에게는 독한 구석이 없다고 했다. 칭찬이기도 했고 비난하는 말이기도 했다. 그는 무엇이든지 적당적당이었고, 적당적당히 시작했던 일도 흥미를 잃으면 곧 그만둬버렸다.

그나마 그림이 그가 가장 오래 흥미를 느꼈던 일이었을 것이다. 대학 진학을 위해 그림과 입시 공부 중의 하나를 선택하지 않을 수 없었을 때, 그의 아버지가 유진에게 말했다고 했다. 화가가 되든 뭐가 되든, 뭐든 되긴 하겠지.

유진이 그때 입속으로만 대답했다고 했다.

난 되고 싶은 게 없어요, 아버지.

아버지가 느낄 실망을 알기 때문에 입 밖에 내어 말할 수는 없었지만, 그러나 그런 걱정이 없었다면, 아마도 묻고 싶었을 것이다. 그래서 아버지는 뭐가 된 건데요? 아버지의 삶을 힐난하고자 하는 질문이 아니었다. 아버지는 가난하지 않은 사람이 되었다. 인공수정으로 무자식인 것을 면했다. 이혼하지도 않았다. 그러면 된 것이 아닌가. 결코 힐난이 아니었다. 그런 아버지의 삶이 위대하게 여겨졌던 것이다. 누구나 다 그렇게 될 수 있는 것은 아니다. 그러니까 유진도 다만 그렇게 되고 싶을 뿐이었다.

그런 유진이 어쩌다가 그렇게 거창한 꿈을 꾸게 되었을까. 회사를 그만두고 그림을 그리겠다는 것도 아니고, 옆동네로 이사를 가겠다는 것도 아니었다. 이혼이나 별거를 원하는 것도 아니었다. 유진은 그 모든 것을 합친 것보다 더한 것을 꿈꾸는 것 같았다.

섬으로 갈 결심을 한 후부터, 유진은 완전히 딴사람이 된 듯했다. 어찌나 생기에 차서 하루하루를 보내는지 그 모습을 보는 것만으로도 진은 놀라웠다. 세상에 태어나서 처음으로 자기만의 선물을 가진 사람 같았다. 진이 그토록 많은 선물을 해줬음에도 불구하고 말이다. 그 즈음에는 진보다 유진이 말을 더 잘했다.

"너 세계에서 가장 큰 화산 폭발이 어디에서 일어났는지 알아?"

"그 섬에서였겠지."

"그건 아니지만 그 나라인 건 맞아."

도대체가…… 유진은 화산 폭발에까지 매료당했다는 말인가.

"그럼 지진은? 산불은? 혹시 역사상 가장 큰 행성이 거기에 떨어지진 않았어?"

"내가 그 섬에 가서 살기로 작정했다는 거, 이게 얼마나 위대한 결정인지 말하고 싶은 거야."

"누가 그래? 그게 위대한 결정이라고? 그리고 그게 화산 폭

155

발하고 무슨 상관이 있어?"

"내가. 그리고 그건 내가 월리스 라인을 건넌다는 뜻이야."

월리스 라인이라니……. 그 즈음의 유진이 대단히 허풍스러웠다는 것을 십분 인정한다 하더라도, 그리고 그런 식으로 자신의 불안을 달래려 한다는 것을 이해하더라도, 비약이 너무 심했다. 하긴 그가 진실로 원했던 것이 어쩌면 비약일지도 모르지만. 말하자면 그냥 여기에서 저기로 건너뛰기.

당시의 진은 유진을 이해할 수 없었지만, 그러나 진은 이미 그때 알았어야 했을 것이다. 남보다 더 소심한 사람에게, 아니 어쩌면 대개의 사람들에게 가장 찬란한 소망이란 비약밖에는 없다는 것을. 말하자면 로또에 당첨되는 것 이외에는 더 나은 소망을 가질 수 없는 사람들. 소박한 소망조차 가질 수 없거나 포기한 사람들. 그러므로 불가능한 소망……. 어쩌면 죽음 같은 소망……. 유진에겐 그것이 바로 섬이었던 것이다.

여기 와서 한번 살아볼까.

유진이 그런 말을 처음으로 꺼냈던 것은 진과 함께 섬을 여행하던 때였다. 생전 처음으로 와본 섬의 바닷가 모래사장에 앉아 유진이 그렇게 말했었다. 농담 같은 말이었기 때문에, 진 역시 농담처럼 그 말을 받았었다.

"여기서, 뭘 하고 싶어서?"

"뭐든지 할 게 있겠지."

"여기 사람들이 들으면 욕해. 어디서나 힘들게 살고 있는데."

비치에는 늙은 마사지사들이 관광객들을 상대로 호객 행위를 하고 있었다. 조잡한 장신구를 파는 아이들도 있었다. 때 묻은 옷을 입은 아이들의 까만 눈동자가 깊었다.

"그럼, 저긴 어떨까?"

"어디?"

동전을 구걸하는 아이들 너머로, 바다 저 멀리 섬 같은 것이 보였다.

"이어도."

진이 웃음소리를 냈다.

"이어도에 가고 싶으면 여기 말고 제주도부터 가. 적어도 비행기값은 얼마 안 들잖아."

그때, 섬인 줄 알았던 것이 바다 속으로 쑥 빠져들어갔다. 자세히 보니 서핑을 하고 있는 사람이었다.

그날 오전, 둘은 서핑보드를 파는 가게에 한동안 머물렀다. 가게 주인은 덴마크인이었다. 덴마크에서 케이크 가게를 했는데, 어느 날 문득 그 섬으로 와서 주저앉았단다. 그럼 케이크 가게는요? 진이 묻자, 이제는 서핑보드 가게 주인이 된 덴마크인이 말했다. 마누라가 하고 있겠지. 그 말투가 그냥 '누군가가 하고 있겠지' 하는 말처럼 들렸다. 울컥, 그 덴마크인에게 미운 마음이 들었다. 왜 부인하고 같이 안 오셨어요? 진이 힐난하듯 물었지만, 덴마크인은 그러거나 말거나 대답했다. 그 여잔 케이크 가게를 지켜야 하니까. 게다가 그 여잔 햇빛 알러지가 있거든.

그러다가 문득, 진의 힐난을 눈치 챈 모양이었다. 덴마크인이 진을 흘겨보듯 바라본 후, 말을 이었다. 삼십 년 동안이나 케이크를 팔았어. 그러면 된 거 아냐? 가게 주인에게는 현지인 애인이 있었다. 뜻밖에도 남자 애인이었다. 게이인 이 남자는 삼십 년 동안이나 여자인 아내와 그 여자가 낳은 자식들을 위해 매일같이 케이크 가게의 문을 열고 닫았던 것이다. 그러면 된 거 아냐? 그 말이 갑자기 수긍되는 순간이었다. 수긍이 되서 아프고 화가 나는 마음이었다.

그러나 그때, 유진의 눈빛은 홀로 빛나고 있지 않았을까. 빙고, 로또 당첨! 그런 말이 가슴속에서 폭죽처럼 터지지는 않았겠지만 적어도 서핑보드 가게 주인처럼 삼십 년을 낭비하고 싶지는 않다고 생각했을지도 모른다.

진은 그때 유진과 함께하던 여행 동안 수없이 많은 벌레들을 보았다. 한 그루의 나무, 그 나무에 기대어 핀 꽃, 그곳에 집을 지은 개미들, 그리고 날 것과 기어가는 것들……. 그들은 서로를 먹고 먹였다. 겨우 며칠을 머문 호텔에서 유진은 발코니 앞에 핀 꽃에 물을 주고, 빵부스러기를 발코니 마루에 털어 개미들을 먹이고, 홀로 자빠져 누운 딱정벌레를 뒤집어주기도 했다. 그러나 그것들은 사람과는 아무 상관없이, 그곳에 누가 살고 있든지 아무 상관도 없이 존재했다. 유진이 그곳의 키 큰 나무에 손을 대고 하루 온종일 서 있는다 하더라도, 혹은 평생을 그렇게 서 있는다 하더라도, 그는 나무와 통할 수 없는 게 분명했다.

개미들은 끝없이 새로 집을 지었고, 딱정벌레는 같은 자리에 와서 다시 몸을 뒤집었다. 나무는 도도히 자라나고, 도도히 정원의 잔디밭에 매일같이 낙엽을 떨구었다. 그러므로 유진은, 그냥 유진일 뿐이었다. 그가 어디에 있거나, 무엇을 하거나, 무엇을 인정하지 않거나.

그런데도 유진은, 달라지고 싶어 하는 것이다. 서른이 넘은 나이에, 난데없이……. 의사의 칼도 아니고, 어미의 인공수정도 아닌, 스스로의 구멍을 찢으려는 유진…….

그러나 무엇보다도 중요한 사실은 다른 데 있었다. 그것은 어떤 이유나 어떤 핑계에도 불구하고, 그들이 서로 떨어져 살 수도 있다고 믿었다는 점이다. 그때 진은 사랑이 어떻게 변하니, 라는 영화 대사를 기억하고 있었을까. 그 대사가 비록 변해버린 사랑 앞에서 외치는 지나간 사랑의 말이었다고 하더라도. 사랑은 얼마나 가벼운가. 그것이 전 생의 무게보다도 더 무거운 거라고 믿어도, 서로를 못 견딜 지경이 되면 결국 밀어 올려지고, 마침내 갈라지는 것이다.

그렇더라도, 여전히 유진이 모르는 것이 있었다. 유진을 홀로 보내면서 진이 얼마나 많이 울었는지. 유진이 떠난 후, 그가 돌아올 곳을 지키기 위해 진이 또 얼마나 기를 썼는지. 겨울 내내 한 번도 입지 않은 유진의 겨울옷을 세탁소에 맡기고, 또 찾아오고, 매일같이 옷장을 가지런히 정리하고, 그리고 유진의 책상을 닦고, 책상 위의 볼펜과 연필들을 색깔 맞춰 꽂아놓고, 베갯

잇을 갈고, 유진의 슬리퍼를 항상 들어오는 방향으로 놓아두었던 것을……. 그런 나날들을……. 그런데도 너는 어떻게 그럴 수가 있었니.

　여자 아이는 아침 여덟시면 일을 하러 왔다. 모터바이크 소리가 먼저 들렸다. 여자 아이는 대문 바로 옆의 공터에 모터바이크를 세우고 밤새 떨어진 나뭇잎들을 자박자박 밟으며 대문을 열고 들어왔다. 명색이 디자이너였던 유진은 이른 출근을 하지 않았다. 그가 늦잠을 자고 있을 때가 많았으므로 여자 아이는 집 안으로 들어오지 않고 마당 청소부터 했다. 대빗자루 소리가 싹싹 울리면 유진의 아침이 시작되었다.
　진이 유진의 집에 머물 때는 달랐다. 새벽 여섯시부터 창이 그야말로 눈부시게 밝아와 진은 도통 늦잠을 잘 수가 없었다. 진은 먼저 일어나 커피를 내려 마셨고, 커피를 마시면서 모터바이크 소리를 들었고, 여자 아이가 나뭇잎을 밟는 소리를 들었다. 대문을 들어서는 여자 아이의 시선이 진에게 닿으면, 여자 아이는 언제나 활짝 웃었다. 아침 빛살처럼 퍼지는 웃음이었다. 그 웃음이 얼마나 예쁜지 아침마다 진의 마음이 같이 환해지곤 했다.
　여자 아이가 마당을 쓰는 동안 진은 마당에 떨어진 꽃송이들을 주웠다. 아침마다 마당의 잔디밭 위에 꽃송이들이 뭉텅뭉텅 떨어져 있었다. 진은 그 꽃송이들을 주워 토기로 된 수반에 띄

위놓았다. 진이 물 위에 동동 뜬 꽃송이들로 유진의 아침 식탁을 장식하는 동안 여자 아이는 밥을 하고 야채를 볶았다. 여자 아이의 음식 솜씨는 훌륭하다고 할 수 없었다. 그 애가 만드는 매운 현지 음식은 진의 입에 잘 맞지 않았고, 진이 가르쳐서 만들게 한 음식들은 간이 맞지 않았다. 그래도 진은 여자 아이가 등을 돌린 채로 서서 야채를 볶는 모습을 보는 것이 좋았다.

고등학교를 갓 졸업한 여자 아이였다. 여자 아이는 오전 동안 유진의 집에서 일을 하고 오후에는 영어를 배우러 다니고 저녁 때는 또 돈을 벌기 위해 춤을 췄다. 그 섬의 전통무용에 대해 아는 게 없긴 하지만, 여자 아이의 춤 실력이 그리 나쁘지 않은 것 같았다. 여자 아이가 춤을 추는 관광지의 레스토랑에 유진과 함께 가서 아이의 춤을 본 적이 있었다. 그때 여자 아이가 얼마나 예뻤는지, 진의 가슴이 설렐 지경이었다.

자신이 여자 아이와 같은 나이였을 때, 자신 역시 저렇게 예뻤을까. 특별히 나쁜 기억이 없었음에도 그 시절에 자신이 여자 아이처럼 빛이 났었다는 기억은 없다. 진은 재수를 해서 대학에 들어갔다. 여자 아이처럼 돈을 벌지도 않았고, 대학입시를 준비하는 것 이외에 뭔가를 배우지도 않았고, 물론 춤을 추지도 않았다. 나이트클럽에 두어 번 갔던 기억은 있다. 진은 도저히 그 분위기에 휩쓸리지 못해 잘 마시지도 못하는 술만 마셔대다가 만취했고, 나이트클럽 테이블에 먹은 것을 전부 토해버렸다. 그 후로는 누구도 진에게 춤추러 가자는 말을 하지 않았다.

아무리 기억을 되살려도 그 시절의 자신이 예뻤다는 기억이 없다. 남들에게 예쁘다는 말을 들어본 적이 전혀 없지는 않았을 것이다. 특별히 예쁘지는 않았지만 특별히 못나지도 않았으니 누군가는 그녀에게 지나가는 말로라도 예쁘다고 해주었을 것이다. 그 말에 대한 감동이 남아 있지 않은 것은 본인이 그것을 알지 못했기 때문이었다. 아름다운 것, 그러나 곧 소멸할 것에 대한 감동은 그것이 다 지나간 후에야 찾아오기 마련이었다. 세월이 한참 흘러, 더는 그 시절의 나이를 흉내로라도 낼 수 없게 되었을 때, 비로소 그때에는 자신도 예뻤을 것이라는 추억을 하기 마련인 것이다. 그러니, 그때 누군가가 얘기해주었더라면 좋았을 텐데……. 지나가는 말이 아니라 똑바로 눈을 마주보고 말해주었더라면 좋았을 텐데……. 지금 네가 얼마나 예쁜지 살아가는 동안 절대로 잊지 말라고, 그렇게 힘을 주어 말해주었더라면 좋았을 텐데…….

그러나 나이가 든 진 역시 마찬가지였다. 마당을 쓸거나 야채를 볶는 아이를 붙잡고 너는 예쁘다고 말해줄 수는 없었다. 물론 그 사실을 절대로 잊지 말라고 말해줄 수는 없는 일이었다. 그래서 예쁜 나이의 아이들을 볼 때마다 진의 가슴이 아팠다. 네가 아무리 예쁘더라도 결국엔 단 한 사람을 만나기 위해서 그토록 예쁜 거겠지……. 자신도 모르는 사이 그런 말을 속으로 속삭이게 된 것은, 진의 단 한 사람이었던 유진을 완전히 잃어버린 후였을 것이다.

네가 나한테 어떻게 이럴 수가 있어.

그를 완전히 잃어버리기 전에 진은 그런 말을 했었던가. 그런 말을 할 기회가 있었던가. 한 가지 분명한 것은 그런 상황에서 진이 유진에게 '사랑이 어떻게 변하니' 따위의 유치한 대사를 읊지는 않았다는 것이다. 모든 말이 그때 입 안으로 사라져버렸다. 죽이고 싶다는 생각, 그리고 죽여야 한다는 생각, 그 이외에 무엇이 있었을까.

다만 피에 대한 기억…… 오직 그것이 남았을 뿐이다.

첫째 날, 영원한 밤

이야나가 차의 기름을 마지막 한 방울까지 쥐어짜내가며 타운 근처에 도착했을 때 날은 어느새 어두워졌다. 타운이 한눈에 들어오는 언덕받이로 올라설 때, 노을이 한순간에 확 번졌다가 순식간에 사라졌다. 짧았지만 그날따라 놀랍게 아름다운 노을이었다. 부서지고 으깨지고 무너진 모든 것들이 노을빛으로 잔혹하게 아름다웠다.

보조석에 앉은 여자의 다리가 덜덜 떨려 운전대를 잡고 있는 이야나의 몸에까지 그 떨림이 전해졌다. 노을이 지기 전에 여자는 남아 있는 것이 아무것도 없다는 것을 보았을 것이다. 그래도 여자는 비명을 지르거나 울음을 터뜨리지 않았다. 아마도 그럴 수 없었을 터였다. 입으로 터져 나오는 비명이나 울음 대신 온몸이 덜덜 떨리고 있었다. 살이 떨리는 게 아니라 살 속의 뼈 마디 관절들이 모두 덜덜 떨려 그것이 곧 온몸이 내지르는 비명 같았다.

"……다, 사라졌어요."

덜덜 떨리는 목소리로 여자가 말했을 때, 이야나는 여자의 말 에 응답하지 않았다. 응답할 필요가 없는 말이었다.

"이건 거짓말이에요……. 이런 일은…… 있을 수 없어요."

여전히 이야나는 아무 말도 하지 않았다. 실은 이야나도 여자 처럼 그렇게 말하고 싶은지도 몰랐다. 지나치게 잔혹한 진실 앞 에서 가장 믿을 수 없는 것은 바로 그 진실이었다. 그러나 노을 이 지기 전에 여자가 본 것은 무너지고 부서진 잔해들뿐이었을 것이다. 돌무더기에 깔린 시체들, 감지 못한 채 부릅뜬 눈들, 그 눈들이 한꺼번에 내지르는 것 같은 비명 소리들을 들었다면, 여 자는 차마 거짓말이라는 말조차도 하지 못했을 것이다.

이야나에게도 그런 경험이 있었다. 감당할 수 없는 것을 지우 기 위해 그 자신만의 헛것이 필요했던 적이. 도마뱀 데위……. 그가 데위를 키우던 오랜 시간 동안, 사람들은 모두 이야나가 헛것을 본다고 말했었다. 누군가는 그를 멍청한 자식이라고 했 고, 더 많은 사람들은 그를 거짓말쟁이라고 말했다. 그러나 데 위는 그가 만들어낸 것이 아니었다. 어느 날 데위가 그를 찾아 왔고, 그와 함께 머물렀을 뿐이었다. 오직 그와 함께만…….

데위는 그의 손이 닿을 듯한 곳에서 소리 죽여 기어 다니고 또록또록한 눈으로 그를 쳐다보고, 긴 혀를 재빨리 내밀어 모기를 잡아먹는, 살아 있는 도마뱀이었다. 수니가 그의 곁을 떠나기 전까지는 그랬다. 어떤 고통은 또 다른 고통에 의해서만 지워진다. 수니를 떠나보내면서 이야나는 데위도 떠나보냈다. 저리 가……. 너는 진짜도 아니면서 너무 오래 내 곁에 있었어……. 이야나가 데위에게 말했을 때, 푸른 도마뱀 데위가 길고 날카로운 혀를 내밀어 이야나의 손가락을 깨물려고 했었다. 물리지는 않았다. 물렸다면 상처가 남았을 것이고, 그는 데위를 여전히 떠나보내지 못했을 것이다.

"내려야 해요."

이야나가 처음으로 입을 열었다. 그리고 그 말에 이어 여자가 물었다.

"쇼핑센터는 어디에 있죠?"

와들와들 떨리는 목소리였지만 쇼핑센터라는 발음만큼은 분명했다. 그러나 이야나는 대답하지 않았다.

"기름이 바닥이에요. 내려요."

이야나의 차를 앞질러 가던 군용트럭이 부서진 도로 때문에 기우뚱하는 것이 보였다. 군용트럭의 운전자가 내지르는 욕설이 고스란히 들렸다. 이야나를 향한 욕설은 아니었다. 누구나 어디에다 대고든 욕설을 내뱉고 싶은 것이다.

"다…… 없어졌어요."

여자의 목소리가 여전히 부서지는 듯했다.

"처음부터 없었어요."

마침내 이야나가 입을 열었다. 그런 말을 할 상황인지 아닌지 그런 건 생각하고 싶지가 않았다. 그러니까 아무것도 생각하고 싶지 않았다. 쇼핑센터는, 그의 데위처럼 존재하지 않았다. 아니, 정확히 말하면 쇼핑센터가 아니라 쇼핑센터의 가구 매장이었다. 이야나는 수니가 일하는 쇼핑센터를 자기 손금 보듯이 알았다. 쇼핑센터의 이층에서는 의류를 판매했고 가구 매장 같은 것은 없었다. 이층뿐만이 아니라 쇼핑센터 전체에 가구를 판매하는 매장은 없었다. 수니가 그곳에서 일하기 시작한 오 년 전부터 그랬다.

여자가 거의 바람 소리를 내기라도 할 듯이 고개를 홱 돌려 이야나를 바라보았다. 이야나는 그런 눈빛을 잘 알고 있다. 사람들이 그에게 도마뱀 같은 건 없다고 말할 때마다, 그의 아버지가 그에게 멍청한 자식이라고 말할 때마다, 아마도 자신의 눈빛이 그러했을 것이다. 네가 뭘 알아. 니들이 뭘 알아. 그래서 이야나는 여자에게 더 분명히 말해줘야만 했다.

"당신이 말하는 쇼핑센터는 다 무너졌고 거기에 가구 매장 같은 건 없었어요. 당신이 착각을 한 거라면, 차라리 다행인 거예요. 어딘가는 무너지지 않은 곳도 있을 테니까……. 분명히 그럴 테니까……. 그렇게 생각하세요."

적어도 덜 무너진 어느 곳에 있다면, 그녀의 남편이 덜 무너지거나 무너지지 않은 곳에 있다면, 그보다 더 축복인 일이 어디에 있으랴. 지금 이 상황에서 그보다 더 바랄 수 있는 일이 어디 있으랴. 그러나 그렇게 말하는 이야나의 목소리는 허망했다. 이곳 어디에 덜 무너지거나 무너지지 않은 곳이 있을 것인가.

"다행이라고요?"

여자가 비난을 하듯이 물었다. 이야나의 마음속에서 무언가가 울컥했다. 그 역시 지금은 누군가를 위로하고 달랠 만한 마음이 아닌 것이다. 이야나의 목소리가 높아졌다.

"거기에 가구 매장은 없었어요! 없어졌다고요! 혹시 전에 있었던 걸 말하는 거라면!"

이야나가 문득 말을 멈췄다.

"그걸 말하는 거라면……."

그리고 간격을 두었다가 다시 말했다.

"내려요."

여자의 말을 더는 듣고 싶지 않았다. 더는 말을 섞고 싶지도 않았다. 이야나가 먼저 차에서 내렸다. 여자가 잠시 뒤에야 차에서 쫓아 내리는데 온몸이 휘청휘청했다. 어쩌면 이야나가 먼저 흔들리고 있었을지도 모른다.

차에서 내리자 어둠 때문에 아무것도 분간할 수가 없었다. 이야나는 불빛이 희미하게 퍼져오는 곳을 향해 걷기 시작했다. 아마도 비상 배터리로 전력을 가동한 대피소 쪽일 것이다. 그때 뒤쪽이 환했다. 군용트럭 한 대가 달려오고 있었다. 이야나가 급히 손을 휘저었고 군용트럭이 멈춰 섰다.

"쇼핑센터로 데려다주세요!"

여자가 먼저 달려들어 소리를 질렀다. 군인들 중의 누구도 여자의 말을 알아듣지 못했다. 트럭은 그들을 긴급대피소로 태우고 갔다.

사람들이 우르르 달려와 트럭에서 내리는 사람들 중에 아는 사람이 있는지를 찾았다. 그중에서 이야나는 만을 발견했다. 만은 여전히 자신의 의붓어머니를 찾고 있었는데 낮에 보았을 때보다도 훨씬 더 제정신이 아닌 것처럼 보였다. 만은 트럭에서 내리는 사람들 중에 옅은 빛깔의 머리카락만 보여도 늙고 젊고를 가리지 않고 그 얼굴을 붙들고 확인했다. 아무도 자신의 얼굴을 붙드는 낯선 남자의 손길을 마다하지 않았다. 누구나 아낌없이 얼굴을 내주고 자신을 확인하라고 했다. 그러나 만의 의붓어머니는 그곳에 없었다.

"만!"

이야나가 만의 팔을 붙잡았다. 만이 헛소리처럼 중얼거렸다.

"울 엄마 봤어, 이야나?"

그러고는 만은 곧 울부짖듯이 악을 썼다.

"울 엄마 어디 있냐구!"

어려서 이야나는 장에 따라 나갔다가 어머니를 잃어버린 적이 있었다. 그때의 기억이 지금도 생생했다. 어머니를 잃어버린 게 아니라 세상 전체를 잃어버린 것 같았다. 그래서 엄마, 엄마 외쳐 부르지도 못한 채 울기만 하면서 이 골목 저 골목을 헤매고 다녔었다. 정신없이 헤맸다고 생각했는데 멈춰 서면 결국 같은 자리였다. 먼지 묻은 얼굴에 땟국물이 줄줄 흐르는데 그중에서 눈물 자국만 선명하게 그어졌다. 세상 전체를 잃어버린 후, 너무 무서워 목소리조차 낼 수 없었던 어린 이야나와 하루 온종일 엄마를 외쳐 부르고 다니느라 목이 완전히 잠겨버린 만과는, 어느 쪽이 더 슬프고 괴로운 것일까.

"만, 진정해⋯⋯."

위로할 방법이 없다는 것을 알면서도 이야나는 말하지 않을 수 없었다.

"괜찮을 거야, 만. 괜찮을 거라고."

"뭐가 괜찮다는 거야?"

만이 물었다. 글쎄⋯⋯. 과연 뭐가 괜찮은 것일까.

"죽었는지 살았는지도 모르겠는데! 죽었으면 시체라도 찾아야 할 건데!"

"살아 계실 거야. 그렇게 믿어, 만."

이야나가 간신히 그렇게 말했을 때였다. 만이 이야나에게 붙잡혀 있던 팔을 빼내며 사납게 소리를 질렀다.

"이 멍청한 자식!"

세상 모든 사람에게 멍청한 자식이라는 말을 들었다고고 해도 만에게서 그런 말을 들어본 것은 처음이었으므로, 이야나가 그야말로 잠시 멍청해져 있는데, 만이 시뻘건 눈알을 바깥으로 튕겨낼 듯한 눈빛으로 다시 소리를 질렀다.

"시체도 못 찾으면 실종인데! 이 멍청한 자식! 실종이란 말이야, 실종!"

이야나의 얼굴이 잠시 꿈틀했다. 무슨 말인가. 그러니까 만이 찾고 싶은 것은 의붓어머니의 시체라는 소리인가. 설마 그럴 리가 있겠는가. 설마 이 와중에 그럴 리가 있겠는가…….

의붓어머니의 유산 상속에 관한 부가조항을 알았을 때, 만이 이야나에게 했던 말이 떠올랐다. 이야나, 자연사가 뭐야? 어떻게 죽으면 그게 자연사야? 그날, 만은 술이 엄청 취해서 세상의 온갖 죽음에 대해서 떠들어댔었다. 교통사고로 죽으면 그건 자연사야? 암도 아니고 당뇨도 아니고 뎅기모기에 물린 것도 아니고 에이즈 같은 거에 감염돼 죽으면 그건 자연사야, 아니야? 지가 살기 싫어서 어느 날 갑자기 목 매달아 죽어버리면 그건 또 뭐야? 내가 죽이지 않았는데도 그게 자연사가 아니야? 길 가다가 코코넛이 머리에 떨어져 죽으면, 그건 뭐야? 백 살, 백스무 살까지 살다가 어느 날 아침에 눈 안 뜨고 죽어 있으면 그게 자연사인 거야? 그런데 사람이 백스무 살까지도 살아? 세상에서 가장 오래 산 사람이 몇 살까지 살았는지 너 알아? 어느 날 노망이 들어서 집 밖으로 나가 돌아오지 않는다고 쳐봐. 삼 년을 찾고 오 년을 찾는데도 못 찾는다고 쳐봐. 좋아, 인심 써서 십 년을 찾는다고 쳐봐. 그런데도 못 찾으면, 그건 뭐야?

세상의 온갖 가능한 죽음들을 나열하는 가운데에 지진도 있었을까? 기억이 명료하지는 않았지만, 그렇지는 않았을 것이다. 지진이 일어나면 엄마만 죽는 것이 아니라 그도 죽을 것이 므로. 그러면 그게 자연사인지 아닌지 궁금해할 필요도 없게 될 것이므로.

　대피소에는 천막들이 쳐져 있었다. 비치에서 살아남은 사람 들과 죽지 못한 사람들이 그 천막 안에 자리를 잡고 있었다. 모 기가 엄청났다. 세상의 모든 모기들이 그곳으로 다 몰려든 것 같았다. 그 와중에도 가려움은 맹렬했다. 이야나는 모기에게 뜯 긴 목을 피가 나도록 긁어대며, 그러나 자신이 목에 피가 나도 록 긁어대고 있다는 것을 전혀 깨닫지 못한 채로 대피소를 둘러 보았다. 어린아이들을 제외하고는 누구도 잠들어 있지 않았다. 아이들은 비치의 옷가게에서 쏟아져 나온 유명 브랜드의 옷들 을 덮고 있었다. 버버리, 아르마니, 프라다, 마크제이콥스……. 언젠가 돈을 많이 벌면 수니에게 사주고 싶었던 옷도 있었다. 아무 무늬도 없는 흰색 원피스였지만, 수니가 입으면 정말 예쁠 것 같았다. 머리에 꽃을 꽂은 수니가 무늬 없는 흰색 원피스를 입고 있으면 아마도 웨딩드레스 같아 보일 것이다. 결혼식 날 수니는 정말로 예쁠 것이다.

　어디선가 무언가가 폭발하는 소리가 들렸다. 그리고 연이어 울리는 것이 총소리 같았다. 사람들이 일어서거나 주저앉으며 그 소리를 향해 고개를 돌렸다. 분간할 수 없던 소리가 곧 다시 정적 속으로 잠겼고, 낮은 신음 소리와 흐느낌 소리가 대신 그 자리를 차지했다.

여자는 넋이 나간 듯 서 있었다. 이야나는 여자를 그대로 둔 채로 그 자리를 떴다. 군용트럭에서 만난 사람에게서 이야나는 수니에 대한 이야기를 들었었다. 수니가 대피소의 치료소에서 다친 사람들을 돕고 있다는 말을 들었다고 했다. 수니는 씩씩한 여자였다. 충분히 그럴 만했다. 그런데 수니의 약혼자는요? 이야나는 묻고 싶었지만 묻지 않았다. 수니의 약혼자는 간호사였다. 아마도 그 역시 그곳에 함께 있을 것이다.

치료소 쪽으로 가기 전, 이야나가 여자를 잠깐 돌아보았다. 여자는 이야나를 붙잡지 않았다. 대신에 어린아이 하나가 갑자기 잠에서 깨어 불에 덴 듯 울어대기 시작했다. 아이가 이야나의 다리를 끌어안았다. 누군가가 주문을 외는 것 같은 목소리로 중얼거렸다.

"다 죽었어. 이 아이의 엄마 아빠도 죽었어. 다 죽었다구…….
내 새끼들도 죽었을 텐데, 난 여기서 이렇게 자빠져 있군."

주문을 외는 것처럼 헛소리를 하는 것은 그 사람만은 아니었다. 잠들지 못한 사람들이 각기 자기 나라 말로 낮게 읊조리는데, 그중에는 이야나가 알아들을 수 있는 기도문도 있었다. 죽은 자를 위한 기도와 산 자를 위한 기도가 리듬처럼 서로 뒤섞였다. 푸른 눈의 한 여자가 바다를 향해 서서 두 팔을 벌리고, 울부짖듯이, 노래하듯이 끝없이 긴 독백을 하고 있는 것도 보였다.

치료소는 대피소의 안쪽에 있었다. 치료소에서 번져 나오는

빛 때문이 아니라 그곳에서부터 울려나오는 고통스러운 울부짖음 때문에 이야나는 곧 치료소를 찾을 수 있었다. 치료소 역시 천막이었다. 야전침대들이 천막 안에 수두룩했다. 그 한쪽으로 시트가 덮인 야전침대들이 또 수두룩했다. 시체들이었다. 흙먼지에 뒤덮이고 피와 땀에 젖은 의료진들이 야전침대들을 분주히 오가는 사이에는 의료복을 입지 않은 민간인들도 적지 않게 보였다. 누군가가 다급하게 이야나에게 소리를 질렀다.

"이봐요. 이리 와요!"

이야나 또래의 젊은 남자였다. 이야나가 그쪽으로 달려갔을 때, 그가 바닥에 뒹굴던 옷가지 하나로 환자의 얼굴을 덮었다. 이야나는 방금 죽은 시체의 다리를 붙잡아 시체들이 쌓여 있는 곳으로 옮겼다. 간혹 시트를 덮고 있는 시체도 있었지만 더럽혀진 천 쪼가리로나마 얼굴조차 덮지 못한 시체들이 수두룩했다. 눈을 뜬 시체들이 이야나를 일제히 쳐다보고 있는 것만 같았다. 이야나가 구역질을 간신히 참았다.

"담배 있어요, 혹시?"

남자가 물었다. 이야나가 고개를 저었다. 이야나는 담배를 피우지 않았다.

"실은 나도 담배를 안 피워요."

남자가 주저앉은 채 웃음소리를 냈다.

"어느 마을 사람이에요?"

방금 시체를 옮긴 남자가 이야나에게 어느 마을 사람이냐고

174

묻고 있었다. 이야나가 자기 마을의 이름을 말하자 남자가 고개를 끄덕였다.

"좋은 마을에 사는군요. 거긴 피해 지역이 아니라는 얘기 들었어요. 그 마을 사는 친구가 있어요. 같이 호텔에서 일했는데, 지금은 살았는지 죽었는지도 모르겠군요. 지진이 일어날 때 난 풀장에 있었거든요. 그냥 냅다 풀장 안으로 뛰어들었는데, 정신을 차려보니까 내가 호텔 지붕에 있는 거예요. 무너진 지붕 위로 휩쓸려간 거죠. 그때 내가 뭘 쥐고 있었는지 알아요? 살려고 악착같이 붙잡은 게 게 한 마리더라고요. 그 게가 내 손가락을 물고 있었어요. 어쩌면 게도 살려고 나를 악착같이 붙잡은 건지 모르지만."

남자가 혼자 웃음소리를 내고, 다시 말을 이었다.

"지진 날 때 여기에 있었어요? 그랬다면 정말 운이 좋았군요. 나처럼 말이에요."

"아뇨, 여기 있지 않았어요."

"어디 있었어요? 바깥은 지금 어떤 거지요?"

"투계장에 있었어요. 닭들은 멀쩡했고요. 멀쩡해서…… 사라져버렸어요. 혹시 닭이 나는 걸 본 적 있어요? 닭이 날아가더군요."

"지금은 쥐가 날아간다고 해도 믿을 거예요."

느닷없이 웬 쥐, 하는데, 어둠 속 대피소 구석구석에 쥐들이 몰려와 있었다. 반짝이는 것들이 무엇인가 했더니 다 쥐의 눈들이었다. 이야나가 신음을 삼켰다.

"온갖 나쁜 소문들이 돌고 있어요. 감옥도 무너졌다고 하던데, 그런 얘기 들었어요?"

"아뇨."

"죄수들이 전부 교도소 바깥으로 나왔다고 해요. 가끔 총소리 같은 게 들리는데 마켓이 전부 털렸다고 하더라고요. 마켓뿐이겠어요? 마켓이 털린다면 은행도 털린다는 소리겠죠. 그런 소문, 믿을 수 있는 걸까요?"

이야나는 대답하지 않았다.

"의사 하나가 자기가 받아야 할 혈액을 양보하고 죽었대요. 그 말은 믿을 수 있겠어요?"

이야나는 여전히 대답하지 않았다.

"여진이…… 다시 올 거라고 해요. 그러면 쓰나미도 다시 올 거고요. 이번에는 더 어마어마하겠지요."

"……."

"그때도 살아남을 수 있을까요?"

이야나는 주저앉았던 자리에서 일어섰다. 지금 자기 곁에 있는 남자에게 가장 큰 고통은 두려움이 아니라 외로움일 거라는 생각이 들었지만, 그래서 가능하다면 이 남자의 이야기를 밤새도록 들어줘야 할 거라는 생각도 들었지만, 두렵고 외로운 것은 이야나도 마찬가지였다. 혈액을 양보하고 죽었다니……. 이야나는 그 말을 믿었다. 세상의 누군가 하나쯤은 분명히 그런 사람이 있을 것이다. 세상의 그런 사람 하나가 세상의 모든 이기심과 죄의식들을 위로하는 것이다. 그렇게 믿고 싶었다.

수니를 찾아야만 했다. 걸어가는데 발밑이 물컹물컹했다. 그럴 리가 없겠으나 쥐를 밟는 것 같은 느낌이었다. 이야나는 이를 악물고 다시 야전침대 사이를 돌아다녔다. 수많은 사람들 사이에서 수니는 보이지 않았다. 대신 수니가 붙잡고 놓으려 하지 않았던 외국인 관광객이 야전침대에 누워 있는 것을 볼 수 있었다.

그는 아직 살아 있었다. 부목을 대고 수액을 매달고 있었으나 수액은 거의 텅 비어 있었다. 아마 새로운 수액을 더는 공급받기 어려울 것이고, 보다 많은 지원이 도착하기 전까지 버티지 못한다면 기어코 숨을 거두게 될 것이다. 남자는 고가의 시계를 차고 있었다. 깨진 시계의 초침이 멎어 있었다.

겨우 십오 달러짜리 옷을 사고 십 달러나 팁을 주었다고 했다. 의심할 여지없이 이 남자는 수니를 유혹하고 싶었던 것일 테다. 섬의 젊은 여자들이 아낌없이 돈을 뿌려대는 외국인 관광객들에게 넘어갔다. 여자들은 외국인들이 얻어놓은 평수 넓은 집, 평수 넓은 침실의 사이즈 큰 침대 위에서 낮잠을 잤다. 캐노피는 낮이고 밤이고 걷어 올려지지 않았다. 남자들은 원하는 만큼 여자들을 가졌다. 누구에게도 약속 같은 것은 없었다. 남자들은 여자들을 떠났고, 여자들은 다시 다른 남자들을 만났다. 그리고 평수 넓은 침실의 가장 사이즈 큰 침대 위에서 다시 또 다른 낮잠에 빠져드는 것이다. 그리고 섬의 가난한 젊은 남자들이 여자들이 잠을 자고 있는 사이에 정원의 잔디를 깎았다. 풀장을 소독하고 욕조를 닦기도 했다.

이야나가 태어날 무렵부터 섬이 관광지로 유명해지기 시작했다. 그전까지는 식민지의 추억을 찾아 늙은 유럽인들과 또 늙은 일본인들만이 찾았던 섬이, 그 섬의 추억과는 아무 상관도 없는 사람들까지 불러들였다. 열대의 빛과 색깔, 그리고 그 열정적인 색깔 속에 고요히 공존하는 신의 숨결이, 아직 도전정신이 남아 있으나 더는 아무것도 새로운 것을 찾을 수 없을 것 같은 시대의 가난한 예술가들을 먼저 불러들였다. 섬의 터질 듯한 색깔이 새로운 형식으로 피어났다. 그림보다 그림 속의 섬이 유명해졌고, 작은 갤러리들과 공방들이 속속 생겨났으며, 그 후 방갈로와 호텔, 레스토랑 들이 우후죽순처럼 생겨났다. 그리고 부자가 생겨났고, 가난한 사람들이 더욱 가난해졌다.

이야나도 가난했고, 수니도 가난했다. 수니의 아버지가 이야나를 모욕할 때마다 이야나가 견딜 수 없었던 것은, 그가 가난으로 가난을 모욕했기 때문이었다. 수니의 등을 떠밀어 보낸 사람이 겨우 간호사라는 것 때문에도 그랬다. 의사도 아니고 간호사라니…… 간호사라는 직업이 드라이버보다 나은 게 있다면 그것은 오직 그가 드라이버가 아니라는 사실뿐이었다. 적어도 이야나의 생각은 그랬다.

수니의 아버지가 사원의 지붕을 새로 엮는 노역에 참여했다

떨어져 허리를 다쳤을 때, 그를 구한 것은 신도 아니고 영험한 힐러도 아니었다. 간호사가 수니의 아버지를 얼마나 지극정성으로 돌보았는지는 이야나도 잘 알고 있었다. 그는 때때로 수니 아버지를 집에 업어다주기까지 했다. 천성이 선량한 사람이라고 했다. 수니 아버지에게만 그런 것은 아니라고 했으니, 굳이 수니에게 흑심이 있어서도 아니었을 것이다. 그래서 수니가 고마워했던 것도 알고 있었다. 어느 날 그가 등에 업고 온 아버지를 받아 안으려는데, 그의 손이 수니의 손과 닿았다고 했다.

물리치료를 하는 사람이라 그런가, 손이 어찌나 크던지 말이야.

그 말을 하던 수니의 얼굴이 빨갰다. 믿고 싶지 않았지만 그것은 분명히 설렘이었다. 그래서였을까. 그래서 이야나를 잊을거라고 말하던 날, 수니는 울음을 터뜨렸던 것일까. 미안해서…… 미안해서, 그랬던 것일까.

이야나가 수니를 발견한 곳은 치료소의 안쪽이었다. 불빛이 비껴가는 곳에 있어서 분간을 하기가 어려울 정도로 어두웠지만, 이야나는 어디에서든 수니를 알아볼 수 있었다. 수니는 과연 그녀의 간호사와 함께 있었다. 이야나가 걸음을 멈추어 섰다. 기이한 기분이 먼저 다가왔다. 간호사가 야전침대에 누워 있었다. 그 선량한 간호사가 그 큰 손으로 환자들을 돌보는 대신 야전침대에 누워 있는 것이다.

이야나의 가슴이 바닥보다도 더 아래로 떨어져내리는 듯했다. 죽음이 이토록 선명할 수가 있나. 시체와 시체 아닌 것의 차이가 이토록 선연할 수가 있는 것인가. 간호사는 침대에 누워 얌전히 눈을 감고 있었지만, 그것은 무언가가, 아니 모든 것이 남김없이 떠나가버린 몸이었다.

수니가 고개를 돌려 이야나를 바라보았다. 뻥 뚫린 구멍 같은 눈이었다. 수니는 다시 고개를 돌렸고, 시체의 얼굴 위로 자신의 얼굴을 낮추었다. 그러고는 깊고 뜨겁게 입을 맞추었다. 그것은 그야말로 깊고 뜨거운 입맞춤이었다. 수니의 영혼이 죽은 자의 영혼과 입술로 맞닿고 있었다.

그날 낮, 이야나가 수니에게 같이 가자고 말했었다. 우리, 같이 가자고. 이제 와서 다시 너를 놓칠 수는 없다고. 부상당한 환자들이 차 안에서 울부짖으며 빨리 떠나자고 악을 쓰고 있었어도 그런 건 아무 상관도 없었다. 수니를 데리고 떠날 수만 있다면, 무슨 짓이든 할 수 있었다.

"집으로 가자, 우리."

그리고 이야나가 그렇게 말했다. 그들에게 돌아갈 집이 없다는 것을 모르는 것은 아니었다. 그러나 집이 아니라 어디어도 좋았다. 그는 수니와 함께 피해 지역을 떠날 것이고, 섬을 떠날 것이고, 이 세상 어디로라도 갈 것이다. 그곳이 안전하기만 하다면, 수니와 자신을 위해 안전한 곳이기만 하다면 어디라도 좋았다.

"난 갈 수 없어, 이야나."

그때 수니가 말했다.

"우린 아무 데도 갈 수 없어, 이야나. 이게 세상의 끝인데…….
이야나, 여기가 바로 세상의 끝이야."

"그렇지만 나한테 전화했잖아. 수니, 네가 나한테 전화를 했
어."

그랬다. 수니가 그에게 전화를 했던 것이다. 세상의 끝에서,
수니가 전화를 건 사람은 간호사가 아니라 이야나였던 것이다.
그것보다 더 중요한 사실이 어디에 있단 말인가. 그러나 그때,
이야나의 말을 듣는 수니의 눈빛이 참혹했다.

"난 너한테 전화하지 않았어, 이야나."

"그러지 마, 수니."

"난 너한테 전화하지 않았어. 몇 번을 더 말해야 하는 거야,
이야나. 난 한 번도 너한테 전화하지 않았어!"

부상자를 태우고 가던 차 안에서 흘렸던 눈물, 그러나 그 눈
물이 흐르기 시작한 것은 이미 그때부터였을 것이다. 그랬다.
언제나 전화를 걸었던 것은 이야나였다. 수니가 떠난 후, 이야
나는 전화하고 또 전화했다. 전화하고 전화해서 묻고 또 물었
다. 수니, 전화했었니? 네가 전화했었던 거야? 수니의 대답은
한결같았다.

난 너한테 전화하지 않았어.

이야나가 듣고 싶었던 대답은 그게 아니었다. 이야나는 다만
묻고 싶었을 뿐이었다. 넌 그 사람을 사랑하지 않잖아. 수니, 네

가 사랑하는 건 그 사람이 아니잖아.

그 대답을 세상의 끝, 사람이 무더기로 죽어나간 비치에서 수니에게 마침내 들어야 했었다.

"널 사랑했었어. 그 사람을 만나기 전까지는."

그러니까 그 간호사의 손이 닿기 전까지는……. 그 큰 손이 닿는 순간, 자신도 알지 못하는 사이, 귀에서 펑 하는 소리가 터지듯 들리기 전까지는……. 그래서 그 소리가 뭔가, 생각하고 또 생각하기 전까지는……. 한 개울의 낮은 곳과 높은 곳에서 발가벗고 같이 목욕을 했던 사이, 늘 풀 죽은 울보이기만 해서 달려가 늘 눈물 콧물을 닦아주고 싶었던 아이, 그러면서 사랑이라고 믿었던 아이……. 그러나, 한 번도 귀가 터지듯 펑 하는 소리를 들려주지는 않았던 아이……. 그래도 널 사랑했었어, 이야나. 그 사람을 만나기 전까지는, 그랬는지도 몰라…….

"쇼핑센터에 가구 매장은 없어요."

여자와 다시 함께 있게 되었을 때 이야나가 한 첫마디였다. 여자는 그럴 리가 없다고 말하지 않았고 화를 내지도 않았다. 여자는 다만 달빛이 비치는 바다를 바라보고 있을 뿐이었다. 여자가 잠시 후에 입을 열었다.

"알고 있어요. 그건 사라졌죠."

"그런 뜻이 아니에요. 그건 처음부터 없었어요."

여자가 이야나를 바라보았다. 무슨 말을 하고 있는 거냐고 묻고 있는 듯한 눈빛이었다.

"가구 매장이 있었던 건 쇼핑센터가 생기기 전이에요. 가구 매장이 문을 닫고 쇼핑센터가 들어섰어요. 안 좋은 일이 있었지요. 당신도 알고 있겠지만⋯⋯. 그것 때문은 아니었겠지만 그 일 이후에 금방 문을 닫는 바람에 말들이 많았어요. 심지어는, 저주가 내렸다는 말까지 있었으니까요."

"저주요?"

여자의 목소리가 꿈을 꾸는 듯했다. 이야나의 말을 알아듣고 있는지 아닌지도 알 수 없었다. 그러나 이야나는 여자가 자신의 말을 알아들으리라고 믿었다.

그리고 자신이 왜, 이 순간에 그 모든 일을 기억해냈는지도⋯⋯. 그렇다. 이야나는 이 여자를 알고 있었다. 믿을 수 없었지만 어쩌면 개를 치어 죽였던 그날부터. 아니, 어쩌면 그보다도 더 전부터.

"당신을, 알고 있어요."

"⋯⋯나를요?"

"그래요, 아주 오래전부터⋯⋯. 어쩌면 칠 년 전, 그러니까 그 사건이 일어났을 때부터요."

"칠 년 전이요?"

이야나는 여자의 질문에는 대답하지 않았다. 다만 자신이 하고 싶은 말을 할 뿐이었다.

"게다가 난 지금, 당신도 날 알고 있다는 생각이 들어요. 그것

183

도 칠 년 전부터요."

여자는 더 이상 입을 열지 않았다. 다시 바다를 바라보았다. 여자의 어깨가 흔들렸다. 그러나 울고 있는 것 같지는 않았다. 한동안의 침묵 후, 여자가 말했다.

"사람이 죽었어요."

그리고 잠시 후, 여자의 말이 이어졌다.

"……내가 그 애를 죽였어요. 그 애의 아이도 죽었고요."

이야나는 여자 옆에 주저앉았다. 아무 말도 하고 싶은 마음이 들지 않았다. 그러나 말하지 않을 수 없었다.

"그건 내가 알 바 아니에요. 그게 나하고 무슨 상관이란 거예요. 칠 년 전에 죽은 사람이 그 여자 아이가 아니라 당신이라고 해도 나하곤 관계없어요."

"그럼, 설마…… 내가 죽었나요?"

이야나의 입에서 끝내 웃음소리 같은 것이 흘러나왔다. 죽었다와 죽는다. 여기에 과거와 현재시제는 무의미했다. 죽는다와 죽을 것이다. 미래의 시제가 또한 무의미한 것처럼.

칠 년 전, 살인사건이 일어났었다. 섬 사람이라면 누구나가 알 만한 떠들썩한 사건이었다. 그렇더라도 이야나는 어떻게 이 여자를 기억하는 것인가. 그것도 왜 이제 와서야, 난데없이, 이렇게 기억을 하는 것인가.

칠 년 전, 이야나는 죽은 여자 아이의 장례식장에 있었다. 차를 몰고 가다가 우연히 여자 아이의 장례행렬을 만났다. 초라하기 짝이 없는 화장식이었다. 겨우 몇 명밖에 안 되는 현지인들 사이에 섬의 화장식을 관광거리로 여기는 외국인들이 더 많아 보였다.

공동묘지의 구석 공터에서 죽은 여자 아이의 시신이 태워졌다. 시신 위로 가스를 내뿜는 호스가 연결되자 점화가 이루어졌다. 불은 한꺼번에 순식간에 타올랐다. 불길이 흩어지지 않도록 시신 위에 덮어두었던 보호 양철판이 불길의 기세를 이기지 못한 채 벗겨져 나갔다. 외국인들이 우, 소리를 질렀다. 죽은 여자 아이가 몸만 불길에 휩싸인 채 얼굴을 드러냈다. 열아홉 살 여자 아이는 더 이상 아름답지도 않고, 싱그럽지도 않았다. 생명을 완전히 벗어버린 옷, 그 헐렁한 옷의 얼굴에는 아무 무게도 보이지 않았다. 그래서 아이는 마침내 자유를 얻은 것일까.

섬 전체를 떠들썩하게 했던 사건이었으므로 소문도 무성했다. 죽은 것은 여자 아이만이 아니라는 소문도 돌았다. 여자 아이가 임신 중이었으므로 여자 아이의 뱃속 아이도 죽었고, 여자 아이를 현지처로 두었던 외국인 남자도 죽었고, 그 외국인 남자의 아내도 죽었다고 했다. 소문이 한 다리 건너 넘어갈 때마다 죽은 사람의 숫자가 늘어나 나중에는 그 집에서 기르던 개와 고양이, 그리고 도마뱀까지 죽었다고 했다. 난데없이 지진 얘기까지 퍼져나왔다. 그 즈음에 지진이 관측되었던 기록이 전혀 없었음에도 그랬다. 그 집에 저주가 붙어 그 한낮에 집이 온통 다 무너지고 그 집과 관련된 사람들 모두가 죽었는데, 오죽하면 그

집의 소유주인 현지인까지 밥을 먹다가 얹혀 급사를 했다는 소
문까지 돌 정도였다.

그 집의 소유주는 가구 공장의 사장이었다. 한때는 몇 층짜리
매장에다 수출을 할 정도로 규모가 큰 공장을 가졌던 그는 경기
가 급락하자 공장과 매장의 문을 닫고 섬을 떠나버렸다. 적어도
밥을 먹다가 얹혀 급사를 한 것은 아니었지만 소문이 사실보다
더 극적이어서 소문을 믿고 싶어 하는 사람이 더 많았다. 나쁜
소문이 돌았던 집에 대해서도 마찬가지였다. 집은 어디 한구석
무너진 흔적도 없이 멀쩡했지만, 다른 세입자가 들어오려고 하
지 않았으므로 오랫동안 폐허처럼 버려져 있었다. 그러나 시간
이 한참 흐른 후에는, 그런 소문 같은 건 알지 못하는 외국인이
들어와 완전히 새로 단장을 해 살기 시작했다.

죽었다던 외국인 남자와 그의 아내에 대한 소문은 곧 사라졌
다. 그들은 섬을 떠나버리면 그만인 외국인들이었으므로, 더는
상상을 이어붙일 만한 소문이 없게 된 것이다. 확실한 것은 화
장식이 치러진 여자 아이의 죽음뿐이었다. 그리고 실재하는 살
인자였다. 살인범이 잡혔다는 소문은 다만 소문이 아니라 신문
과 티브이 뉴스에까지 보도된 사실이었다. 죽은 여자 아이와 함
께 레스토랑에서 춤을 추던 남자 아이라고 했다. 여자 아이의
애인이었던 남자 아이는 여자 아이가 집주인인 외국인과 놀아
나는 것을 알고 죽일 마음을 먹었고, 그 외국인 집에 침입해 마
침내 살인을 했다는 것이다. 여자 아이뿐만 아니라 현장에 같이

있던 외국인의 아내 역시 칼로 찔렀다고 했다.

살인범이 잡힌 후, 다시 한 번 소문들이 무성했다. 소문 속에서 이번에는 여자 아이가 죽고 어쩌면 남자 아이의 것인지도 모를 여자 아이의 뱃속 아이가 죽고, 그 외국인의 아내도 칼에 찔려 죽고, 그 현장에는 있지도 않았던 외국인 남자는 자살해 죽고, 또 살인범인 남자 아이는 교수대에 목이 매달려 죽었다. 죽다가 하늘로 날아가기도 했다. 살인범인 남자 아이가 종종 신을 연기했던 유명한 댄서였기 때문이었다.

섬의 많은 사람들이 그 남자 아이를 알았다. 레스토랑에서 댄서로 일했던 남자 아이는 어려서부터 춤을 기가 막히게 추었다. 일부러 다른 마을에서까지 그 춤을 구경하러 남자 아이의 마을 사원을 찾는 사람이 있을 정도였고, 그 소문이 퍼져 외국의 다큐멘터리 필름에 남자 아이가 어린 댄서로 소개되기도 했었다. 그 아이가 프로페셔널 댄서로 성공하지 못한 것은 아이에게 지적 장애가 있었기 때문이었다. 춤을 추고 싶은 마음이 들 때는 사람을 홀릴 정도로 황홀하게 췄지만, 추려고 들지 않을 때는 때려죽인다고 해도 아이를 움직이게 할 수 없었다. 레스토랑에서는 한 번도 그런 일이 없었다고 했다. 여자 아이와 함께 무대에 오르기만 하면 남자 아이는 숨이 넘어갈 때까지라도 춤을 출 듯했다. 그 남자 아이 때문에 여자 아이의 춤까지도 덩달아 빛이 났다.

남자 아이가 살인범으로 잡힌 후, 현장검증이 있었다. 그날 사건 현장에는 골목 입구부터 사람들이 잔뜩 모여 발 디딜 틈이 없을 지경이었다. 이야나도 그곳에서 그 현장을 구경했다. 굵은 줄로 두 팔이 묶인 살인범이 눈물을 뚝뚝 흘렸다.

남자 아이는 제정신으로 보이지 않았다. 지적 장애 때문이 아니더라도, 그런 상황에서 어떻게 제정신일 수가 있겠는가. 남자 아이는 공포에 질려 있었고, 끝없이 눈물을 흘렸다. 사건을 재연하면서는 계속해서 몸을 흔들어댔다. 그때마다 경찰이 남자 아이의 팔을 우악스럽게 잡거나 후려갈길 듯이 잡아채곤 했다. 남자 아이가 도마뱀 똥으로 가득한 빈집의 바닥에 엎어졌다.

내가 아니에요.

남자 아이가 울며 말했다. 그 흐느끼는 목소리를 듣느라고 구경꾼들이 모두 일순간에 입을 다물었다.

집이 무너졌어요. 모두 다 깔려 죽었어요.

다시 순식간에 사람들이 와글와글 떠들어대기 시작했다. 무슨 소리야? 집이 무너졌어? 그럼 칼로 찔렀다는 건 또 뭐야? 피로 범벅이었다면서? 그런데 지진이 있었어, 그날? 그 와중에 누군가의 목소리가 그 소란을 잠재웠다.

쟤, 좀 모자라잖아요.

하긴…… 많이 모자란 아이지.

"당신이 아니에요."

이야나가 다시 입을 열었다. 그리고 여자가 이어 말했다.

"그럼, 지진이었나요?"

여자도 남자 아이의 넋나간 진술을 들어 알고 있을 터였다.

"나도 같은 걸 봤거든요, 그날."

이야나가 여자를 쳐다보았다. 피로를 견딜 수가 없는 심정이었다.

"당신 남편은요?"

이야나가 여자에게 지친 목소리로 물었고, 여자가 대답했다.

"……사라졌어요."

"그런데 왜 찾아다녀요? 아직도 그 사람을 사랑해요? 그런 일을 겪고도?"

"사랑이요?"

여자가 낮게 속삭이듯 말했다.

"……우스워요, 사랑."

〈혹성탈출〉이라는 영화를 본 적이 있다. 오래된 흑백 필름의 영화다. 주인공의 이름은 잊어버렸으나 배우는 아직도 기억하고 있다. 찰튼 헤스턴. 우주탐사선의 기장인 찰튼 헤스턴은 불시착한 혹성에서 원숭이들과 혹독하고 외로운 싸움을 벌이며 지구로 귀환할 수 있기만을 바란다. 그러나 그가 마침내 발견하는 것은 사막화된 혹성의 벌판에 쓰러져 있는 자유의 여신상이었다. 그러니까 그가 혹성이라고 여겼던 곳은 미래의 지구였던 것이다. 그리하여 찰튼 헤스턴은 혹성에 갇힌 것이 아니라 시간에 갇혀버린 것이다. 그가 탈출하여 돌아가야 할 곳은 그의 현재가 머물고 있는 과거였다. 현재가 머물고 있는 미래로부터 탈출하여 현재가 머물고 있을 과거로 돌아가야 하는 찰튼 헤스턴…….

참혹해진 피해 현장은 더는 타운이라거나 비치라고 부를 수도 없었다. 그것은 사막이나 마찬가지였다. 시간의 사막, 혹은 기억의 사막……. 그래서, 그 영화가 떠오른 것일까.

구름에 가려졌던 달이 바깥으로 나오면서 비치가 순식간에 환해졌다. 보름을 하루 앞둔 밤이었다. 달빛은 환하고 몽환적이었다. 달빛으로 은은히 빛나는 바다, 그러나 파도가 부서질 때마다 시체가 무더기로 몰려들고 몰려나가는 것처럼 환시가 보였다. 누구라도 미치지 않을 수 없을 것 같은 밤이었다.

우스워요, 사랑……. 여자처럼, 그렇게 말하고 싶었다. 우스워요, 슬픔……. 그렇게도 말하고 싶었다. 그러나 바로 그 순간에 이야나에게는 그 모든 것이 가장 절실했다. 바다는 여전히 달빛으로 출렁였다. 몽환적으로 흔들리는 달빛이 살아남은 모든 사람들에게 말하는 듯했다. 지금 이 세상에서 가장 의미 없는 것은 살아 있는 것이라고.

한 사람이 바다 쪽 절벽으로 걸어가는 것이 보였다. 마치 달빛을 쫓아 걷는 듯했다. 대피소에서 하늘을 향해 두 팔을 벌리고 서 있던 푸른 눈의 여자였다. 그 느낌이 이상했다. 이야나가 천천히 그 여자의 뒤를 쫓기 시작했다. 그리고, 대피소 지역을 벗어날 때부터 이야나가 그 소리를 듣기 시작했다. 그것은 사이렌 소리였다. 미칠 듯한 선율과 기묘한 리듬으로 섞인 노래. 바다가 그들을 부르고 있었다. 죽음, 혹은 죽음보다 달콤한 곳으로 부르는, 사이렌. 이리로 와. 거기는 세상의 끝, 한 발만 더 넘으면 여기는 세상의 너머. 그러니 이리로 와……

이야나가 갑자기 뒤로 거칠게 엉덩방아를 찧은 것은 거의 절벽 앞에 이르러서였다. 여자가 뒤에서 그의 허리를 끌어안았고, 둘이 함께 뒤로 자빠졌던 것이다. 푸른 눈의 여자는 그냥 절벽 앞에 서 있었다. 사람들이 정신이 나가버린 푸른 눈의 여자를 구하기 위해 달려오는 모습이 보였다. 그리고 맑은 달빛 아래, 전조도 없이 장대비가 쏟아지기 시작했다.

"무슨 짓을 하려고 그랬던 거예요!"

여자가 이야나의 허리를 끌어안은 손을 풀지 않은 채 외쳤다.

"난 다시는 누구도 죽는 걸 보고 싶지 않단 말이에요!"

죽으려고 그랬던 게 아니라는 말을 할 사이도 없었다. 여자가 다시 그의 어깨를 끌어안았던 것이다. 그토록 숨막히는 포옹이라니. 끌어안았다기보다는 뛰어들었다는 표현이 더 옳을지도 몰랐다. 사이렌 소리를 들은 건 정작 이야나가 아니라 여자였을지도 몰랐다. 절벽에서 뛰어내려 세상의 너머로 한순간에 건너뛰듯, 여자가 이야나에게로 뛰어들어 다시는 놓으려고 하지 않는 것이다. 마침내 이야나도 몸을 돌려 여자의 어깨를 끌어안았다.

괜찮아요. 거친 빗줄기 속에서 이야나가 여자를 끌어안고, 그 등에 힘을 주며 말했다. 나는 그 마음 알 것 같아요. 여기서는, 무슨 마음이든, 다 이해할 수 있을 것 같아요. 죽고 싶었던 마음, 죽이고 싶었던 마음……. 난 알 수 있어요. 지금 얼마나 미안한지……. 죽어버린 개 한 마리한테까지도 얼마나 미안한지……. 난 알 수 있다고요. 우스운 게 아니라, 미안한 거라고요, 그건…… 누구나 누구에게든 미안해해야 하는 거라고요, 지금…… 왜냐하면, 지금 우리는 이렇게 살아 있으니까…….

우기의 비는 한 차례 퍼붓고 나면 언제 그랬나 싶게 그치기 마련이었다. 그러나 비는 밤새도록 내렸다. 이야나와 여자가 천막도 없는 곳에서 그 비를 고스란히 맞았다. 와들와들 떠는 여자의 온몸의 떨림이, 역시 와들와들 떨리는 이야나의 온몸으로 전해졌다.

이튿날 맑은 아침

잠을 깨운 것은 온몸을 태울 듯한 뜨거운 햇살과 만이었다. 만이 이야나를 깨우느라 마구 발길질을 해대는 바람에 이야나와 한 몸처럼 붙어 잠들어 있던 여자도 몇 번의 발길질을 당해야 했다.

"이야나, 차 어딨어? 차!"

숨이 넘어갈 듯한 만의 입에서 게거품이 흘렀다.

"엄마 찾았어! 엄마가 있는 곳을 찾았다고!"

만의 의붓어머니가 발견된 곳은 비치에서도 한참 멀리 떨어진 곳의 병원이라고 했다. 어떤 경로로 그곳까지 옮겨졌는지는 모르겠지만, 어쨌든 살아 있다고 했고, 그러나 중상이라고 했다. 만은 같은 마을 사람에게서 그 얘기를 듣자마자 그 병원으로 달려가려고 했으나 차가 없었다. 투계장에서 피해 지역으로 들어올 때 타고 왔던 모터바이크는 다시 찾을 수 없었다. 만은 여기저기 뒹굴고 있는 모터바이크와 차량을 발견할 때마다 운전을 시도해보았지만, 전직 제비이기는 할망정 전직 차량 도둑은 아니었으므로 영화처럼 키 박스를 부수고 남의 차를 운전할 수는 없었다.

그러나 이야나의 차 역시 사정이 나쁘기는 마찬가지였다. 이야나는 아직 자신의 차 키를 가지고 있었고, 또 그의 차는 비교적 멀쩡한 상태였지만 기름이 없었다. 차체를 향해 마구 발길질을 해대던 만이 어딘가로 사라졌다가 기름통을 들고 달려온 것이 잠시 후였다.

"어디서 난 거야?"

"무슨 상관이야, 제기랄!"

만은 긴급대피소에서 기름을 도둑질해온 것이었다. 그야말로 미친 짓이었다.

"지금 거기에 남아 있는 게 있는 줄 알아? 다들 싹쓸이해갔다고. 시체 손목시계까지 풀어가는 마당인데, 뭐가 문제라는 거야? 주유소고 은행이고 백화점이고 다 텅텅 비어버렸다는데!"

믿을 수가 없었다. 어떻게 그런 일이 벌어질 수 있단 말인가. 그러나 대체 이 마당에 믿지 못할 일은 또 뭐가 있을 것인가. 그런데도 이야나는 선뜻 차에 올라탈 수가 없었다.

"울 엄마가 죽어가고 있다고! 개자식, 너네 엄마가 죽어간다고 해도 네가 이럴 거 같아?"

달려드는 만을 떼어내고는 있었지만, 이야나의 가슴이 자신도 모르는 사이에 뭉클했다. 만이 옳았다. 죽어가는 것, 떠나가는 것, 그 앞에서 망설일 것이 무엇이란 말인가. 기름 한 통이 아니라 구호차량을 훔친다 한들 뭐가 문제가 될 것인가. 젠장, 세상 전체를 훔친다고 한들 뭐가 문제가 될 것인가.

이야나가 다시 한 번 달려드는 만을 밀쳐냈다.

"같이 가야 할 사람이 있어."

"무슨 개소리야!"

"잠깐이면 돼."

이야나가 차에 올라타는 대신 단호히 몸을 돌려버리자 만이 이야나의 뒷목을 거머쥐었다.

"키 이리 못 내! 키 이리 내라고!"

만이 온몸으로 이야나를 덮쳤다. 이야나가 열쇠를 쥔 손을 악착같이 움켜쥐자 만이 그 손등을 물어뜯었다. 이야나가 비명을 지르며 손을 빼냈고, 만은 주먹으로 이야나의 얼굴을 쳤다. 이야나가 바닥으로 쓰러졌다.

누구도 그들이 치고받고 싸우는 것을 바라보지 않았다. 흘깃 바라보았다가는 다시 바다를 향해 돌아섰다. 그러나 그때 누군가는 눈시울이 붉어지기도 했으리라. 그래, 너희들은 살아 있으니 치고받고 싸우기라도 하지. 주먹이 닿을 때 아픈 걸 느끼기도 하겠지. 겨우 코피 조금 흘리면서도 비명을 지르겠지. 싸우렴, 피가 쏟아지고 살이 터질 때까지 싸우렴…….

이야나 역시 결국 만의 얼굴을 갈겼다. 평생 동안 단 한 번도 누군가를 때려본 적이 없는 이야나였다. 싸움에 휘말린 적이 없는 것은 아니지만 매번 얻어맞기만 했을 뿐이었다. 주먹을 날려보지 않았던 것은 아니었다. 그러나 주먹은 항상 허공을 가로질렀다. 허공을 가로지르는 주먹과 함께 자기 몸의 무게를 못 이겨 휘청하고 자빠지던 기억들……. 그리고 웃음소리들……. 멍청한 자식이라고 조롱하던 소리들……. 만 역시 이야나의 주먹질 따위에 얼굴을 얻어맞을 상대가 아니었다. 그러나 만은 제정신이 아니었고, 제정신이 아닌 바람에 이야나의 주먹을 맞은 첫 상대가 되어버렸다. 만이 뒤로 자빠진 사이에 이야나는 여자가 있는 곳으로 달려갔다. 이야나가 다짜고짜 여자의 손목을 거머쥐었다.

"가요!"

"어디로요?"

이야나도 몰랐다. 어디로 간단 말인가. 만이 훔쳐온 기름은 충분한 양이 아니었다. 만의 의붓어머니가 있다는 병원까지는 갈 수 있을지 모르지만 다시 어딘가로 갈 수는 없을 거였다. 다만 이야나는 여자와 함께 있어야 한다는 것을 알고 있을 뿐이었다.

영문을 알지 못하는 여자와 서로 치고받아 얼굴이 퉁퉁 부은 두 남자가 한차를 탔다. 붕괴된 길을 피해 아슬아슬하게 피해 지역을 벗어날 때까지 셋 다 아무 말이 없었다.

"그 아이를 알아요."

이야나가 문득 말했다. 여자는 이야나의 말이 누구에게 하는 것인지 몰라 창밖만 바라보고 있었고, 만 역시 뒷자리에서 입술만 잘근잘근 씹고 있었다.

"죽은 여자 아이 말이에요."

"멍청한 자식, 지랄하고 있네."

여자가 고개를 돌려 이야나를 바라보는 것보다 더 먼저 만이 중얼거리듯 욕설을 내뱉었다.

"나도 안다, 이 자식아. 죽은 여자 아이도 알고, 죽은 남자 아이도 알고, 죽은 할머니 할아버지도 다 안다. 섬이 죽은 사람으로 다 뒤덮였는데, 아는 사람 중에 죽은 사람이 하나도 없는 사람 나와보라고 그래, 젠장."

이야나도 여자도 만의 욕설을 상관하지 않았다. 그러나 만의 말 때문에 이야나는 덧붙이지 않을 수 없었다.

"살해당해 죽은 여자 아이요, 칠 년 전에. 당신 남편의 그 아이⋯⋯."

"아, 그 기집애! 그 애라면 나도 알지. 행실이 개차반으로 유명했으니까. 죽어도 쌌지."

만이 또 끼어들었다. 빈정거림이 분명했지만, 그 와중에 만도 여자를 알아본 게 분명했다. 만이 갑자기 앞좌석 쪽으로 머리를 쑤셔박다시피 하고는 말했다.

"그 여자잖아! 그렇죠? 당신, 그 여자 맞구나? 죽었다고 소문

났던 그 여자! 야, 당신 정말 운이 좋군! 어쨌든 지금도 살아 있는 거잖아!"

그러고는 갑자기 미친 듯이 웃어대기 시작했다. 재미있어 죽겠다는 듯이, 세상에 이렇게 재밌는 일은 없다는 듯이. 만은 확실히 미친 게 틀림없었다.

이야나는 여자를 돌아보았다. 선글라스를 쓰고 있지 않았음에도 여자의 표정을 분간하기가 힘들었다. 여자는 창밖만 내다보고 있었다. 이야나가 말을 이었다.

"아주 오랫동안, 그 일이 떠오를 때마다 미안했어요. 그런데 누구한테 미안해해야 하는 건지……. 그리고 왜, 내가 미안해해야 하는 건지……."

이야나가 다시 말을 멈추었다. 그리고 침을 한번 삼킨 후, 말했다.

"내가…… 그 아이를 당신 남편한테 소개해줬어요."

갑자기 울음소리가 쨍하게 터져나왔다. 만이 느닷없이 소리를 내 울기 시작한 것이다. 만은 미쳤다. 제정신이 아닌 것이다. 앞자리에서 무슨 말을 하든 간에, 만을 지금 울게 만드는 것은 정의할 수 없는 '자연사' 때문일 터였다. 확인되지 않은 의붓어머니의 재산 목록 때문일 것이다. 만의 울음이 너무 거세, 이야나는 더 이상 말을 이을 수가 없었다. 만이 제풀에 지쳐 훌쩍거리기 시작했다.

"그래도 말야……."

홀쩍거리며 만이 혼자 중얼거렸다.

"내가 울 엄마를 좋아했다는 거지. 그 늙은이가 제법 농담을 할 줄 알았거든. 어떤 날은 진짜 웃겨서 자빠질 뻔하기도 했다는 거지."

만은 미쳤다. 대꾸를 해줘야 할 만한 말이 아니었다.

"그런데 니들은, 지금, 옛날 고리짝 얘기나 지껄이면서, 사람들이 다 죽어나가는 마당에, 울 엄마가 죽어가는 마당에, 옛날 고리짝에 저 죽을 짓 하다가 지 무덤 지가 파고 뒈져버린 기집애 얘기나 하면서, 퍽큐, 비치 앤 선오브비치, 퍽큐다!"

만이 가운데 손가락을 곧추세워 흔들어대는 것이 룸미러로 환히 보였다. 이야나가 길게 한숨을 내쉬었다.

현지의 가구 공장에서 일을 한다는 남자가 있었다. 드라이버 일을 하다 보면 간혹 승객과 친구가 되는 경우가 있기도 했다. 드라이버 일을 시작한 초기의 일이었다. 그 외국인은 술을 마실 일이 있을 때면 이야나의 차를 불러 썼고, 술 친구가 필요할 때도 가끔씩 이야나를 불렀다. 그는 가구 디자이너인데 자기 가구 공장을 내고 싶다고 했다. 그리고 이야나에게 자기를 위해 일을 할 수 있겠느냐고 물었다. 이야나의 계부가 전통가구의 세부 조각을 하는 사람이라는 얘기가 오고 간 후였다.

그런 사탕발림에 속아넘어가지 말라고, 섬에서 믿을 수 있는 외국인은 그런 남자가 아니라, 두툼한 지갑과 고독밖에는 가진 게 없는 늙은 여자들인 거라고 만이 충고해주었지만 이야나는 무시했다. 실은 이야나는 그 남자를 좋아했던 것이다. 자신은 외동아들이라며 이야나를 어린 동생처럼 대해주었던 남자였다. 가구에 관련된 얘기뿐만이 아니라 이야나가 무슨 말을 하든 그는 귀를 기울여 들었다. 섬의 말을 배우려고도 했다. 이야나는 현지어로 '개자식' 같은 욕설을 가르쳐주었고, 또 이런 말도 가르쳐주었다.

괜찮사옵니다. 너무 심려하지 마시옵소서.

나중에 그 말이 지나친 공경어라는 걸 알게 된 그가 큰 소리로 웃음을 터뜨리는데, 그 웃음소리가 정말로 유쾌하게 들렸다. 그는 이야나에게서 배운 말을 여러 군데에서 써먹기도 했다. 야, 이 개자식아. 그렇게 사람을 불러놓고는 '이거, 미친놈 아냐' 악을 쓰며 주먹을 쥐고 달려오는 상대를 향해 공손히 말하는 것이었다. 괜찮사옵니다, 너무 심려하지 마시옵소서. 물론, 그런 일쯤은 웃음으로 넘겨줄 수 있는 현지인 친구들을 향해서였다. 그래서 때때로 현지인들 역시도 그를 개자식이라고 불렀다. 그러고는 물었다. 괜찮사옵니까? 심려가 되지는 않으시옵니까?

그와 레스토랑에 갔던 어느 날 저녁이었다. 무대에서 춤을 추는 여자 아이를 바라보는 그의 눈빛이 홀린 듯했다. 이야나는 무대 뒤로 가 여자 아이에게 전화번호를 물었다. 이야나는 그 여자 아이를 알았다. 수니의 먼 친척이었던 그 여자 아이는 어린 나이에도 불구하고 행실이 나쁘기로 유명했다. 일이 없는 한

낮에 관광객의 차에 함께 타고 있는 여자 아이를 목격한 사람이 한둘이 아니었다. 여자 아이가 이야나에게 전화번호를 적은 쪽지를 건네주었다. 이야나는 계속 손을 내밀고 있었다. 여자 아이가 낮게 욕설을 지껄이며 지갑에서 돈을 꺼내주었다.

여자 아이와 같이 춤을 추던 남자 아이도 이야나는 기억했다. 이야나가 여자 아이의 돈을 받아 지갑에 넣을 때 누군가가 자신의 옷깃을 거머쥐는 것이 느껴졌다. 분장도 지우지 않은 남자 아이가 당장 하늘로 날아갈 듯한 신의 얼굴을 하고 이야나를 향해 맑고 환하게 웃고 있었다. 지적 장애 때문인지는 몰라도, 웃음만큼은 기가 막히게 예쁜 남자 아이였다.

여자 아이가 아예 그 집으로 들어가 살게 될 줄은 알지 못했다. 물론 그 여자 아이가 죽게 될 줄도 알지 못했다. 여자가 생긴 뒤부터 그 외국인의 연락이 뜸해졌고, 나중에는 아예 소식이 없었다. 간혹 다른 택시를 타고 있는 그 외국인과 여자 아이를 볼 수 있었고, 혹은 그 외국인과 그 외국인의 아내인 듯한 여자를 볼 수 있었을 뿐이다. 그러다가 그 사건 소식을 들었던 것이다.

사건 소식을 듣고 가슴이 철렁 내려앉기는 했지만, 누구에게도 그 이야기를 할 수는 없었다. 할 필요도 없다고 여겼다. 그런데도 이야나는 그날 술을 엄청 퍼마셨고, 완전히 만취한 상태에서 모터바이크를 몰다가 버스에 부딪혀 하마터면 목숨까지 잃을 뻔했다. 모터바이크에서 튕겨져 오르던 기억이 지금도 생생했다. 떨어져 눈을 떴을 때, 논 한가운데에 누워 있었다. 길게 자란 벼들이 충격을 완화해준 탓에 다행히 이야나는 큰 부상을 면했지만, 찢어진 얼굴에서 피가 펑펑 쏟아지고 있었다. 살해 현장이 피범벅이라던 말이 떠올랐다. 그는 자신의 손에 잔뜩 묻은 피를 내려다보며 온몸을 떨었다.

여자에게서는 아무 말도 없었다. 기어를 잡고 있는 손 위에 여자의 손이 얹어져 있다는 것을 깨달은 것은 한참 후였다. 그래서 안심이 되었던 것일까. 그리고 문득 따뜻했던 것일까. 여자가 처음으로 입을 열었다.

"미안해하지 않아도 돼요, 적어도 나한테는……."

이야나가 가만히 입술을 깨물었다.

이야나는 그 죽은 여자 아이의 집을 찾아갔던 적도 있었다. 수니를 만나러 갔는데, 수니가 그 아이의 집에 가 있다는 말을 들었기 때문이었다. 그 아이의 집은 수니의 집에서 먼 곳에 있었다. 그날 반드시 수니를 만나야 할 일이 있었던 것은 아니었다. 그러나 이야나는 물어물어 그 먼 곳을 찾아갔고, 산골의 가난한 마을에 있는 그 집, 오두막같이 초라한 방 안에 걸려 있는 수많은 사진과 그림 액자를 보았다. 여자 아이 홀로 찍힌 사진이거나, 그려진 그림들이었다. 그중에는 손만 찍힌 사진과 그림들도 있었다.

여자 아이의 부모는 병들어 있었다. 여자 아이가 죽은 후에 자리에서 일어나지 못한다고 했다. 수니가 죽을 끓이다가 한숨을 내쉬며 말했다.

"그 애가 이 집 전체를 먹여살렸었어. 식구가 일곱이나 되는데, 혼자서 다 먹여살리다시피 했다니까. 얼마나 악착같이 돈을 벌어댔는지, 무서울 정도였는데."

이야나는 죽을 끓이는 수니 곁에 쭈그려 앉은 채로, 낮게 대꾸했을 뿐이었다.

"그렇다고 몸을 파는 건 그렇잖아."

수니가 죽을 휘젓던 국자로 냄비의 가장자리를 내리치며 소리쳤다.

"누가 그딴 소리를 해?"

"……."

"이야나, 넌 관광객이 아니야. 너까지 그런 식으로 말하면 안 되는 거야."

"그렇지만 사실은 사실이잖아."

"넌 만 같은 인간을 만나더니 사람이 달라졌어. 더러운 건 만 같은 놈이지, 이 애가 아니야."

"……."

"세상엔 몸을 파는 일만 있는 건 아니야, 이야나."

"……."

"사랑도 있단 말이야. 물론 이 애는 이제 아무 말도 못 하게 돼버렸지만."

"사랑은…… 그런 게 아니야."

"그럼, 사랑이 뭔데?"

이야나는 대답을 하지 못했고, 수니가 갑자기 뜨거운 국자로 이야나의 머리를 때렸다. 묽은 죽이 이야나의 머리카락을 타고 흘러 이마를 적셨다.

"대답도 할 수 없으면서 아니라느니 기라느니 말하지 마. 더군다나 죽은 사람 앞에서."

그 집을 떠나기 전에, 이야나는 다시 한 번 아이의 방에 걸린 사진과 그림들을 보았다. 여자 아이가 액자 안에서 환히 웃고 있었다. 어떻게 하면 저렇게 웃을 수 있을까. 아침에 일어나면 폭죽이 터지듯 피어나 있곤 하던 꽃들, 그리고 바닥에 뭉텅이져 떨어져내려 있던 꽃송이들……. 어지러웠다. 어지러운, 꽃 같은 웃음이었다.

그러나 이야나는 여자에게 이 말을 하지는 않으리라. 해서는 안 될 말이고, 할 필요도 없는 말이리라. 오히려 말하고 싶은 것은 다른 것이었다. 그러니까, 수니가 떠나간 후에 죽고 싶었던 마음, 그 텅 비었던 마음에 대해서였다.

수니가 떠난 후로, 내 인생은 상처 입은 개 같았어요. 종일 그늘에서 덜덜 떨고 있었다는 거지요. 상처투성이였다는 말로도, 그냥 개 같았다는 말로도 다 표현이 되지 않아요. 그래도 한 가지 좋았던 게 없었던 건 아니에요. 나, 다시는 살고 싶지 않았거든요. 열심히든, 열심히가 아니든, 그냥 사는 것 자체가 귀찮고 싫었다는 거예요. 정말이지 한 번도 살고 싶었던 적이 없었어요. 매일매일이 죽음이니까, 굳이 목을 매달지 않아도, 그게 그냥 죽음이었어요. 그런데 나, 지금 그런 내가 너무 죄스러워요. 그냥 누구한테든 잘못했다고 말하고 싶어요. 죽고 싶어 해서 미안하고, 살고 싶어 하지 않아서 미안하다고……

그러니 설령 당신이 그 여자 아이를 죽이고 싶어 했다고 해도 난 이해해요. 죽이고 싶은 마음, 아마도 죽고 싶은 마음이었겠지요. 사랑이 뭔데? 누군가가 물었을 때, 대답할 수 없는 마음 때문이었겠지요. 사실…… 그건 너무나 잔인한 질문인 거예요. 누구도 누구에게 물어서는 안 되는 질문이라는 거지요. 사랑이 뭐냐니……. 만처럼 욕설을 내뱉고 싶네요. 사랑은 말이죠…… 그냥, 죽음인 거예요.

이야나가 터져나올 듯한 말 대신 입술을 깨무는데, 여자가 낮게 입을 열었다.

"날 거기다 데려다줄 수 있어요?"

"어디요?"

"그 집……."

"왜요?"

"……."

"당신 남편, 그 사람이 거기 있을 거라고 생각해요?"

"칠 년 동안이나 그 사람을 찾아다녔어요. 그런데 다 무너졌잖아요……. 더는 숨을 수도 없게."

"그 동네도 피해 지역이라고 들었어요."

"……데려다줄 수 있어요?"

"이런 젠장! 당장 병원에 가야 한다니까, 무슨 개수작들이
야!"

이야나의 대답보다 만의 고함 소리가 먼저였다. 붕괴된 도로
를 피해 이야나가 핸들을 꺾으려고 할 때, 만이 이야나의 몸을
뒤에서 덮쳤다. 병원으로 가야 한다는 만의 악쓰는 소리가 바퀴
가 꺾이는 소리에 파묻혔다. 차는 무너진 건물 옆의 코코넛나무
를 들이받고 멈춰 섰다. 지진 때문에 열매를 전부 떨어뜨려, 차
의 지붕 위로 작은 열매 하나 떨어져내리지 않았다. 그러나 대
신 땅이 흔들리기 시작했다. 이야나가 핸들을 끌어안듯 몸을 숙
였다가 제정신이 아닌 듯 차문을 열었다.

또 흔들리고 무너지고 있었다, 그러니까 모든 것들이.

봄날의 꿈

"봄, 알아요?"

진이 이야나에게 묻는다.

"봄날 같아요, 햇살이…… 너무 신기해요."

진과 이야나는 코코넛나무 아래에 앉아 있다. 푸른 잎이 무성한 나무가 바람결에 잎을 가만히 흔들고 있다. 햇살은 높이, 바람과 함께 나뭇잎을 건드리며 다가온다. 뜨겁지 않은 햇살이 머리와 이마와 콧등을 따듯하게 데운다.

이야나는 물론 봄을 안다. 태어나서 그때까지 단 한 번도 섬 바깥으로 나가본 적이 없지만, 이야나는 물론 봄도 알고 겨울도 안다. 다만 그것이 어떻게 오는 것인지를 모를 뿐이다. 그러나 여기는 봄, 봄의 꿈속이다.

아무것도 무너진 것이 없다. 더는 흔들리는 것도 없다. 지나가는 것은 바람뿐이다. 그리고 그 바람 속에 만이 누워 있다. 만은 꿈조차 꾸지 않는 깊은 잠 속에 빠져든 것 같다. 버섯주스라도 마신 것처럼, 잠든 만의 얼굴이 달콤하다. 열대의 햇살이 느닷없이 몸을 바꿔 뜨겁게 태우는 열기가 아니라 따듯하게 데우는 온기로 다가와 그들을 건드린다. 따듯한 햇살 속, 바람이 너무 부드럽다.

이야나가 진의 머리를 자신의 어깨에 기대게 한다. 나뭇잎 그늘이 진의 얼굴을 전부 덮는다. 푸른 나뭇잎 그늘 속, 진의 얼굴이 문득 붉어진다.

"봄이 올 때마다 나이가 한 살씩 먹는 건데……. 난 나이가 아주 많아요."

진의 말에 이야나가 웃는다. 이봐요, 당신 아주 잊어버린 척하고 싶은가본데 우리는 잠도 같이 잤어요. 그런데 이제 와서 당신은 당신의 나이를 고백하고 싶은 모양이군요. 이야나가 진의 어깨를 부드럽게 끌어안는다.

"당신 나이 알아요. 그런데 왜 늙지도 못했어요?"

"칭찬 아닌 거죠, 지금?"

이야나가 다시 웃음소리를 내고, 어깨에 얹힌 진의 머리에 비로소 살짝 버티는 듯하던 힘이 느슨해진다.

"봄이 오지 않아서요…… 늘 겨울이었거든요."

"난 늘 여름이고요."

"어디나 늘, 인건 없어요. 그렇죠?"

"……그렇죠."

여전히 지나가는 것이 아무것도 없다. 그러므로 여기는 또 하나의 세상, 어쩌면 세상과 세상 사이의 틈, 결국 아주 짧은 꿈.

"업고 갈까요?"

"걸을 수 있어요."

"당신한테 걸을 수 있냐고 물은 게 아니라 내가 업을 수 있다고 말한 거예요."

이야나가 말을 잇는다.

"결혼하고 싶었던 여자가 있었어요."

옛날이야기를 하듯이.

"어려서부터 친구였어요. 같은 마을에서 자랐거든요. 그 앨 한 번도 못 업어줬어요. 이런 말 하면 좀 창피하긴 하지만 어려서는 오히려 내가 그 애 등에 업혔었죠. 얼마나 씩씩했는지……. 내가 애들한테 얻어맞고 울고 있으면 달려와서 날 업어줬다니까요."

"여자 친구 이름은?"

"수니."

진이 또 웃는다.

"나도 씩씩한 수니를 한 사람 아는데."

"거짓말 말아요."

"정말이에요. 순희, 오순희."

오순희는 유진의 엄마 이름이다.

"씩씩했어요?"

"엄청나게요."

이번에는 진과 이야나가 함께 웃는다.

"우디 알렌의 딸도 순희였는데……."

"누구요?"

"우디 알렌 몰라요? 굉장히 유명한 영화감독인데, 자기 의붓딸하고 사랑에 빠졌죠."

"의붓딸하고 그런 짓을 하다니…… 그런 게 사랑인가요?"

진은 대답하지 못하고 이야나가 다시 말을 잇는다.

"내가 모르는 게 너무 많죠? 난 사실은 고등학교도 못 나왔어요. 학비를 내가 벌어야 했는데, 학교 다니면서 돈 버는 게 정말 힘들었거든요."

"고생 많이 했군요."

"나 살아온 얘기, 별로 재미없어요."

"나 살아온 얘기만큼 재미없어요? 살인사건을 겪은 여자거든요, 나."

이야나가 진의 손을 잡는다.

진에게 하고 싶은 얘기는 아니다. 그러나 이야나는 자신의 재미없던 삶이 눈앞에서 지나가는 것을 본다. 이야나는 어려서부터 거리에서 살았다. 어린아이였어도 자기가 먹을 만큼의 돈은 자기가 벌어야 했기 때문이다. 그는 땅콩이나 말린 과일, 혹은 영자신문 등을 관광객들에게 팔았다. 써, 마담, 잇츠 얌미, 잇츠 굿! 그러나 오래된 땅콩과 말린 과일, 그리고 조잡하게 인쇄된 영자신문을 사는 관광객은 아무도 없었다. 그들이 이야나에게 돈을 지불한다면 그것은 말린 과일이나 신문 때문이 아니라 그 소년에 대한 동정 때문이었다. 많은 관광객들이 이야나를 거지 취급했다. 달러 한 장을 쥐어주고 이야나의 몸을 만지려고 하는 관광객을 만났을 때, 이야나는 난생처음으로 죽고 싶었다. 죽고 싶다는 것이 무엇인지도 알지 못할 나이인데, 숨 같은 거 쉬어지지 말라고, 자기 입과 코를 틀어막고 한참을 울면서 서 있었다.

나중에 이야나가 드라이버가 되었을 때, 보조석의 승객이 느닷없이 이야나의 다리를 만진 적이 있었다. 이야나가 놀라 돌아보았을 때 푸른 눈의 여자 승객이 울고 있었다. 내가 무슨 짓을 하는 건지 말하지 말아요……. 난 무엇이든 하기 위해 여기에 왔는데, 그런 내가 너무나 혐오스럽고 외로워요. 어쩌면 순진한 여자였을 것이다. 그렇더라도 그 여자가 맘껏 만지라고 다리를 내줄 수는 없었다.

차에서 내리는 여자 승객이 넘어질 뻔하는 걸 잡아주다가 뺨을 얻어맞은 적도 있었다. 이야나는 그 여자가 섬을 떠날 때까지 사흘 동안 내리 쫓아다니며 괴롭혔다. 누군가를 그런 식으로 괴롭혀본 게 이야나로서는 처음 있는 일이었다. 그러나 어쩐 일인지, 그러지 않고는 견딜 수가 없는 심정이었던 것이다. 승객

은 이야나를 경찰에 신고했고, 이야나는 벌금을 내고서야 풀려
날 수 있었다. 그날 그는 오래전에 죽은 여자 아이의 화장식이
치러졌던 공동묘지를 찾아가 한참 동안을 서 있었다. 수니가 떠
난 후의 일이었다.

"그날, 죽으려고 했어요?"

이야나의 손을 잡은 채로 진이 묻는다. 그날이라니…… 이야
나는 물론 그 말을 알아듣는다. 개를 치어 죽였던 날이다.

개를 치기 직전 계곡을 끼고 급히 커브를 도는데 노을이 갑자
기 핏빛처럼 쏟아졌다. 놀라울 정도로 붉은 노을이었다. 선글라
스를 찾기 위해 핸들을 한 손으로만 잡고 콘솔을 뒤적였다. 눈
이 멀어버릴 듯한 노을이었다. 선글라스가 손에 잡혔다. 이야나
는 다시 한 번 노을을 바라보고, 선글라스를 쓰는 대신 눈을 감
았다. 그리고 핸들을 잡고 있던 손을 마저 놓아버렸다.

"봤군요……."

"……."

"그 개, 당신이 치웠어요?"

"……."

"왜 대답하지 않아요?"

"당신도 대답하지 않았으니까."

"듣고 싶어요?"

"……아니요."

"그래요, 나도 말하고 싶지 않아요."

죽고 싶었던 마음을, 이야나는 말하고 싶지 않았다. 사실은
말할 수가 없는 것이다. 죽음의 충동이 어떻게 다가와 어떻게
자신을 장악하는지 이야나는 알지 못했다. 그것이 수니가 떠난
후부터인지, 그 전부터인지도 알 수 없었다. 한 가지 알 수 있는
것은 수니가 떠나기 전에는 그런 짓을 하지 않았다는 것이다.
그래서 그 모든 것은 수니 때문인 것일까.

그러나 무엇 때문이라고 말할 수 있는 것만큼 세상에 안전한
일이 어디 있을까. 이유가 있는 삶이나, 이유가 있는 죽음만큼
세상에 합당한 일이 어디 있을까. 그러나 세상에는 말할 수 없
는 일들이 너무 많다. 죽은 개의 피를 손에 묻힌 진의 마음도
마찬가지였을 것이다. 말하고 싶지 않은 게 아니라 말할 수 없
는 것.

"내가 당신을 안다는 걸 알았어요?"

"……아마도요. 그렇지 않았을까요? 그랬다는 생각이 드네
요."

"언제부터요?"

"돌아왔을 때……."

돌아왔을 때라니, 그게 언제였을까.

"언제요?"

그러나 여자는 다시 말이 없다.

세상의 모든 말할 수 없는 것들 사이, 세상과 세상 사이의 틈,
그들은 지금 그런 곳에 있다. 봄, 모든 틈이 메워져 새 잎이 피

어나고, 얼었던 흙까지 몸을 바꾸는 계절이라고 했다. 모든 갈라진 것들이, 다시 견딜 수 없는 열망으로, 서로를 끌어당기겠지. 그러다가 못 견디게 되면 다시 서로를 밀어내고, 갈라지는 것……. 바다 속의 거대한 판은 말이 없다. 아니, 말하지 않는 것이다.

멀리, 구호차량 한 대가 덜덜거리며 달려오는 소리가 들린다.

"살았어요, 우리."

이야나가 반갑게 일어나며 잠든 만을 깨운다.

"만, 일어나. 이제 일어날 시간이야."

그러나 순간, 만의 잠든 몸이 땅속으로 스며든다. 이야나가 놀라 여자를 돌아보고 구호차량을 바라본다. 구호차량 역시 갈라진 땅속으로 달리고 있다. 아…… 이야나의 입에서 탄성 같은 신음 소리가 새어 나온다. 그러니까 이것은 또 하나의 꿈속, 아직은 일어날 시간이 아닌 것이다.

꿈을 꿀 수 있겠니…….

어디선가 그런 소리가 들리는 듯했다. 어쩌자고 그 소리가 그토록 달콤하게 들리는 것일까. 이야나는 미소를 지으며 고개를 끄덕였다. 물론이지. 난 언제나 꿈을 꿀 수 있어. 봐, 지금도 이렇게, 왕궁의 뜰이 보이잖아.

누구도 믿지 않겠지만 이야나의 최초의 기억은 그를 낳기 직전 어머니가 속삭이던 목소리다. 아니, 그보다 먼저 걸음 소리일까. 조리를 신은 어머니의 발자국 소리……. 만삭의 배 때문에 무거워진 몸, 그러나 자박한 발자국 소리…….

어머니는 도시를 향해 걷고 있다. 일자리를 알아보러 가는 중인 것이다. 집을 떠날 때부터 아랫배의 통증이 느껴졌지만 그것이 아이가 나올 징조라고는 믿지 않았다. 신이 허락한 날까지는 아직 한 달가량이 더 남아 있었기 때문이다. 만삭인 여자에게 일자리가 생기는 것은 쉬운 일이 아니었다. 사실 빌라의 주인은 일하러 온다는 여자가 만삭인 것을 알지 못했을뿐더러 임신을 했다는 사실조차 몰랐다. 어머니에게 일자리를 소개해준 사람 역시 마찬가지였다. 좋은 일자리가 있는데 일할 수 있겠느냐는 지인의 전화를 받고, 어머니는 대답 대신 교환원의 전화기에 대고 고개를 끄덕였다. 어머니가 거짓말을 한 것은 아니었다. 만삭이 아니라 출산 당일이더라도 어머니는 일할 수 있다고 말했을 것이다. 그녀에게 노동은 언제나 신이 주신 선물과 같은 기쁨이었다.

집이 도시에서 멀지 않은 마을에 있었기 때문에 어머니는 걸어서 도시까지 갔다. 건기가 시작되어 아침 바람이 시원했다. 햇살은 어느새 쨍했지만 어디서 불어오는지 알 수 없는 바람이 바나나 잎과 구아바나무 잎들을 흔들었다. 이른 하루를 시작한 개들이 어머니를 쳐다보았다. 개들은 짖지 않았고, 만삭의 배를 뒤뚱거리며 걷는 여인을 고요히 쳐다보았다. 이마에서 땀이 흐르기 시작했다. 바람이 시원했으므로 더위 때문에 흘리는 땀이 아니었다. 어머니는 뭔가가 잘못되고 있다는 것을 느꼈지만, 시간이 얼마 지나지 않아 그것이 때 이른 산통이라는 것을 깨달았고, 그러자 잘못된 것은 아무것도 없다는 것을 알게 되었다. 조금 때가 이르기는 하지만 세상에 올 것이 오고 있는 것뿐이었다. 낡고 오래된 왕궁이 바로 눈앞에 보였다. 그녀는 잠시 서서 점차 통증이 격렬해지는 아랫배를 들어 올리듯 끌어안고는 생각했다.

왕궁으로 들어가자. 그리고 뜰에서 아이를 낳자.

이야나는 어머니의 목소리를 기억했다. 어머니가 뱃속에 있는 그에게 그렇게 말했으므로 그는 잠시 더 기다릴 것이었다. 어머니가 왕궁의 뜰로 들어갈 때까지. 잠시만, 잠시만 더……. 그 어둠을 참을 것이다…….

그러니까, 어둠……. 그리고, 물속.

이야나는 다시 여자와 함께 있다. 바닷물이 절벽처럼 일어섰던 여자의 호텔 앞이다. 바닷물이 세상의 모든 것을 삼키고 있었다. 사람들이 달리기 시작했다. 꽉 막힌 도로에 갇혀 있던 차에서 사람들이 뛰어내렸고, 모터바이크들이 서로 뒤엉키면서 쓰러졌다. 소금기둥이 된다고 해도 뒤돌아보지 않을 수 없었다. 바다가 거대한 혀처럼 무너지고 자빠진 모든 것들을 집어삼키고 있었다.

달리고 또 달리는 동안 여자의 손을 잡고 있는 것도 알지 못했다. 눈앞에 보이는 것이 계단이어서 그 계단을 뛰어올라갔던 것도 알지 못했다. 순간적으로 몸이 붕 떴다가 물속으로 완전히 잠겼고, 무언가에 부딪히는 느낌도 없이 철렁했다가는 정신을 잃었다.

그리고 물속에 잠긴 여자가 보인다. 여자는 자궁 속의 태아처럼 유영하고 있다. 삶과 죽음의 간극이 너무 얇다. 여자의 유영은 아슬아슬하고 부드럽다. 이야나는 눈을 감는다. 더는 아무것도 보고 싶지 않은 것이다. 그때 여자의 손이 이야나의 손 안에서 꿈틀한다.

죽지 말아요…….

여자의 목소리일까. 아니면 꿈속 어머니의 목소리일까.

난 다시는 누구도 죽는 걸 보고 싶지 않아요…….

그리고 또 이어지는 말.

다시는 누굴 죽이고 싶지도 않고요……. 난 살아 있고 싶어요…….

어쩌면 그것은 이야나의 말인지도 모른다. 살고 싶었던 것이다, 이야나는…… 죽고 싶다고 생각했던 순간들, 죽을 수 있다고 믿었던 순간들, 그러나 적어도 그런 죽음은 없었다.

죽고 싶다는 말, 다 거짓말이었어요.

이야나가 중얼거린다.

지금, 이렇게 살고 싶잖아요. 무슨 짓을 해서든, 움켜쥘 것이 여자의 손밖에는 없다고 하더라도, 그렇게 해서라도, 이 어둠과 물속을 벗어나고 싶은 거잖아요. 살고 싶은 거잖아요, 나……
미치게, 미치게 살고 싶은 거잖아요…….

　만이 보인다. 만은 아직도 잠들어 있다. 잠들어 있는 만의 달
콤한 얼굴……. 이야나가 그 꿈속으로 걸어 들어간다. 달콤했던
얼굴과는 달리 꿈속에서 만은 또 징징거리며 울고 있다. 엄마가
죽기를 바라는 마음이, 깔끔하게 죽어 자신에게 유산을 남겨주
기를 바라는 마음이, 엄마가 스스로 그렇게 하지 않으면 자신이
목을 졸라 죽여야 할지도 모르는 마음이, 그러나 엄마와의 추억
들을 기억하는 마음이, 꿈속에서 어지러운 것이다. 그러므로 아
직은 일어날 시간이 아닌 것이다.

그 길의 끝까지 가면

병원의 간판이 보였다. 차가 건물에 부딪혀 사고를 낸 후, 그들은 구호차량에 실려 병원으로 왔다. 앞좌석에 탔던 이야나와 진은 가벼운 부상을 입었는데도 뒷자리의 만은 중상을 입은 것 같았다.

그들이 실려온 병원, 그 병원의 이름을 진은 기억했다. 유진이 바로 그 병원에서 찢어진 이마를 꿰맸었다. 모터바이크를 배우다가 넘어졌다고 했다. 유진은 그것이 무엇이든 간에 바퀴 달린 것을 타는 것에는 영 소질이 없었다. 간신히 차를 운전하기는 했지만 운전 실력이 좋다고는 할 수 없었고, 차를 모는 것을 좋아하지도 않았다. 그런 그가 모터바이크를 배우려고 했다는 것이다. 유진이 배우려고 했다면 기껏해야 스쿠터 수준의 소형

219

오토바이일 거라고 짐작하기는 했지만, 난데없이 할리 데이비슨을 타고 밤의 도로를 폭주하는 유진이 떠올라 진은 웃음을 터뜨렸었다. 그러나 사실은 불안을 감추기 위한 웃음이었다. 자신이 없는 곳에서 유진이 변하고 있었던 것이다.

유진이 지불한 병원비를 진이 대신 보험회사에 청구했었다. 그 병원의 간판이 기우뚱하게 쓰러져 벽에 걸쳐져 있다. 유진이 다쳐서 그 병원에 있다는 전화를 걸어왔을 때 진은 당장 돌아오라고, 거기 병원을 믿을 수 있겠느냐고 안달을 부렸었다. 이마가 찢어진 정도가 아니라 뇌진탕 환자를 대하듯 했는데, 정작 진은 유진이 뇌진탕을 일으켰다고 하더라도 당장 그곳으로 날아갈 수가 없는 상황이었다. 도서관에서 독서 경연 대회를 기획했는데 그 책임자가 바로 진이었다. 그런 자신의 상황 때문에, 그리고 하필이면 그런 때 사고를 낸 유진 때문에 진이 터무니없는 성화를 부렸고, 유진이 오히려 그런 진을 달래줘야만 했었다. 아주 좋은 병원이라고, 현지인들은 너무 비싸서 엄두도 못 낼 거라고 했다.

유진이 그렇게 비싼 병원을 선택한 이유를 진은 나중에야 알았는데, 이마의 상처라고 말했던 곳이 사실은 이마라기보다는 눈 쪽에 더 가까웠기 때문이었다. 유진은 겁을 먹었던 것이다. 겁먹은 그에게 의사가 물었다고 했다. 성형외과와 안과 중에 어느 쪽의 진료를 택하겠느냐고. 뜻밖에도 유진은 성형외과를 선택했다고 했다. 정말로 눈이 염려되었다면 의사가 그렇게 묻지도 않았을 것이고, 아무튼 그는 흉터를 남기고 싶지는 않았다는 것이다. 그리고 화를 내는 진에게 어설픈 농담을 던졌다.

이마와 눈의 사이가 참 가까워, 그치?

그렇다, 이마와 눈의 사이…… 지금 진이 있는 곳이다.

차가 건물을 들이받을 때 뒷자리의 남자는 머리를 다친 것 같았다. 머리의 출혈도 출혈이었지만, 어쩌면 다른 곳도 다쳤을지 모른다. 지진에서도 살아남았는데 자동차 사고로 죽는다는 건 너무 가혹한 일이다.

이야나가 응급실에 있는 그를 보고 오는 동안, 진은 '진과 진'의 집이 있던 동네로 가는 대피소 차량을 찾았다. 온몸이 격렬히 통증을 호소하고 있었고, 옷은 피와 땀으로 범벅이 되었지만, 아직은 견딜 만했고 또 견뎌야만 했다.

차에는 이야나가 탈 수 있는 자리도 있었다. 그러나 진이 고개를 가로저었다.

"……혼자 갈 거예요."

이야나가 고개를 끄덕였다. 다시는 누구도 보내고 싶지 않았지만, 그리고 이제 와서는 정말이지 이 여자를 보내고 싶지 않았지만, 그러나 자신이 같이 갈 수 없는 자리라는 것 정도는 알았다.

"할 말이 있어요."

진이 이야나의 손을 잡고 말했다.

"당신이 돌아오겠다고 했던 말…… 그 말 들었을 때…… 고 마웠어요."

이야나는 오래 진의 눈을 들여다보았다. 그리고 한참 후에야 입을 열어 말했다.

"당신도, 돌아올 거죠?"

진이 고개를 끄덕였다. 한 번, 두 번…… 그리고 여러 번. 이야나가 손바닥을 뒤집어 진의 손을 잡았다.

차가 병원 마당을 빠져나가면서 룸미러에 비치는 이야나의 모습이 점점 작아졌다. 그의 몸이 분간할 수 없을 정도로 작아질 때까지, 그리고 완전히 사라질 때까지 진은 오래 그를 룸미러로 지켜보았다.

그와 함께 보았던 섬의 전통공연이 떠올랐다. 그들이 같이 밤을 보내던 날의 저녁이었다. 반라의 남자들 수십여 명이 둥글게 둘러앉아 어깨를 흔들며 노래라고도 악기 소리라고도 할 수 없는 소리를 일정한 리듬으로 냈다. 그것은 일종의 주문처럼 들렸다. 아주 열정적인 주문이었다. 그 공연이 악마를 물리치는 제의에서 비롯되었다는 설명을 공연 안내문에서 보았다. 진은 그 공연을 여러 차례 보았다. 유진과 처음 섬에 왔을 때도 보았다. 진은 그때 그 공연에 어찌나 매료되었던지 잠들기 전까지 겍착 겍착…… 그 소리를 흉내 내다가 마침내는 잠꼬대로까지 겍착, 겍착 했다.

너, 무서웠어. 어찌나 이를 갈아대는지.

유진이 아침에 일어나 진에게 말했고, 진은 그건 결코 이 가는 소리가 아니었다고 뿌로통하게 소리를 질렀다. 이를 갈다니……. 유진의 곁에서 잠들며 이를 갈 일은 결코 없다고 믿었다. 진은 아주 진지한 목소리로, 실은 난 어젯밤에 다른 세상에 다녀왔어, 라고 말했다. 다른 세상, 그러니까 신들의 세계였다. 반라의 신들이 둥글게 둘러앉아 객착객착 노래하는 곳. 사람들이 신을 부르는 것처럼 신들은 사람을 부르고 있었다. 엑스터시는 신과 사람이 만나는 바로 그 지점인지도 모른다. 사람이 사람인 것을 벗어버리고, 신이 신인 것을 벗어버리는 순간……. 윤회, 혹은 순환의 끝. 그러니까 무언가의 완전한 소멸.

유진과 함께 보았던 전통공연들이 다 그렇게 흥미롭고 재미있었던 것은 아니었다. 사원에서 큰 축제가 있고, 그날 대단히 큰 그림자 인형극이 그 사원에서 공연된다는 말을 듣고, 바닷가 절벽으로 노을을 보러 가는 대신 공연을 보러 갔었다. 현지인들과 관광객들이 넓은 사원의 마당을 가득 채우고 있었다. 모든 불이 꺼지고 무대에만 빛이 밝혀졌다. 흰 천으로 만들어진 스크린에서 그림자들이 움직이기 시작했다.

풍자와 조롱과 농담으로 가득 찬 극이라고 했다. 그림자가 말하는 모든 것이 그렇다고 했다. 현지인들은 자주 탄성을 내뱉고 한꺼번에 폭소를 터뜨렸다. 그러나 영어 해설도 없고 자막도 없는 그 공연이 진은 지루했다. 진은 알아들을 수 없는 풍자와 조롱을 구경하는 대신 객석을 둘러보기 시작했다. 무대만 밝힌 불빛 때문에 관객들이 오히려 그림자 같았다. 유진은 한 마디도 알아들을 수 없는 그 공연을 뚫어지게 바라보았다. 유진의 등 뒤로도 그림자가 길게 늘어져 있었다. 무대의 빛이 흔들릴 때마다 그 그림자가 같이 흔들렸다. 흔들리는 모든 것이 그림자들이었다.

남자와 함께 밤을 보내던 날의 저녁, 진은 공연을 보고 또 같이 맥주를 마셨다. 간혹 과음을 할 때가 없는 것은 아니었지만 진은 술을 많이 마시는 사람이 아니었다. 작은 병맥주 두 병씩을 둘이서 오래 마셨다. 공연의 여운이 오래 남았다. 유진과 함께 보았던 그림자 인형극이 그 여운 속에 겹쳐지기도 했다. 그때 둘이서 무슨 말을 했는지는 기억에 없다. 실은 거의 말을 하지 않았던 것이다. 진은 거리가 내다보이는 쪽의 자리에 앉아 말없이 거리 구경만 했다. 이국의 거리는 아무리 오래 쳐다봐도 싫증이 나지 않았다. 진이 아무 말도 하지 않았으므로 그도 말을 걸지 않았다.

갑자기 전기가 나갔던 기억이 난다. 전력 사정이 좋지 않은 곳이었다. 느닷없이 거리가 한꺼번에 암전됐다. 고급 레스토랑과 호텔에서 비상 전력기를 발동시키고, 그렇지 못한 곳에서 촛불과 램프를 켜기까지는 그리 오랜 시간이 걸리지 않았다. 어쩌면 고작 일 분이거나, 일 분도 채 지나지 않은 시간이었을 것이다. 그러나 세상 전체가 어둠에 잠긴 것 같던 그 시간, 그 짧은 시간 동안의 기억이 선명했다. 세상이 어두워지는 순간, 그녀의 내부에서 무언가가 스파크를 일으키듯이 반짝했던 것이다. 그녀의 내부에서 반짝 불이 켜지고, 그리고 그때 그가 거기에 있었다.

"혹시 우리 어디서 본 적 있어요?"

진이 물었고, 남자가 웃으며 대답했다.

"아마 전생에서요?"

뜻밖에 남자가 농담을 시도했다. 썩 재미난 농담이라고는 할 수 없었지만 진도 같이 웃었다.

"그렇군요. 그래서 이렇게 익숙하군요."

그리고 둘이 마주 보며 잠시 동안 웃었다. 웃으면 하얀 이가 활짝 드러나는 남자였다. 고른 이를 가진 남자였다. 이 섬에는 아이의 치아를 갈아 태생의 야성을 없애고, 마침내 사람이 되게 하는 풍습이 있다고 했다. 그는 좀 늦은 나이에 송곳니를 갈았다. 치아를 가는 축일이 결정되었을 때 그는 뎅기모기에 물려 거의 죽다가 살아났다. 그가 고열에 시달리며 하루하루 죽어가는 동안 축일이 지나갔다. 오래 앓은 끝에 다행히 그는 살아났지만, 그의 마을에서 날카로운 송곳니를 가진 아이는 그밖에 없게 되었다. 그리하여 그에게는 별명 하나가 더 붙었다.

멍청하고 거짓말쟁이이며 송곳니를 가진 이야나.

유진과 그 남자는 닮은 것이 하나도 없었다. 어찌 있을 수가 있겠는가. 그는 외국인이었다. 그의 피부 색깔은 짙었고, 이마 아래의 눈은 유진보다 깊었다. 굵고 넓은 쌍꺼풀도 유진의 가늘고 좁은 쌍꺼풀과는 달랐다. 생긴 것만 다른 것은 아니었다. 그들은 다른 언어를 썼다. 진이 그의 말을 알지 못했고, 그가 진의 말을 알지 못했으므로 대화를 나눌 때는 서로 서툰 영어를 썼지만, 속으로는 자기 말을 했다. 생각과 마음은 서로 소통되지 않는 언어로 움직였다.

그가 진보다는 훨씬 영어가 나았지만, 사실 그의 영어도 훌륭한 것이라고는 할 수 없었다. 진이 현지 음식을 잘못 먹고 배탈이 났을 때, 진은 자신의 통증을 어떻게 설명해야 할지 알 수 없었다. 배가 살살 아프고 뭐가 얹힌 것 같고 속이 울렁울렁해요. 그러나 그녀는 그런 설명을 도저히 할 수가 없었고, 단지 배탈이라고만 말했다. 배탈에 여러 종류가 있는 것은 진의 언어를 쓰는 사람들에게만 해당되는 일은 아니었다. 그는 진에게 약을 사다주고 싶어 했고 그러므로 진의 배탈이 어떤 종류의 것인지 알아야만 했다.

위예요, 장이에요?

그가 물었을 때, 진은 그건 위라거나 장과는 상관없이, 그냥 그 부근 어디쯤에 뭔가가 얹힌 듯한 기분이라고 말하고 싶었다. 그러나 진은 그냥 위라고 말해버렸다. 실은 그 역시 그렇게 단순하게 물어보고 싶었던 것은 아니라는 짐작 때문이었다. 약국에 간 그가 설마 약사에게 대뜸 '위가 아픈 데 먹는 약을 주세요'라고 말하는 것은 상상할 수도 없었다. 만일에 그가 그렇게 말한다면 약사는 틀림없이 그의 현지어로 이렇게 물을 것 같았다.

'그러니까 배가 살살 아프고 뭐가 얹힌 것 같고 속이 울렁울렁하단 말이죠?'

그리고 그가 대답할 것이다.

'네, 맞아요. 바로 그거예요.'

'그렇다면 그건 위가 아니라 장이에요.'

아무려나 장이거나 위거나 그런 건 아무 상관도 없었다. 배탈로 죽을 거라고 생각해본 적은 없었고, 늘 죽음이 너무나 가까웠으므로 죽는 게 무서운 적도 없었다. 그러나 가슴이라면 어떨까. 가슴이 아파요……. 심장을 말하는 게 아니에요. 폐를 말하는 것도 아니고, 염통을 말하는 것도 아니라고요. 가슴이요……. 그러니까, 내 몸속에 가장 깊은 곳……. 너무 깊어서 누구도 들여다볼 수 없는 곳……. 거기에 뭐가 있는지 누가 좀 알려줬으면 좋겠어요. 누군가가 그 문을 활짝 열어줬으면 좋겠어요.

그러나 유진이었다면 진의 말을 알아들었을까.

그 사건이 일어났을 때, 진은 많은 것을 기억하지 못했다. 사건 현장에서 진은 정신을 잃었고, 얼마의 시간이 흘렀는지 알 수 없는 상태에서 병원에서 깨어났다. 깨어나자마자 떠오른 것은 피였다. 그녀는 그 피를 기억하고 싶지 않았다. 기억하고 싶지 않은 의지가 기억의 문을 닫아버렸을 것이다. 그러나 시간이 흐르면서, 흐르면 흐를수록, 그녀는 간절히, 그야말로 간절히, 자신이 무엇을 기억하고 싶어 하지 않는지 알고 싶었다.

내가 그 여자 아이를 죽였다…….

진이 기억하고 있는 것은 그것뿐이었는데, 그것이 기억하고 싶지 않은 것인지 기억해야만 할 것인지도 알 수 없었다. 살인범은 진이 아니라 여자 아이를 짝사랑한 남자 아이라고 했다. 진이 병원에서 깨어났을 때 사건은 이미 종결되었고, 범인도 잡혔다고 했다. 진에게 다른 기억을 요구하는 사람은 아무도 없었다.

범인으로 잡힌 남자 아이에게는 아버지가 있고 형이 있었다. 그러나 아버지는 정신지체 장애를 갖고 있었고 형은 외국에 노동자로 나가 있다고 했다. 정신지체를 가진 아버지 대신 남자 아이의 마을 사람들이 무슨 말이든 아이에게 도움 되는 증언을 해주고 싶어 했지만, 결국 그들의 말은 상황을 더욱 악화시켰을 뿐이었다.

그러니까 그 애도 지 아버지를 닮아 그랬는지 가끔 정신이 오락가락하기는 했죠.

경찰의 추궁 끝에 마을 사람들이 한결같이 했던 말이었다. 그리고 아이는 끝없이 지진에 대해서만 얘기했다. 아이의 그 말을 믿은 것은 진뿐이었다. 세상이 모두 무너지지 않고서야 어떻게 그런 일이 있을 수 있겠는가. 세상이 모두 무너지고, 땅이 전부 갈라지지 않고서야 어떻게 사랑이 변할 수 있겠는가. 변해버린 사랑을 어떻게 다시 되돌려 지킬 수가 있겠는가. 진은 그날 지진이 일어났었다는 것을 믿었을 뿐만 아니라, 세상 모두가 무너지기를 바랐던 그 아이의 마음을 믿었다.

그 모든 일이 벌어지는 동안 유진은 어디에도 없었다. 그는 경찰보다도 늦게 현장에 도착했다. 진은 그런 사실조차도 유진이 아닌 경찰에게서 들어야 했다. 죽은 여자 아이와의 관계를 묻는 질문에 유진은 모두 순순히 대답했다고 했다. 그런데 경찰의 질문 중에 사랑에 관한 것도 있었을까. 여자 아이를 사랑했냐고 물어봤을까. 그렇다면 진을 더 이상은 사랑하지 않게 되었던 거냐고 물어봤을까. 남겨진 것은 사실뿐이었다. 여자 아이는 죽었고, 뱃속의 아이도 함께 죽었다. 그리고 유진은 사라졌다.

진이 유진의 마지막 전화를 받은 것은 사건 후에 실려 갔던 병원에서였다. 유진의 목소리보다 먼저 파도 소리가 전화기를 통해 밀려나왔다. 파도 소리와 바람 소리가 너무 커서 유진의 목소리가 아득하게 들렸다.

"……네가 바란 대로 모든 게 끝났지?"

전화를 건 사람이 유진이라는 걸 알고, 수화기를 통해 들려오는 소음이 파도 소리와 바람 소리라는 것을 안 후에도, 진은 유진의 말뜻을 알아들을 수 없었다. 그는 진이 무엇을 바랐다고 말하는 것일까.

"무슨 소리를 하는 거야?"

"헤어지는 일이 너한텐 그렇게 힘들었니?"

"무슨 소리를 하는 거야!"

"……내 말이 무슨 말인지 알잖아."

"뭘 안다는 거야! 어디 있어? 이리로 와서 말해! 아니, 내가
그리로 갈게! 내가 그리로 갈게."

"너한테 말 안 한 게 있어."

악을 쓰던 진이 간신히 호흡을 눌러 숨을 죽였다. 유진이 뭔
가를 말하려는 것이다. 그리고 순간 피의 기억이 뚜렷했다. 피
와 칼의 기억……. 유진, 말해. 부디 말을 해……. 수화기를 잡
은 손에 피가 몰려 순식간에 새빨개졌다.

"난 사실 서핑을 배웠었어."

"유진!"

"놀랍지 않니? 내가 서핑을 할 수 있다는 게?"

"무슨 소리를 하는 거야!"

"오늘 파도가 굉장해. 난 바다로 나가려고 해."

"왜 이러는 거야, 유진."

"난 다시는 돌아오지 않을 거야."

"제발 이러지 마. 유진, 제발 이러지 마. 범인은 내가 아니야.
그 여자 애를 죽인 건 내가 아니야. 범인이 잡혔다고 했어. 그러
니까, 제발 이러지 마."

유진의 웃음 소리가 다시 파도 소리와 바람 소리에 뒤섞여 들
려왔다.

"넌 모든 걸 알고 있어."

그리고 다시 한 번.

"너만 모든 걸 다 알고 있어, 진."

서핑이라니……. 말도 안 되는 얘기였다. 서핑을 타고 바다로
들어가 다시는 돌아오지 않겠다니, 그런 유치한 대사를 누가 믿
을 것이란 말인가. 유진이 사라진 후, 진은 유진을 아는 모든 사
람들을 찾아다녔다.

진이 섬에 왔던 어느 해에 유진이 파티를 연 적이 있었다. 혼
자 있는 동안 여러 군데의 파티에 초대됐었다는 유진은 자신의
파티에도 어마어마한 숫자의 사람들을 불러들였다. 대부분이
외국인들이었는데, 국적도 다양해서 미국 사람과 일본 사람이
있는가 하면 슬로베니아 사람, 콜롬비아 사람도 있었다. 유진처
럼 가구 관련 일을 하는 사람이 가장 많았고 나머지는 대부분
화가라고 했다. 화가라는 말이 그렇게 적나라하게 실업자로 들
리기는 처음이었다. 아마도 유진이 진에게만 속삭였던 말들 때
문이었을 것이다.

"저 슬로베니아 친구는 여기서 팔 년째 혼자 살고 있어. 아,
그리고 저 친구. 저 친구는 자그마치 십칠 년이래. 저 친군 아
마 제 나라 말도 잊어버렸을 거야. 십 년 넘게 제 나라에 돌아

가긴커녕 섬 바깥으로 나간 적도 없어. 불법체류자거든."

"여기서 살자고 불법체류를 해?"

"쉿! 듣겠다."

그 자리에 모여 있던 누구도 진과 유진의 언어를 알아들을 리 없건만, 유진은 과장되게 입술에 손가락을 갖다 댔다. 유진의 행동이 우스울 것도 없는데 누군가가 허리를 꺾어가며 웃었다. 진도 어정쩡하게 따라 웃지 않을 수 없었다.

"저 자식은 마약에 미쳤어. 집에 가면 해시시 냄새가 진동을 해. 그래도 여기 있는 사람들 중에 돈은 제일 잘 벌걸."

"몇 년 됐는데?"

"몇 년이라더라? 저 자식도 십 년 가까이 됐을걸."

"여기 있는 사람들 모두가 불법체류자로군."

정신없이 친구들의 비밀을 속삭이던 유진이 잠시 멈칫했다. 희희낙락하던 얼굴에 웃음이 가시는 것 같았다. 진의 빈정거림을 알아들었던 것이다. 진이 급히 섬의 전통술인 코코넛와인을 마셨다. 보드카를 마시는 듯했다. 밍밍하고 독한 술이었다.

섬에 넘쳐나는 외국인들 중에 불법체류를 하는 사람들이 적지 않다는 사실을 진은 그때 처음 알았다. 그리고 그것이 완전히 종류가 다른 불법체류라는 것도. 섬의 불법체류자들은 그 섬에 살기 위해 불법적으로 머무는 게 아니라 돌아가고 싶지 않아 그냥 머물고 있는 것이었다. 돌아가고 싶지 않고, 돌아갈 생각을 잊어버렸으므로, 돌아갈 방법도 알지 못하게 된 것이다. 그러므로 그들은 국적을 잃어버린 '무국적자'들이었다. 그것은 비자의 문제가 아니라 존재의 문제였다.

파티가 컸으므로, 그날 여자 아이는 저녁까지 일을 해야 했다. 여자 아이가 분주히 음식과 술을 테이블로 날랐다. 술에 취한 누군가가 음식 접시를 엎었다. 진이 급히 청소용구를 가지러 가려는데, 유진이 진의 손을 잡았다.

"놔둬. 써번트가 있잖아."

그사이에 여자 아이가 달려와 바닥에 무릎을 구부리고 젖은 음식들을 닦아내고 있었다. 긴 머리카락이 바닥으로 쏟아져 내려 마치 머리카락이 걸레가 된 듯했다. 파티가 끝난 새벽, 진이 유진에게 싸움을 걸었다. 무엇엔가 아주 심하게 모욕을 당한 기분이었는데, 무국적자를 자처하는 그 꼴같잖은 외국인들 때문인지, 아니면 일하는 여자 아이를 하인이라고 불렀던 유진 때문인지는 알 수 없었다. 어느 쪽이나 마찬가지였을 것이다. 여자 아이를 함부로 대하는 유진 때문에 여자 아이가 느꼈을 모욕을 대신 받은 것이 아니었다. 유진이 그런 식으로 뭔가를 그녀에게 말하고 있다는 느낌 때문이었다. 어쩌면 그 느낌이 가장 불길했을 것이다.

"내가 보기에 너희들은 다 배가 불렀어."

아마도 코코넛와인 때문이었을지 모른다. 진은 유진에게 말을 골라 하려고 하지 않았다.

"내가 보기엔 니들 전부 다 웃겨. 불법체류? 무국적? 그래봤

233

자 용기가 없는 거잖아. 수틀리면 돌아갈 데가 다 있으면서, 배부른데다가 비겁하기까지 하니까 연극들을 하고 있는 거지. 다들 저 혼자만 주인공인 척. 그런데 너 알아? 세상의 어느 연극의 주인공도 봐주는 사람 없으면 헛거라는 거?"

술을 많이 마신 건 유진도 마찬가지였다. 진이 쌈닭처럼 싸움을 걸고 있음에도 유진은 실실거리는 웃음을 멈추지 않았다.

"그래서 넌 날 봐줬니?"

"너 혼자 배부른 동안, 두 사람 배를 채우려니까 내 배는 부를 날이 없었거든! 그런데도 널 봐주기까지 해야 했지!"

"그래서 애를 지웠니?"

진이 잠깐 멈칫했다. 아이를 낙태한 것을 유진이 알고 있는 줄을 몰랐기 때문이었다. 유진이 있는 섬에 왔다가 아이가 생긴 것을 귀국해서야 알았다. 점점 멀어져가는 유진을 기다리는 것도 지쳐 있었으므로 아이를 낳는다는 것은 생각조차 할 수 없었다. 아이가 생겼다고 해서 유진이 돌아올 것 같지도 않았다. 오히려 유진은 진에게조차 섬으로 들어와 같이 살자고 할 것 같았다.

그러나 진은 이미 이 섬이 지긋지긋했다. 이 섬에 사는 외국인들도 지긋지긋했고, 외국인들을 끌어당기는 이 섬의 사람들도 지긋지긋했다. 섬의 신도, 그 신에게 바쳐지는 꽃잎들도, 나무도 벌레도 다 지겨웠다. 자신을 평생 도서관 의자에 묶어놓고 혼자만 무국적자인 체하고 있는 유진도 지겨웠다.

"아이를 갖고 싶어 하는 줄은 몰랐어. 그새 가훈이라도 생긴 거야?"

아이를 말없이 지운 건 미안하다고 말하는 대신 진은 다시 날을 세웠다. 유진은 여전히 웃고 있었다.

"아니, 잘했어. 아이가 널 닮을까봐 무서웠거든."

진이 기어코 탁자의 컵을 집어던져 컵이 벽에 부딪혀 깨졌다. 진이 이를 갈듯이 말했다.

"써번트는 어딨어? 컵 깨진 걸 치워야 하잖아?"

유진의 얼굴에서 비로소 웃음이 가셨다. 그러고는 낮은 목소리로 말했다.

"써번트 같은 건 없어. 너도 그걸 알고 있잖아."

"그럼 그 앤 뭐니?"

유진이 한동안 진을 바라보았다. 뭔가 결정적인 것을 말하려는 것처럼 눈빛이 깊었다. 그러나 그의 이어진 말.

"지겨워."

"지겹다고?"

"그래 지겨워……. 내가 말하고 싶은 건 이게 전부야. 그냥 살면 안 되니? 그냥 되는대로 살면 안 돼? 술도 마시고 마약도 하고 도박도 하고, 그냥 그렇게 살면 안 돼? 그게 싫으면 사제가 되면 어때? 만날 기도만 하고 살면 안 돼? 미치면 안 돼? 그냥 미쳐서 살면 왜 안 되는데?"

"……너 혼자 사니, 이 세상?"

"내가 선택한 적 없어, 이 세상."

헤어졌어야 했는지도 모른다. 유진이 원한 건 그것이었는지도 모른다. 직장을 떠나고, 부모를 떠나고, 자기 나라를 떠나고…… 마침내 진을 떠나고 싶었을 것이다.

그런데 왜 그렇게 되었을까. 세상에 원인 없이 존재하는 결과는 없다고, 그런 명제를 학교에서 배웠던가? 그렇게 말해도 되는 이유를 교과서에서 배우고, 또 시험문제를 풀고 그랬었던가? 유진은 인공수정으로 태어났고, 인공수정으로 태어난 아이가 버릇없게 클까봐 엄하게 다스리는 어머니 밑에서 자랐지만, 그러면서도 언제나 그를 오냐오냐 키운다고 생각하는 어머니의 야단을 들어야 했지만, 그것이 유진의 돌이킬 수 없는 상처가 되었다고는 말할 수 없다. 누구에게나 그 정도의 상처는 있고, 누구에게도 그보다 더한 상처는 있는 것이다.

어려서 진은 얌전한 아이였다. 맞벌이로 바빴던 엄마가 집에서만 놀라고 말하면 집 밖으로는 나가지 않던 아이였다. 진이 그런 자신의 유년을 추억했을 때, 유진이 웃으면서 했던 말이었다. 난 엄마가 놀이터에 동그라미를 그려놓고 그 밖으로 나가지 말라고 하면 그 금도 밟지 않았어.

동그라미를 그려놓다니, 왜?

화장실이 급했던 모양이야. 그런데 내가 집에 안 간다고 떼를 쓰니까 급한 김에 동그라미를 그려놓은 거지. 그런데 화장실에 다녀오던 엄마가 오래 못 만났던 동창을 만난 거야. 그러곤 날 잊어버렸어.

자식을 잊어버리다니, 말도 안 돼.

아직 그들이 서로의 모든 것을 공유하던 때의 얘기다. 나지막하게 이마 위에서 흘러나오던 유진의 목소리, 그 입김에 흔들리던 진의 머리카락……. 추억은 이야기보다 그 이야기의 울림에 있다. 유진의 이야기를 들으면서 마치 자신이 잊혀진 어린아이인 듯 먹먹하던 가슴에 떨림이 있다.

그러나, 이제 유진은 알지 못하는 것이다. 임신한 사실을 알았을 때, 그 아이를 낳을 수 없다고 홀로 결정해야만 했을 때, 진이 홀로 느껴야만 했던 적막과 고통을. 늦은 밤에 섬에 있는 유진에게 전화를 걸었었다. 유진은 파티 중이었고, 술에 취해 있었다. 브루나이에서 온 부자 친구 하나를 알게 됐다고, 유진이 혼자 떠들어댔다. 그 애가 자신을 초청했다고, 진에게 같이 놀러 가자고 말했다. 그러다가는 먹은 것을 토해내는 듯한 소리가 들렸고, 그런 후에는 완전히 기진맥진한 목소리로 진에게 물었다.

그런데, 집에 돈 좀 있어? 괜찮은 공장 부지가 있는데…… 엄청 싸게 나왔어.

유진의 현지 공장은 망하기 직전이었고, 유진은 여전히 돌아올 마음이 없었던 것이다. 실은 돌아올 수가 없는 것이다. 그럴 줄 알았다는 듯이 지켜보고 있는 시선 속으로 완전히 어깨를 늘어뜨린 채 돌아오고 싶지가 않은 것이다. 공장 부지와 돈 얘기를 하다 말고 유진이 또 밑도 끝도 없이 말했었다. 지겨워…….

그날 밤, 진이 꿈을 꿨다. 탯줄에서 떨어져나온 아이가 허공을 떠다니고 있는 꿈이었다. 진이 그 아이에게 안타깝게 손을 내밀며 말했다. 가지 마, 아이야. 널 놓지 않을게. 내가 널 놓지 않을게. 아이가 작은 입술을 벌려 말했다. 날 잡지 말아요. 난 당신을 선택한 적 없어요. 그러니까 당신도 날 선택할 수 없어요.

죽고 싶었던 적이 있었어?

유진에 관해서라면 그게 무엇이든 마지막 한 가지까지 다 알고 싶었던 시절, 진이 물었었다.

없어.

유진이 대답했지만, 진이 그 말을 믿지 않았다.

거짓말. 그런 적이 없는 사람은 아무도 없어.

유진이 그때 진을 안았다. 물어본 사람이 진이었음에도 유진이 진을 위로하고 있는 것 같았다. 그러나 진은 그때 유진의 심장 소리를 느낄 수가 없었다. 어쩌다가 꺼내게 된 죽음에 관한 이야기 때문에 자신도 모르는 사이 마음이 흔들려버린 까닭인지도 몰랐다. 이렇게 깊게 안고 있어도 언젠가는 혼자가 될 거라는 거, 언젠가는 혼자일 수밖에 없을 거라는 거……. 유진의 어깨 너머로 바람이 지나갔다. 스산하고 고독하고 뺨이 시린 바람이었다.

그리고 오랜 시간이 흘러, 그들은 각각 완전히 다른 동그라미 안에 있는 것이다. 유진에게 '우리'라는 단어는 더 이상 없다.

왜라는 질문도 더 이상 없었다. 그가 마지막으로 놓아버리고 싶었던 것이 바로 그것이었을 터이고, 어쩌면 가장 먼저 놓아버렸던 질문이 그것이었을지도 모른다.

그러나 한 사람이 질문을 놓아버렸을 때, 또 한 사람에게는 그것이 모든 것이 되어버리는 것이다. 넌 어떻게 그럴 수 있니. 넌 어떻게, 어떻게 그럴 수가 있니. 진은 유진을 놓아줄 수가 없었다. 그가 자신의 전생을 다 갉아먹는다 하더라도, 그리하여 그를 죽이고 싶어지는 순간이 온다 하더라도, 진은 유진을 놓아줄 수 없었다. 놓고 싶지 않았다. 그런 순간에조차, 진은 유진을 사랑했던 것이다. 사랑한다고 믿고 있었던 것이다.

그와 함께 나누었던 추억, 그와 함께 평화로이 늙고 싶었던 꿈, 같이 갖고 싶었던 모든 것들……. 그것이 사랑이 아니라면 무엇이란 말인가. 유진을 죽도록 미워하게 되더라도, 그리하여 마침내 그를 죽이고 싶게 되더라도……. 그것이 사랑이 아니라면 대체 무엇이란 말인가.

"돌아가, 우리."

진이 말했다.

"내가 그럴 수 없다는 거 알잖아."

"그럼, 내가 이리로 올게. 그렇게 할게."

진은 그렇게 말했지만, 말이란 건 항상 돌이킬 수 없는 상황에서 나오는 것일 뿐이다.

"네가 그럴 수 없다는 것도 알잖아."

"……그 애, 때문이니? 그 애를 좋아해?"

유진이 웃음을 터뜨렸다. 웃음을 터뜨리느라, 지겹다는 말조차도 하지 못했다.

서핑보드를 타고 바다로 나가 다시는 돌아오지 않겠다는, 그야말로 농담 같은 말을 남긴 후, 유진은 감쪽같이 사라져버렸다. 적어도 진에게는 그랬다. 어쩌면 진에게만 그랬는지도 모른다. 그는 그의 부모에게는 연락하고, 혹은 어느 날 귀국하여 그의 엄한 어머니가 해주는 밥을 먹었을지도 모르고, 그의 친구들과 만나 술을 마셨을지도 모른다. 다만 아무도 진에게 그 말을 해주지 않은 것일지도.

살인사건에 연루되었던 여자, 임신한 여자 아이를 죽게 하고, 그 아이를 짝사랑한 남자 아이를 살인범으로 만든 여자…….그 가혹한 사실 앞에서, 진 역시 죽을 뻔했던 여자라는 사실은 사라져버렸다. 지난 칠 년, 진은 모든 지인들의 상상 속에서 잔혹한 범죄자였다. 단죄할 수 없는 범죄자여서, 그들이 어색하게 짓는 웃음이 눈 동그랗게 뜨고 퍼부어대는 비난보다 더 가혹했다. 언제나 진의 편이었던, 중요한 시기마다 서슴지 않고 진의 편에 섰던 유진의 어머니가 그나마 가장 솔직했다. 유진의 어머니는 진에게 주먹을 휘둘러대듯이 욕설을 퍼부었다. 누구도, 설령 그게 내 아들의 아내인 너라고 하더라도, 내 아들의 집에 피를 묻힐 수는 없는 거라고 했다.

그건 당신 아들의 집인 게 아니라 내 집이기도 했어요.

진은 말하고 싶었으나 물론 말하지 못했다. 유진에게 연락이 오나요, 라고 물었을 뿐이었는데, 유진의 어머니는 진의 물음에 대답을 해줄 생각이 전혀 없었다.

"난 네가 무섭다."

유진의 어머니가 말했고, 진이 대꾸했다.

"왜요? 칼에 찔린 건 난데요."

"그건 네가 자초한 일이잖아!"

"유진이 다른 여자 아이를 임신시켰어요!"

"그래서 죽이고 싶었니?"

"네! 죽이고 싶었어요! 죽일 작정이었고요! 죽이지 못할 이유 가 뭐가 있어요!"

"난, 네가 무섭다. 어떻게 하면 임신한 아이를 죽일 생각을 할 수가 있니?"

임신을 한 아이……. 그랬다. 그 아이는 임신을 했었고, 그 아이가 죽으면서 그 아이의 뱃속 아이도 죽어버린 것이다. 진은 세상 모든 사람들에게 비난을 들었다. 세상 모든 사람들이 그녀에게 있을 수 없는 살인자라고 외치는 것 같았다. 진이 어금니를 깨물었다. 비난받고 싶지 않았다. 비난은 그녀 자신이 스스로에게 하는 것만으로도 충분했다. 그것만으로도 그녀의 매일 매일이 피 흘리는 삶이었다.

"부정한 아이였어요!"

"독하고 무서운 것! 이제서야 왜 내 아들이 이 나라를 떠나려고 했는지 이해가 가는구나. 모든 게 다 너 때문이었던 거야!"

진에게 그런 식으로 욕설을 퍼부어댄 건 유진의 어머니가 유일했다. 유진의 아버지는 진이 집에 나타나기만 하면 방 안으로 들어가 문을 닫고 나오지 않았다. 그리고 도서관 사람들…….
그들 역시 조용히 문을 닫았다. 어색한 웃음으로 닫히던 문, 닿지 않는 위로의 말들로 슬몃 닫히던 문, 어느 날 서고에서 책을 꺼내던 동료의 손과 진의 손이 닿았을 때, 그들의 화들짝 놀라던 얼굴……. 아무도, 그러니까 아무도, 피를 묻혔던 진의 손을 잊어버리지 않는 것이었다.

그리고 유진의 친구들……. 진과 진의 같은 이름을 가지고 농담을 걸어댔던 그 숱한 친구들……. 그들이 한결같이 했던 말들. 잊어버려. 다 잊어버려. 그러나 그렇게 말하는 그들의 기억. 그들이 미칠 듯이 알고 싶어 하는 것들……. 정말로, 정말로 미안하지만, 그날 무슨 일이 있었는지 말해줄래? 너무나 궁금해서 그래. 어떻게 하면, 살인사건에 연루될 수가 있는 거니? 그러고도 어떻게, 너 그렇게, 멀쩡히 살아가고 있는 거니?

차가 마을 입구로 들어서고 있었다. 피해 지역의 대피소로 가는 구호차량이었다. 마을은 폐허처럼 붕괴되었지만, 진은 그 마을의 곳곳을 속속들이 알고 있었다. 집으로 가는 길이 완전히 끊겼다고 해도 알 수 있었고, 갈 수 있었다.

'진과 진'의 집은 계곡 위에 세워진 집이었다. 계곡이 무너지면서 절벽 위에 세워졌던 집들도 모두 붕괴된 상태였다. 성한 자리를 찾을 수가 없을 지경이었지만, 진은 집으로 들어가는 골목을 알았고, 집의 대문이 있던 자리도 알 수 있었다. 사람들은 아무도 보이지 않았다. 모두 빠져나간 것이다. 대피소 이외의 지역은 접근이 금지되었기 때문에 진은 대피소까지 차를 타고 갔다가 군인들 몰래 피해 지역 안으로 들어서야 했다. 끊긴 길 위에 무너진 건물들의 잔해가 철근과 함께 마구 뒤엉켜 있어, 짧은 바지를 입은 진의 종아리가 금세 피투성이가 되었다. 십 분이면 걸어서 도착할 수 있는 거리를 삼십 분 이상이나 더듬고 헤매서야 간신히 도착할 수 있었다.

진 말고도 누군가가 그곳에 있었다. 진이 걸음을 멈췄다.

"……유진."

진은 달려가지 않았다. 칠 년을 돌아 마침내 여기였다. 정확히 그들의 집 대문 자리에 서 있는 그가 유진이라면, 유진은 다시는 사라질 수 없을 것이다. 진이 더는 서두를 것도 없다는 듯이, 천천히 걸음을 옮기기 시작했다.

또 하나의 생

만은 깊은 잠에 빠진 듯했다. 지진이 일어난 후, 침대에 누울 수 있는 사람은 중환자들뿐이었다. 누구나 환자였으나 남보다 더 다치지 않고서는 편안한 자리에 누울 수 없었고, 아무도 편안히 잠들 수 없었다.

만의 부상이 심하기는 했지만 위험한 지경은 아닌 듯했다. 만을 응급조치했던 의사가 안심하라고 말해주었기 때문이 아니었다. 안심하라는 말은커녕 어디가 어떻게 다쳤는지조차 말해주지 않았지만 이야나가 혼자 그렇게 믿었다. 사실은 지금은 누구나 위험했으므로 위험하고 위험하지 않은 차이가 없었다. 만은 욕망하는 것이 있기 때문에 살 것이다. 이야나가 다만 그렇게 믿을 뿐이었다.

이야나는 의료진에게 물어 만의 의붓어머니의 병실을 찾았다. 노인은 무사했다. 이 늙은 여인은 그야말로 엄청난 생명력으로 만보다도 더 오래 살아남을 것이다. 그리고 그들 모두는 그 사실을 기뻐해야 할 것이다.

병실은 중환자실이 아니었음에도 중환자들로 가득했다. 신음소리들이 낮게 흘러나왔다. 날 좀 죽여줘……. 제발, 누가 날 좀 죽여줘……. 낮게 읊조리는 소리가 살려달라는 호소보다 더 참혹했다. 노인은 정신을 잃지도 않고 잠들어 있지도 않았다. 만이 했던 말처럼 노인은 빨간색 레이스 드레스를 입고 있었다. 레이스는 한 군데도 성한 곳이 없었다. 그래서 오히려 그 나풀나풀하고 너덜너덜하게 찢긴 무늬들이 온몸을 흔들어 세상에서 가장 치명적인 것을 유혹하는 듯했다. 그것은 연애도 아니고 사랑도 아니었다. 바로, 죽음이었다.

노인의 푸른 눈이 깜빡깜빡했다. 비치의 병원에서 매몰되었다가 구조되었고, 후방의 병원으로 후송된 것이라고 했다. 노인은 매몰된 상태에서도 살아남았고, 매몰 장소의 시멘트 구조물을 제거하는 동안에도 살아남았다고 했다. 빨간색 레이스로 둘러싸인 거대한 살덩어리가 끌려나올 때 모든 사람들이 눈을 의심하고 깜짝 놀랐다고 했다.

"대단한 할머니예요. 젊은 사람이라도 견디기 힘든 상황이었을 텐데."

병원의 직원이 병실을 가르쳐주면서 했던 말이었다. 모두가 죽었다고 생각했는데, 시체로 분류되려는 순간 눈을 번쩍 뜨더라는 것이다.

만의 의붓어머니의 본국에서는 자국의 환자들을 후송하기 위해 군용기를 보내올 계획이라고 했다. 섬에서 가장 가까운 나라였고, 잘사는 나라였다. 그리고 만이 상속받아야 할 부동산이 있는 곳이기도 했다. 이야나는 만이 그 소식을 듣지 못해 다행이라고 생각했다. 만이 아무리 발광을 한다고 해도 그 군용기를 함께 탈 수는 없을 것이므로.

어떻든 노인은 살아 있었다. 무슨 용도인지 알 수 없고, 제대로 가동되고 있는지도 알 수 없는 튜브들을 주렁주렁 매단 채로도 살아 있었다. 노인은 이렇게 살아남아 자국의 군용기에 태워질 것이고, 지진의 매몰 현장에서도 살아남은 노인으로 매스컴에 요란하게 소개가 될 것이고, 이 여인의 신성한 생명력을 성원하기 위해 각지에서 도움이 답지할 것이다. 그리고 만은 그 모든 소식들을 섬의 티브이나 신문을 통해서 보게 될 것이다. 어쩌면 새로운 수양아들이 나타날지도 모를 일이다. 유산 상속 같은 것에는 아무 관심도 없는, 다만 선의로만 가득 찬 푸른 눈의 청년이 노인을 모시겠다고 나설지도 모를 일이다.

이야나가 침상 옆으로 다가서자 노인의 눈이 깜빡깜빡했다. 이야나를 알아보는 듯했다.

"……내 아들, 만이로구나."

"이야나예요."

자세히 보니 깜빡깜빡하는 푸른 눈이 온통 잿빛으로 보였다. 대단한 할머니라는 말을 들을망정, 노인은 노인인 것이다. 노인의 몸에서 생명의 절반 정도가, 아니 그 이상이 사라진 것 같았다. 노인은 산소 공급을 거의 받지 못한 상태에서 너무 오래 매몰되어 있었다. 그곳에서 노인이 잃어버린 것이 무엇일까. 군용기 아니라 뭐가 온다고 해도 노인이 잃어버린 것을 완전히 되찾아줄 수 있을 것 같지는 않았다.

"알아보시겠어요? 만의 친구예요."

"……내 아들 만은 어디에 있니?"

"무사해요. 곧 뵈러 올 거예요. 만이 어머니를 아주 많이 찾아다녔어요."

"알고 있다…… 땅속에 갇혀 있는 동안에도 만이 날 부르는 소리를 들었다."

"기운 내세요. 만이 돌봐드릴 거예요."

"만이 내게 독버섯을 먹였다."

"……그건 독버섯은 아니에요."

"알고 있다. 그 독버섯 때문에 내가 살았다. 취해 있지 않았다면 어떻게 견뎠겠니."

"……만에게 악의가 있었던 건 아니에요."

"알고 있다. 그런데 지금은 너무 아프구나."

"쉬세요. 주무시는 게 좋을 것 같아요."

시트를 여며주려는 이야나의 손을 노인이 거머쥐듯이 잡았다.

"난 이제 끝내고 싶구나."

"그런 말씀 마세요. 어머니 나라에서 군용기를 보낸대요. 좋은 병원에 가서 치료 받으시면 예전처럼 건강해지실 거예요."

"돌아갈 곳은 한 곳뿐이다. 그리로 가고 싶구나."

이야나가 노인에게 잡힌 손을 풀려고 했으나 노인이 그 손을 놓으려고 들지 않았다.

"제발 내 말을 더 들어주렴. 하고 싶은 말이 너무나 많구나."

"쉬셔야 해요."

"이제 죽으면 영원히 쉴 테니 걱정하지 말거라."

"안 돌아가세요."

"난 벌써 저세상을 봤다, 만."

노인이 다시 이야나를 만이라고 불렀다. 만이 노인에게 아무리 많은 환각버섯을 먹였다고 하더라도 그 취기가 아직 남아 있을 리는 없었다. 그러나 노인이 어떤 경계를 왔다갔다하고 있는 것만은 분명해 보였다.

"거기가 좋더구나. 그리 좋은 곳을 왜 안 가려고 기를 썼는지 모르겠다."

이야나는 더 이상 대꾸하지 않았다.

"그래, 그렇구나. 이야나…… 넌 내 아들 만의 친구였지. 널 기억한단다."

"……"

"만이 네 얘기를 많이 했다. 네 얘기를 할 때마다 널 멍청한 자식이라고 했었지."

노인이 그 와중에도 낮은 웃음소리를 냈다.

"툭하면 사고를 낸다고, 죽고 싶어 안달을 하는 것 같다고, 널 항상 걱정했다. 널 정말로 많이 걱정했어. 이 세상은 있는 힘을 다해서 악착같이 살아도 늘 모자란 거라고, 그런데 넌 늘 너무나 멍청하다고 그랬지. 그래, 난 널 기억한다. 내 아들 만의 친구, 멍청한 이야나."

이야나는 노인처럼 웃을 수 없었다. 만이 노인에게 했다는 말이 무슨 뜻인지 알기 때문이었다. 툭하면 이야나가 죽고 싶어 할 때마다, 그리고 사고를 낼 때마다 만이 이야나에게 말하곤 했었다. 넌 죽고 싶은 게 뭔지도 몰라. 진짜로 죽고 싶은 사람은 벌써 다 죽었어. 너처럼 있지도 않은 도마뱀 따위를 키우지는 않는다고.

이야나의 푸른 도마뱀, 데위……. 이야나가 어렸던 시절, 관광객이 준 달러 속에서 기어나왔었다. 다시 누가 널 만지려고 들면 내가 깨물어줄게. 그러니까 숨을 쉬어. 숨을 쉬고 살려고 해봐.

만은 어쩌면 좋은 친구일지도 모른다. 정말로 좋은 친구일지도 모른다. 만날 때마다 여자 이야기나 하고, 여자와 바람이 나고, 자기 아내를 내버리고, 유산 상속을 받자고 외국 노인을 떠받들고 살고 있지만, 그러나 만은 이야나에게만큼은 좋은 친구였을 것이다. 교통사고로 한쪽 다리를 절게 되었을 때, 그리하

249

여 자신의 제비 인생을 통째로 끝낼 수밖에 없게 되었을 때, 만이 자신의 다치지 않은 다리를 가리키며 이야나에게 말했었다.

이것 봐. 그래도 이건 아직 쓸모 있잖아. 세상에 쓸모없는 건 아무것도 없는 거라고. 그리고 친구도 있고. 너는 내 친구잖아, 그렇지 이야나?

"만은 어디에 있니? 그 애가 내게 버섯주스를 주었으면 좋겠구나. 그러면 안 아플 텐데……. 난 너무 아프구나."

"곧 올 거예요."

"이가 빠졌다."

"……."

"머리도 빠졌고."

"……."

"내 다리가 아직도 붙어 있니?"

"……그럼요."

"난 땅 밑에 있을 때, 저세상을 봤다. 참 좋더구나."

"……."

"나는 이제 끝내고 싶다. 벌써 봤으니 이젠 두렵지가 않구나, 만."

"……."

"내가 암에 걸렸다는 말을 너한테 했나, 만?"

"……."

"그 말을 해줬어야 했는데……. 그러면 네가 훨씬 더 편안했을 텐데."

"만이 많이 울었어요. 엄마 때문에."

"그래…… 넌 내 아들 만의 친구로구나. 만이 널 많이 걱정
했다. 그러니, 네가 날 끝내주겠니?"

"무슨 소리를 하시는 거예요?"

"네가 하지 않으면 만이 할 게다. 난 그걸 알고 있다……. 그
런데 만이 하도록 놔두고 싶지 않구나."

더 들을 필요가 없는 말이었다. 이야나가 노인에게 잡혔던 손
을 빼내려고 했으나 노인이 다시 한 번 그 손을 거머쥐었다.

"쉬세요. 그러시는 게 좋겠어요."

"너한테 줄 게 없구나……. 만에게 내 유산을 좀 나눠달라고
말해보렴."

이야나가 노인의 손을 억지로 풀었다. 바닥으로 뭔가가 떨어
졌다. 이빨이었다. 노인이 자신의 빠진 이빨을 손에 쥐고 있었
던 모양이었다.

"가지렴. 땅 밑에서부터 그걸 움켜쥐고 살아남았다. 너한테
줄 게 그것밖에 없구나……. 그리고 날 보내다오. 내가 돌아갈
곳은 한 곳뿐이다. 난 다신 아프고 싶지 않구나."

이야나는 노인의 병실에서 나와 병원 마당으로 나갔다. 보름
달이 구름에 가려져 사방이 컴컴했다. 경찰 호송차가 병원 마당
으로 들어서는 것이 보였다. 호송차에서 피투성이가 된 부상자
가 내리는데, 찢어진 옷 사이로 죄수복이 보였다. 탈옥수인 듯

했다. 교도소가 무너졌다는 소문이 헛소문은 아니었던 모양이었다. 경찰들이 시체처럼 축 늘어진 죄수의 팔을 잡아 병원 입구로 들어갈 때, 갑자기 정전이 되었다.

병원 입구에서 요란한 소란이 일었다. 정전은 곧 복구가 되었다. 시체처럼 늘어져 있던 탈옥수가 정전을 틈 타 탈출을 시도했던 것 같았다. 다시 환해진 불빛 아래, 바닥에 늘어져 누워 있는 탈옥수가 보였다. 경찰이 욕설을 내뱉으며 탈옥수의 뒷덜미를 잡아 얼굴을 들어 올렸다. 탈옥수는 거칠게 숨은 쉬고 있었으나, 눈은 감고 있었다.

날 수 있겠니

집 앞에 서 있던 남자는 유진이 아니었다.

진은 먼저 그 아이의 특별한 옷을 알아보았다. 진은 이 나라의 죄수를 본 적이 없다. 그러나 그 특별한 옷이 죄수복이라는 것 정도는 짐작할 수 있었다. 달빛 아래에서 아이의 얼굴이 푸르고 창백하게 빛났다. 아이는…… 글쎄, 아이라고 불러도 될까. 나이가 들어 있었다. 오래전에는 그토록 매끈하던 턱과 뺨이 수염으로 텁수룩했다. 수염 사이로 주름이 보였다. 세월이 흘렀다고는 해도 주름이 생길 만한 나이는 아닐 텐데…….

아이는 몸을 흔들거리며 서 있었다. 그저 습관적인 동작 같았다. 한 여자가 폐허 사이를 어렵게 헤쳐 자신에게로 곧바로 다가오고 있음을 보면서도 도망갈 생각도 하지 않았고, 피하려는 동작도 취하지 않았다. 그저 흔들흔들 서 있을 뿐이었다. 아이가 흔들흔들 서 있는 곳에 바나나 껍질들이 보였다. 물병과 반쯤 먹다가 아무렇게나 버린 빵 봉지들도 보였다. 폐허가 된 집들에서 먹을 것을 찾아 먹고 있었던 모양이다. 여기에 얼마나 오래 있었던 것일까.

지진은 언제 일어났었지?

교도소가 무너졌다는 소문을 진도 들었다. 지진이 일어난 것이 고작 하루 전이니, 교도소가 무너진 것도 고작 하루 전일 터이다. 그러나 그 모든 일이 다 까마득하게 오래전 일인 것만 같다. 그리고 남자 아이는 평생 동안 여기에 있었던 것 같다. 사건 이후 한 번도 이 자리를 떠나지 않은 채, 칠 년을 내리 여기에 있었던 것 같다.

"……안녕."

진이 남자 아이에게 인사를 건넸다. 아이라고도 청년이라고도, 노인이라고도 부를 수 없는, 그러나 진에게는 여전히 아이인…… 그 아이가 물끄러미 진을 쳐다보았다.

"난…… 당신을 알아요."

남자 아이가 말하며 미소 지었다. 참혹한 지진을 겪었고, 또 교도소를 탈옥해 나온 중죄인이라고는 볼 수 없는, 너무나 맑은 미소였다. 아이에게는 정신장애가 있다고 했다. 경찰에 체포되었을 때 여자 아이를 죽인 건 자기가 아니라고 울부짖었지만 다른 사람을 지목하지도 않았다고 했다. 오직 지진이 일어났었다고 외쳤을 뿐이고, 지진 때문에 모두가 다 죽었다고 반복해 말했다는 것이다. 그러니까 모두가…… 여자 아이도, 여자 아이의 아이도, 그리고 진도…….

진은 감옥에 갇힌 아이를 면회하려고 여러 차례 시도했었다. 그러나 쉬운 일이 아니었다. 간신히 면회 날짜가 잡혔을 때, 아이는 교도소의 병원에 있다고 했다. 교도소에서 정신장애가 심해졌고, 투신자살을 시도했었다는 것이다. 그러나 교도소에는 높은 곳이 없어서 겨우 다리를 다쳤을 뿐이라고 했다. 아이가 병원에 있는 것은 부상 때문이 아니라 강제 안정을 위해서였다.

그리고 칠 년 만이었다. 사건이 있기 전에 진은 이 아이를 여자 아이가 춤추는 레스토랑에서 보았었다. 신을 연기하는 아이의 분장이 너무 진해서 그 얼굴을 알아볼 수는 없었다. 그러나 아이의 춤이 황홀했다. 그 춤이 그토록 황홀했던 이유를 진은 나중에야 알았다. 그러니까 이 아이는 사랑에 빠져 있었던 것이다. 어떤 춤이 그보다 더 황홀할 수 있을 것인가.

"그래, 넌 날 알아볼 거야."

"……난 당신을 알아요."

남자 아이가 같은 말을 반복했다.

"널 만나고 싶었어."

"네, 난 당신을 알아요."

남자 아이는 계속해서 같은 말을 반복했다. 어쩌면 남자 아이가 할 줄 아는 영어가 그것뿐인지도 모를 일이다. 아이 노우

유…… 아니, 영어가 아니라, 오직 할 수 있는 말이 그것뿐일지도. 모든 말이 다 사라지고 난 후에 남은 말이 오직 그것뿐일지도……. 그런데도 진은 묻지 않을 수 없었다.

"그날 무슨 일이 있었니? 난 그걸 알고 싶어."

"네, 난 당신을 알아요."

진이 남자 아이 쪽으로 한 걸음 더 다가섰다. 흔들흔들 서 있던 남자 아이가 한 걸음 뒤로 물러섰다. 계곡 쪽이었다. 무너진 축대 때문에 깊은 계곡이 고스란히 드러나 있었으므로 진은 더이상 걸음을 옮기지 않았다. 남자 아이가 더는 위험한 쪽으로 가는 것을 원치 않았기 때문이었다.

"하고 싶은 말이 있어."

"네, 난 당신을 알아요."

"제발, 그만 해. 네가 날 안다는 걸 알아."

"네, 난 당신을 알아요."

"그만 해."

"그만 해."

"그만 하라니까!"

"그만 하라니까!"

순간 진의 코 안에 무언가가 가득 차는 듯했다. 호흡이 턱 막혀왔다. 난데없이 코피가 흐를 듯했다. 진이 급히 손을 들어 올려 코 밑을 닦았으나 손에 묻어나는 것이 아무것도 없었다. 코피가 아니었다……. 그것은 그러니까, 기억이었던 것이다.

그만 해!

그날 남자 아이가 외쳤었다. 그랬다……. 기억이 난다. 자신이 여자 아이에게 칼을 겨누고 있던 그 순간의 기억이, 느낌이, 칼자루에 새겨져 있던 흠집까지 다 기억이 난다.

죽일 작정이었다. 죽이지 못할 이유가 없다고 믿었다. 칼은 여자 아이가 누워 있던 침대의 옆 테이블 위에 있었다. 여자 아이는 잠들기 전 망고를 먹고 있었던 모양이었다. 칼을 들었을 때 망고의 진하고 들큰한 냄새가 온 방 안으로 퍼지는 듯했다. 그건 과도가 아니었다. 어쩌자고, 아이는 망고 따위의 무른 과일을 까먹으면서 과일 접시에 식칼을 올려놓은 것일까. 식칼을 바라보는 진을 향해, 아이가 말했었다. 과일을 깎아드릴까요, 마담?

여자 아이는 진에게 너무 잔혹했다. 다시 생각해도 그건 마찬가지다. 그 아이는 너무나 잔혹했던 것이다. 그러나 아이가 애걸했다면, 잘못했다고 용서를 빌었다면, 그러면 모든 것이 달라졌을까. 아이를 향해 칼을 겨눌 일은 없었을까.

내가 당신보다 힘이 세다는 걸 잊지 마세요.

아이가 또 말했었다. 아이가 말하지 않았더라도 진은 이미 알고 있었다. 무엇으로 이 아이를 이길 것인가. 무엇으로 이 아이에게 용서를 빌게 할 것인가. 그렇게 할 수 없다는 걸 알고 있었다. 그러므로 죽일 것이었다.

다행이야. 네가 나보다 약하지 않아서.

진이 말했고, 여자 아이의 눈에 처음으로 공포가 어렸다. 그러나 잠시뿐이었다. 여자 아이는 다시 미소를 지었고, 자신의 부른 배를 어루만졌다. 그리고 몸을 일으켰고, 욕실로 가려는 듯하다가 핸드폰을 집어 들었던 것이다.

뭐 하는 거니?

신호음 대신 음악이 울리는 게 진의 귀에까지 들렸다. 그 귀에 익은 음을 진이 모를 리가 없었다. 아이는 유진에게 전화를 걸고 있는 것이다.

진의 얼굴이 한꺼번에 피가 몰리듯 시뻘겠다. 유진에게 전화를 걸어야 할 사람은 지금 이 아이가 아니라 바로 자신인 것이다.

널 죽여버릴 거야. 죽여버리고 말 테야. 너도 죽이고 유진도 죽일 거야!

그리고 땅이 흔들렸다. 아니 어쩌면, 남자 아이의 고함 소리가 먼저였는지도 모른다.

그만 해!

유리창이 깨지고, 평생 동안 울음을 멈춘 적이 없었던 것 같은 남자 아이의 얼굴이 보였다. 그리고 칼이 무언가에 깊숙이 꽂히는 느낌이 들었다. 그 느낌이 어찌나 놀랍던지 진이 손을 놓아버리고 말았다. 자신이 찌른 것을 보기 전에 두 손을 먼저 내려다보았다. 손이 피투성이였다. 진의 입에서 자신도 모르는 사이에 어, 어…… 하는 소리가 흘러나왔다.

"네가 죽인 게 아니야."

"네가 죽인 게 아니야."

"그만 해."

"그만 해."

진의 몸에서 왈칵 무언가가 쏟아져 나왔다. 코피가 아니라 눈물이었다. 그리고 진은 이제 모든 것을 기억했다.

남자 아이가 여자 아이의 몸에서 칼을 빼냈다. 그리고 칼과 함께 여자 아이의 몸에서 다시 피가 솟구쳐 나왔다.

그만 하랬잖아.

남자 아이가 울고 있었다.

그만 하랬잖아!

그리고 남자 아이가 진에게로 달려들었고, 다시 여자 아이가 남자 아이에게 달려들었다.

그만 해!

이번에는 누구의 소리였을까. 여자 아이는 진의 칼에 찔리고도 남자 아이를 막기 위해 필사적이었다. 여자 아이가 남자 아이의 등에 매달렸다. 칼끝이 마구 흔들렸다. 남자 아이는 진을 찌르기 위해 제정신이 아니었다. 사랑하는 여자를 죽이려고 하는 사람이 있는 것이다. 사랑하는 여자를 위해서라면 남자 아이는 무엇이든 할 수 있었고, 그 때문에 슬픔과 공포를 느끼고 있었다. 남자 아이를 막으려는 여자 아이 역시 그 사실을 알고 있었을 것이다. 자신을 죽이겠다고 말했던 진의 말보다 더 확실히. 여자 아이와 남자 아이가 뒹굴었고, 여자 아이의 몸이 서서

히 늘어져갔다. 피가 방 안의 온 바닥을 적셨다.

그만 해!

누구의 소리였을까. 유진의 소리였을까. 핸드폰 안에서 울부짖던 유진의 소리였을까.

"네 잘못이 아니었어."

진이 흔들거리며 서 있는 남자 아이에게 말했다.

"네 잘못이 아니었어."

남자 아이가 진의 말을 다시 따라 했고, 진이 또다시 말했다.

"네 잘못이 아니었다고."

"네 잘못이 아니었어."

남자 아이가 울고 있는 진을 바라보며, 활짝 웃었다. 세상에 태어나 그토록 활짝 웃는 웃음을 본 적이 없었다. 남자 아이가 문득 손가락으로 어딘가를 가리켰다. 계곡 아래쪽이었다. 그리고 남자 아이가 뭐라고 말을 하는데, 이번에는 알아들을 수 없는 현지어였다. 남자 아이가 그 계곡을 향해 달려가 몸을 날린 것은 그야말로 순식간의 일이었다. 나중에야 진은 남자 아이가 마지막으로 남긴 말이 무엇인지 알았다.

나는 날 수 있어요. 새처럼요. 보여줄게요.

그리고 그 아이가 그야말로 새처럼 날아 계곡 아래로 사라져 갈 때, 새의 울음소리처럼 남겨진 말이 무슨 말인지도 알게 되었다.

난다!

바보 같은 자식…….

여자 아이가 숨을 거두기 전에 중얼거리던 말이다. 여자 아이는 남자 아이의 무릎에 머리를 베고 있었다. 피투성이가 된 손으로 남자 아이가 여자 아이의 얼굴을 만져, 여자 아이의 얼굴이 시뻘겠다. 여자 아이가 홀로 중얼거렸다.

난 아직 더 살고 싶은데……. 이렇게 죽고 싶은 건 아닌데……. 이런, 바보 같은 자식! 죽여버릴 테야!

여자 아이가 악을 쓰자 칼에 찔린 상처에서 피가 울컥울컥 쏟아져 나왔다. 여자 아이가 자신의 몸에서 쏟아져 나오는 피를 믿을 수 없다는 듯이 내려다보았다.

오, 세상에……. 어떻게 이런 말도 안 되는 일이……. 난 죽을 거란 말이야. 이 바보 같은 자식아!

남자 아이의 눈물이 뚝뚝 떨어져 피투성이가 된 여자 아이의 얼굴을 적셨다. 여자 아이가 다시 말했다.

그래도 기왕이면…… 바보 같은 자식…… 그래도, 기왕이면 너여서…….

여자 아이가 역시 피 묻은 손으로 남자 아이의 얼굴을 만졌다. 여자 아이가 숨을 거두는 순간, 남자 아이의 눈빛이 구멍처럼 어두워지던 것이 기억난다. 그리고 남자 아이가 진을 향해 다가왔다. 칼을 똑바로 든 채, 당신도 죽어야 한다는 듯. 그리고 찔리는 느낌. 찌르는 느낌과 찔리는 느낌은 어떻게 달랐던가. 그것은 같았을까. 아주 달랐을까. 남자 아이가 갑자기 머리를 싸매쥐고 바닥에 주저앉았다. 그리고 아이가 흔들리기 시작했다. 땅도 집도, 심지어는 시간조차 멈춰버렸는데, 남자 아이가 홀로, 남김없이 무너져내리듯 흔들리고 있었다.

그리고 또, 어느 날의 기억이 떠오른다. 진과 진이 막 사랑에 빠졌을 때, 둘은 고궁의 벤치에 앉아 있었다. 진의 직장 근처로 찾아갔다가 가까이에 있는 고궁으로 자리를 옮겼을 것이다. 볕이 좋은 가을날이었고 고궁은 한산했다. 도심에 있는 고궁이었음에도 사람들은 고궁을 잘 찾지 않는 모양이었다.

노부부로 보이는 나이 든 두 사람이 잔디밭에 자리를 깔고 앉아 과일을 깎아 먹고 있는 게 보였다. 잔디밭은 입장 금지 구역이었음에도 두 사람의 모습이 너무 평화롭게 보여 관리인이라 할지라도 그들을 내쫓을 수 없을 것 같았다. 늙은 남자가 자리에 눕자 늙은 여인이 양산을 기울여 남자의 얼굴에 내려앉는 햇살을 가려주었다.

언젠가 우리도 저렇게 늙어가겠지.

진이 말했을 때, 또 한 사람의 진이 가만히 손을 잡았다. 세상이 언제나 그 오후처럼 평화롭지는 않을 것이다. 많은 일이 일어날 것이며, 그중의 어떤 일은 감당하기 어렵게 가혹하기도 할 것이다. 그런 정도는 짐작할 수 있을 만큼 진과 진은 나이가 들어 있었다. 그렇더라도 닥쳐오지 않은 삶 앞에서, 진과 진은 소망했던 것이다. 가급적이면 그 어떤 일이라도 순하게 지나가기

를……. 혹, 그 어떤 가혹한 일이 벌어지더라도 서로가 서로의
등을 바라보는 일만큼은 없기를……. 설령 그렇게 된다 하더라
도, 누군가 먼저 그 등을 건드려 다시 돌아볼 수 있게 되기
를……. 그리하여 그러한 모든 시간들이 지나면 저 노부부처럼
고궁의 잔디밭에서 고요히 가을 햇살을 쬘 수 있게 되기를…….

맞잡은 손, 진과 진의 손금이 겹쳐졌다. 수명선과 운명선과
그 주변으로 촘촘히 새겨진 잔손금들이 맞닿았다. 그때 그들이
꾸었던 꿈은 세상의 모든 소박한 꿈들이었다. 위대한 것도 찬란
한 것도 바라지 않았다. 이렇게, 이렇게까지 사랑해도 되는 걸
까……. 그렇게 믿는 사랑이 너무 간절해서 다만 이유를 알 수
없게 가슴이 저렸을 뿐이었다.

점심시간이 다 지나가도록 진은 진의 손을 놓지 않았다. 손
안에 땀이 고였다. 진은 그 손과 손 사이에 고인 땀을 잊지 않으
리라고 생각했고, 실제로도 아주 오래도록 그것을 잊지 않았다.
삶은 땀을 흘리는 일이고, 그 땀이 고이는 일이고, 고였던 땀이
저절로 식어 마침내 고독에 이르는 일이라는 것을 그때 알았던
것은 아니다. 누군가에게 일어나는, 그러나 누구에게도 일어나
서는 안 될 사건이 일어난다고 하더라도, 그것이 결국 살아가는
일이 될 뿐이라는 것을 그때 알았던 것도 아니었다. 그러니까
그때는 아무 일도 일어나지 않았던 때였던 것이다.

그들은 이름이 완전히 똑같은 연인들이었다. 이 세상에 이름
이 같은 사람끼리 연인이 될 확률이 얼마나 되는지 진은 알지

못했다. 그러나 진은 알고 있었으되, 그것은 이 세상의 단 한 사람이 단 한 사람을 만나 연인이 된다는 것이었다. 세상의 오직 하나인 너와 세상의 오직 하나인 나……. 너와 나의 사랑이 이 세상에 기여할 수 있는 것이 무엇이 있으랴. 그것은 그야말로 아무것도 아닌 것……. 그러나 내가 지금 네 곁에 있어서 행복하다……. 가슴이 이토록 떨린다……. 중요한 것은 그뿐이었다. 그날 그들의 맞잡은 손등 위에 머물렀던 햇살이 오래도록 따듯했다. 중요한 것은 그뿐이었다.

새들의 그림자

여자는 돌아올 것이다……

짧았던 정전이 끝난 후, 어둠을 밝힌 달빛이 다시 대낮처럼 환했다. 이야나는 병원의 마당에 서서 병원의 입구를 바라보고 서 있었다. 수많은 사람이 죽고 수많은 것이 무너진 가운데 이제 남은 것은 여진이 언제까지 계속될지 모른다는 소문뿐이었다. 소문은 아마 평생토록 갈 것이고, 공포도 아마 평생토록 갈 것이다. 그러나 여전히 삶은 남을 것이다.

이야나는 병원의 입구가 잘 바라보이는 벤치로 갔다. 벤치도 부서져 간신히 모양만 유지하고 있을 뿐이었다. 이야나가 겨우 엉덩이를 걸쳐 앉았다. 모기들이 엄청났다. 모기를 쫓기 위해 부채질을 해대던 이야나의 손이 어느 순간 스르르 무릎 위로 내려앉았다. 그리고 잠시 후에는 고개가 어깨로 떨어졌다. 잠이 든 것이다. 소란스러운 병원 마당, 부서진 벤치에서도 잠은 물속처럼 깊고 혼곤했다.

잠은 저절로 다가와 그를 한없이 깊은 곳으로 데려갔다. 대체 얼마만의 잠인가. 지진이 일어난 후 고작 하룻밤이 지났을 뿐이지만, 마치 백 년 만의 잠인 듯했다. 이야나는 꿈도 없는 잠을 오래 잤고, 눈을 떴을 때는 햇살이 이마 위에서 뜨거웠다. 자신이 벤치 아래 바닥에 누워 있었다는 것을 깨달은 것은 잠에서 완전히 깨어난 후였다. 벤치에서 굴러 떨어지는 것도 알지 못할 정도로 깊은 잠이었던 것이다.

이야나는 다시 병원 입구를 바라보았다.

여자는 보이지 않았다…….

얼굴에 물이라도 묻히기 위해 병원 화장실 쪽으로 가다가 이야나는 만이 누워 있던 응급실 앞으로 걸음을 옮겼다. 만은 그사이에 어디로 옮겨진 것인지 보이지 않았다. 화장실이 응급실 바로 옆에 있었다. 세수보다 갈증이 급해 수도꼭지를 틀어 물을 마셨다. 물에서 이상한 냄새가 났지만 그보다는 단맛이 먼저였다. 이야나가 수도꼭지에 입을 대고 물을 마시는 동안 경찰 하나가 화장실에서 나와 이야나의 등 뒤에서 거울을 봤다. 하룻밤의 잠을 달게 잤음에도 불구하고 거울 속 이야나의 얼굴이 여전히 피로해 보였다. 지난밤 잠을 잤는지 못 잤는지 알 수 없는 경찰의 얼굴도 피로해 보이기는 마찬가지였다. 거울 속에서 눈을 마주친 두 사람이 잠시 미소를 지었다. 살아 있는 사람들끼리의 미소였다.

이야나는 만의 의붓어머니의 병실로 걸음을 옮겼다. 만이 그곳에 있을 것 같았기 때문이었다. 그러나 만도, 만의 의붓어머니도 보이지 않았다. 노인이 누워 있던 침상에는 다른 환자가 누워 있었다. 옆 침상의 환자가 눈을 똑바로 뜬 채 이야나를 쳐다보고 있었다.

"어젯밤에 여기 계시던 분은 어디로 가셨어요?"

옆 침상의 환자는 눈은 똑바로 뜨고 있었으나 말은 하지 않았다. 어쩌면 말을 할 수 있는 상태가 아닐지도 모른다. 이야나가 병실 바깥으로 나가려고 등을 돌리는데, 뒤에서 갑자기 쩌렁쩌렁한 목소리가 들려왔다.

"나도 죽여줄 수 있겠어? 나는 금목걸이가 있는데."

이야나가 뒤를 돌아보았다. 환자는 여전히 눈을 똑바로 뜨고 있었다.

"뭐라고 그러셨어요?"

그러나 환자는 다시 말이 없었다. 다만 눈을 똑바로 뜨고 있을 뿐이었다. 이야나도 더는 말을 걸지 않았다. 정신이 성한 환자로는 보이지 않았다.

복도에 의료진이 보였다. 만의 의붓어머니가 지난밤에 세상을 떴다는 걸 이야나는 그 의료진에게서 들었다. 그 말을 들으면서 이야나는 복도 창문으로 내다보이는 햇살을 바라보았다. 그는 아무것도 묻지 않았다. 이미 너무 많은 사람이 죽었고, 또 더 많은 사람들이 죽어갈 터이니 어디에도 더는 특별한 죽음 같은 것은 없었다. 땅 밑에서 이미 저세상을 보았다고, 그리로 가고 싶다던 노인의 말이 떠올랐다. 슬픔도 고통도…… 더는 아무런 감정도 들지 않았다. 묵묵히 시선을 돌리는데, 다시 병원 입구가 바라보였다.

여자는 보이지 않았다.

이야나가 거울 속에서 마주쳤던 피로한 얼굴의 경찰을 다시 만난 것은 벤치로 돌아왔을 때였다. 경찰이 병동 건물에서 걸어 나오는 것이 보였다. 이야나에게 만의 의붓어머니의 사망 소식을 전해주었던 의료진도 함께였다. 의료진은 마당 중간에서 돌아섰다. 그러나 경찰은 이야나를 향해 똑바로 걸어왔다.

"자네군."

날 아세요, 묻고 싶었으나 이야나는 묻지 않았다. 모든 말이 다 성가시게 여겨졌기 때문이었다. 그건 피로한 얼굴의 경찰 역시 마찬가지인 것 같았다.

"자네가 어젯밤에 사람을 죽였다는군."

경찰이 성가신 듯 말했고 이야나는 농담처럼 그 말을 들었다.

"누가요?"

"자기가 누군지도 모르면서, 그 환자, 자네는 기억하더군."

경찰이 다가와 이야나의 어깨를 잡았다. 모든 것이 무의미하게 느껴지는 와중에도 경찰의 손이 닿았을 때만큼은 본능적으로 몸 안에서 무언가가 긴장했다. 이야나가 몸을 피하려 하지도 않았는데 경찰이 좀 더 세게 이야나의 어깨를 잡았다. 경찰이 이야나의 눈을 똑바로 들여다보았다. 그러나 여전히 피로한 눈길이었고 말투 역시 마찬가지였다.

"빌어먹을, 난 지금 몸이 열 개라도 부족할 만큼 바빠. 죄수들이 전부 탈옥해버렸다고. 그놈들이 또 다쳐서 이 병원에 있고. 게다가 내 식구들도 어디서 죽었는지 살았는지도 모른다고. 그런데 빌어먹을 무슨 살인사건이냐고."

"살인사건이라뇨?"

"말했잖아. 다들 제정신이 아니라고. 그래도 들은 걸 안 들은 척할 수는 없잖아. 그냥 몇 마디 대답만 해주면 돼. 그리고 사인이나 하나 해줘. 그럴 만한 종이가 남아 있기나 한지는 모르겠지만. 화장실에 똥 닦을 종이도 없는데 사인할 종이는 남아 있겠느냐고."

만의 의붓어머니는 지난밤에 심장이 멈춰 세상을 떠났다고 했다. 의료진이 해줬던 말이었다. 지난밤의 어느 순간이었느냐고 이야나는 묻지 않았다. 정전이 되었을 때, 혹은 자신이 벤치에서 굴러 떨어졌을 때, 그것도 아니면 땅바닥에 뺨을 대고 코

를 골고 있을 때……. 그중의 어느 때였을 것이다. 다만 그중의
어느 때. 병원의 의료진들은 죽어가는 사람들을 살리기 위해 너
무 바빠 이미 죽은 사람에 대해서는 증언을 할 여유가 없었다.
다만 선고가 있을 뿐이었다. 죽었다와 살았다, 혹은 아직은 살
아 있다…….

　그런데 노인의 옆 침상에 있던 환자가 병실에 사람이 나타날
때마다 이야나 얘기를 하고 있다는 거였다. 눈을 똑바로 뜬 채,
쟁쟁한 목소리로, 나도 어제 그 늙은 여자처럼 죽여줘. 나도 금
목걸이가 있단 말이야. 그 여자한테 한 것처럼 그냥 베개로 잠
깐 눌러주기만 하면 돼.

　"금목걸이를 받았어, 진짜?"

　경찰이 물었을 때, 이야나는 자신도 모르는 사이에 주머니에
손을 가져다 댔다. 경찰이 이야나 대신 주머니를 뒤졌다. 노인
의 이빨이 나왔다. 경찰이 인상을 쓰며 그 이빨을 그대로 이야
나에게 건네주었다.

　이야나가 경찰차에 올라탈 때, 어디선가 만이 나타나 이야나
에게로 달려왔다. 환자복도 입지 않고 이마에 붕대만 잔뜩 감
은 만이 절룩거리는 다리를 더욱 심하게 절어, 달려오는 게 아
니라 한 걸음에 한 번씩 고꾸라지듯이 달려왔다. 그래도 그는
경찰차가 출발하기 전에 이야나가 타고 있는 경찰차의 창문을
두드릴 수 있었다. 경찰은 창문을 열어주는 대신 차를 그대로
출발시켰다. 만을 뒤에 남겨둔 채, 경찰차가 병원 입구를 빠져

나갔다.

병원 입구에서도, 병원 바깥에서도 여자는 보이지 않았다.

지진과, 탈옥수들과, 약탈 현장에서 잡힌 사람들로 인해 경찰
서는 혼돈 그 자체였다. 사람들을 가두어놓을 곳도 없었고, 가
두어놓기 위해 제대로 심문을 할 수 있는 경찰 여력도 없었다.
그래서 이야나는 그냥 경찰서에 방치되었다. 이야나에게 만의
의붓어머니를 살해할, 혹은 안락사시킬 아무런 이유가 없다는
사실은 심문이 제대로 진행되지 않았으므로 해명할 기회도 방
법도 없었다. 이 거짓말 같은 사태가 곧 바로잡혀질 것이라고
믿었으므로 이야나는 그저 기다렸다. 어떻든 경찰서는 무너지
지 않았고, 죽어가는 사람들도 없었다. 누군가가 자신을 불러주
기를 기다리는 동안, 이야나는 자주 졸았다. 졸다가는 놀라 깨
기를 반복하는 동안, 경찰서가 또 하나의 다른 세계 같았다.
중요한 것은 무너지지 않은 곳에 그가 있다는 것…… 그것뿐
이었다.
이튿날, 만이 경찰서로 찾아왔다. 만이 이야나를 보자마자 눈
물을 뚝뚝 흘렸다.
"이야나, 엄마가 죽었어."
"미안해, 만."
왜 그런 말이 나왔을까. 노인의 죽음에 대해 이야나가 미안해

271

해야 할 일은 없었다. 그러나 누구에게든지 말하고 싶었다. 경찰서에서 깜빡깜빡 잠이 들었다가 깨어날 때마다 이야나는 말하고 싶었다. 미안해, 수니……. 미안해요, 엄마 아버지…….그리고 생각했던 것이다. 그런 말을 좀 더 일찍 할 수 있었더라면 좋았을 텐데. 그들이 죽기 전에, 그들이 자신 곁을 떠나기 전에 말했더라면 좋았을 텐데. 그러면 그들도 말해주었을 텐데. 미안해, 이야나…… 네 잘못이 아니야.

"넌 미안해해야 해, 이야나."

만이 뚝뚝 흘리는 눈물을 멈추지 못한 채로 말했다.

"네가 엄마를 죽였으면…… 그건 자연사가 아니잖아."

만은 이 와중에도 자연사 타령이었다.

"내가 아니란 걸 알잖아, 만."

"그래. 알고 있어. 그래도 난 너한테 유산을 좀 나눠줄 작정이야. 모든 일이 다 잘 정리되고 나면."

"무슨 헛소리야, 만."

"모르겠어…… 그냥 마구 미안해서, 뭐든지 좋은 일 한 가지쯤 안 하면 천벌을 받을 것 같은 그런 심정이란 소리야. 젠장, 이야나. 엄마가 그렇게 죽어버렸다구."

이야나는 만의 의붓어머니가 마지막으로 남긴 말들을 만에게 전하지 않았다. 노인은 이야나에게 끝을 내달라고 했었다. 저세상을 이미 보았다고, 그리로 가고 싶다고 했었다. 그리고 네가 하지 않으면 만이 하게 될 거라고 했었다. 그때, 이야나는 노인의 말을 믿었다. 만은 자신의 의붓어머니가 군용기에 태워져 귀국하는 것을 보느니, 그녀의 몸에 매달린 모든 튜브를 떼어내고, 목을 조르고, 베개를 얼굴에 덮어 누르고…… 그렇게 할 수 있을 것 같았다. 아니, 그렇게 할 것 같았다. 노인의 말이 너무 간절했고, 또 그 일이 너무나 간단해 보여서 더욱 그랬다.

"만…… 너는 아닌 거지?"

이야나가 물었고, 만이 다시 대성통곡을 하기 시작했다. 아무래도 노인은 틀렸고, 이야나도 틀린 것 같았다. 만은 어쩌면, 진심으로, 그의 의붓어머니를 사랑했으리라. 그렇게 믿고 싶었다.

경찰서에서의 하루가 또 흘렀다. 그러나 여전히 아무도 이야나를 심문하지 않았고, 심문할 여력도 없는 것 같았다. 그날 탈옥수 몇 명과 약탈 현장에서 잡힌 사람들이 잡혀 들어왔다. 그중에는 겨우 통조림 몇 개를 훔친 소년도 있었는데, 그를 훈방시켜줄 여력이 없었으므로 소년도 경찰서에서 하루를 묵어야 했다.

그렇게 또 하룻밤이 지나갔다.

새로 들어오는 사람들이 바깥의 소식을 전해주었다. 여진은 더 일어나지 않았고, 사람들이 집으로 돌아가고 있으며, 공항이 복구된 후 어마어마한 지원품들이 도착하고 있는데, 여전히 많은 사람들이 지원품을 제대로 공급받지 못해 굶주리고 있다고 했다. 굶주리지 않는 것은 신뿐이어서 그 와중에도 사람들은 아침마다 부서진 신전에, 그리고 신전이 있던 자리에 꽃잎을 모아

공물을 바친다고 했다. 어느 날 아침 비치 전체가 꽃잎으로 가
득 찼다고 했다. 그 와중에도 꽃잎으로 가득 찬 비치가 참으로
아름답다고 말해준 사람은 그야말로 그 와중에, 성추행 혐의로
경찰서에 잡혀 들어온 남자였다.

　어느 날 경찰서가 흰 분말로 가득 차 눈앞을 볼 수가 없을 지
경이었다. 모기와 파리가 창궐하고, 뎅기열이 빠르게 퍼지고
있다고 했다. 사람들이 맑은 물을 충분히 공급받지 못해 여기
저기 설사병 환자들이 속출하는데, 충분히 먹지 못해 몸 바깥
으로 내쏟는 것도 별로 없다고 했다.

　또 하룻밤이, 그리고 며칠이 지나갔다. 이야나는 그사이에 간
단한 조사를 받았다. 경찰은 이야나가 곧 풀려나게 될 것이라고
했다. 그러나 경찰이 해야 할 일이 너무 많아서, 그를 풀어줄 시
간이 없다고 했다. 그런 말을 하던 경찰도 말을 하다 말고 다시
출동명령을 받아야 했다.

　여자는 돌아왔을까.

　이야나의 잠이 다시 불편해졌고, 다시 꿈이 많아졌다. 매번
그런 것은 아니지만 이야나는 자주 꿈속에서 여자를 보았다. 여
자와 함께했던 밤의 꿈이다. 그들이 함께 밤을 보낸 것은 고작
하룻밤뿐이었음에도, 꿈속에서 이야나는 평생 동안 같이 잠을
잤던 것처럼 여자의 몸이 익숙했다. 여자의 옷을 벗기고, 여자
의 흰 살결을 어루만지고, 여자의 젖가슴 위에 손을 얹고, 그리
고 여자의 몸속으로 들어갔다. 절정의 순간이 늘 슬펐다.

만은 첫날 이후로는 다시는 면회 오지 않았다. 대신 거의 매일이다시피 어머니와 계부가 함께 면회를 왔다. 아버지가 세상을 뜬 후 아버지와 가장 친했던 친구와 재혼을 한 어머니였다. 이야나가 고등학교를 다닐 때였고 아버지가 죽은 지 일 년이 채 지나지 않아서였다. 실은 재혼이랄 것도 없었다. 어느 날 어머니는 집을 떠났고, 다시 돌아오지 않았을 뿐이었다.

어머니가 다른 살림을 차린 후 이야나는 오랫동안 어머니와 불화했다. 보통의 여자라면, 그리고 그토록 나이가 많은 여자라면, 섬에서는 누구도 쉽게 그런 식으로 죽은 남편과 산 자식을 떠나지 않았다. 어머니의 새 남편이 아버지의 오래된 친구였기 때문이기도 했을 것이다. 이야나는 어머니의 정염이 부끄러웠던 것이다. 한 번도 그것을 사랑이라고 생각해본 적이 없었다. 마흔 중반에 가까운 여자에게, 그것도 어머니라는 사람에게 사랑이라니……. 자기 자식을 버리고 갈 정도의 사랑이라니.

그러나 경찰서 면회실에 의붓아버지와 함께 앉아 있는 늙은 어머니를 보았을 때, 이야나의 눈시울이 느닷없이 뜨거워졌다. 어떻든 둘은 지진 중에도 살아남았고, 살아남아 함께 살고 있는 것이다. 이야나가 늙은 어머니의 손을 잡자 계부가 흠흠, 기침소리를 냈다.

어느 날인가는 외국인이 면회를 왔다는 소리를 들었다. 혹시라도 여자일 것인가 생각하고 마음이 와락 흔들렸으나, 면회실에서 그를 기다리고 있는 사람은 뚱뚱하고 머리가 벗겨진 백인 남자였다. 이야나로서는 처음 본 사람이 분명했는데, 어쩐 일인지 낯이 익었다.

남자가 자기 소개를 했다. 만의 의붓어머니, 즉 죽은 노인의 조카라고 했다. 만의 집에 걸려 있던 사진이 기억났다. 노인과 그녀의 여동생과 그리고 그들의 개가 함께 찍혀 있던. 놀랍게 닮은 것은 그들만이 아니었던 모양이었다. 난생처음 본 여동생의 아들까지도 만의 의붓어머니를 빼다 박은 듯이 닮은 것이다.

"당신을 도울 생각이에요."

현지인 통역을 사이에 두고 그가 말했다. 그 현지인은 남자가 고용한 변호사라고 했다. 한시라도 빨리 이야나를 만나려고 했으나 섬에 살아남은 변호사를 찾기가 어려웠다고, 그 와중에도 남자가 농담처럼 말했다. 그 말을 옮기는 변호사의 표정이 딱딱하게 굳어서 이야나가 통역을 사이에 두지 않은 채 영어로 직접 말했다.

"하지만 난 당신을 모르는데요."

"그건 상관없어요. 지금 중요한 건 당신이 살인용의자로 여기 있다는 거고, 또 당신이 만이라는 사람의 친구라는 거예요."

"난 아무 짓도 안 했어요. 지진 때문에 모든 게 혼란스러울 뿐이에요. 곧 오해가 풀릴 거예요."

"그럴까요? 그런데 세상에 무고한 죄인이 얼마나 많은지 알아요?"

이야나는 대답하지 않았다.

"아무 죄도 없이 감옥에 갇힌 사람이 얼마나 많은지 모르죠? 그중에는 사형을 당하는 사람도 있죠. 설마 모른다고 하지는 않겠죠? 적어도 〈쇼생크 탈출〉 정도는 봤을 테니까."

"그건 영화예요."

"네. 영화니까 탈출도 했죠. 관객들에게 무죄라는 것도 알렸죠. 그러나 현실은 그렇지가 않다는 거죠."

"무슨 말을 하고 싶은 거예요?"

"벌써 말했잖아요. 세상에는 아무 죄 없는 죄수들이 아주 많다고요. 그뿐만이 아니죠. 세상에는 완전범죄자들도 뜻밖에 아주 많아요."

이야나는 더 이상 남자의 말을 받지 않았다. 남자가 자신에게 원하는 것이 무엇인지 알 수 없었다. 느닷없이 자신을 도와주겠다고 하는 말을 믿을 수 없는 것도 물론이었다.

"당신 말처럼 바깥은 완전히 혼돈이에요. 제정신인 사람을 거의 찾아볼 수가 없을 지경이더군요. 당신을 살인범으로 지목한 환자를 만나봤어요. 단 한 마디도 제정신인 말이 없더군요. 게다가 그 사람, 현지인의 얼굴을 구분하지도 못해요. 외국인한테는 현지인들의 얼굴이 다 똑같아 보이기 마련이지요. 그렇게 생각 안 해요?"

이야나는 여전히 대답하지 않았다. 대답할 필요가 없는 말이었다. 그러나 그 말의 불길함까지 이해 못할 것은 아니었다. 그러니까 이 남자는…… 이야나가 아니라 누구라도 만의 의붓어

277

머니를 살해한 것이 사실이라는 말을 하려는 것이다.

베개로 눌러 죽였다고 했다. 죽여달라고 하는 노인을 베개로 꾹 눌러 죽였다는 것이다. 그리고 그 정신 나간 환자가 이야나에게 말했었다. 나도 죽여줄 수 있어? 나는 금목걸이가 있는데!

"당신을 도울 수 있는 방법은 두 가지가 있어요. 당신이 아무 짓도 하지 않았다면 당신 대신 그 짓을 한 사람을 찾아야겠죠. 당신처럼 아무 짓도 하지 않았다고 말할 수 없는 사람, 그러니까 죽어가는 사람을 죽이지 않으면 안 될 사정이 있었던 사람, 그런 사람을 찾아야 한다는 거예요."

그렇지 않냐는 듯 남자가 이야나를 쳐다보다가 다시 말을 이었다.

"그리고 또 한 가지의 방법이 있죠. 누구도 그런 짓을 하지 않았다는 것, 이모가 그냥 숨을 거두었다는 걸 증명하면 되겠죠."

"난 아무 짓도 하지 않았어요."

"그래요. 바로 그거예요. 누구도, 아무 짓도 하지 않았다는 거. 그게 바로 내가 원하는 거예요."

"……"

"이모, 좋은 분이셨죠. 아주 강인한 분이셨고요. 누군가의 손에 죽을 분이 아니에요. 특별한 경우에는 재산 전부를 사회에 기부하겠다고 할 정도였으니까요. 세상엔 그런 사람 흔치 않아요. 그렇죠?"

남자가 그 말을 하면서 문득 웃음을 띠어 보였다. 큰 키에 비

대한 몸집에도 불구하고 오종종한 이빨이 드러났다. 닮은 것은 얼굴만이 아니라 이빨도 마찬가지였을까. 만의 의붓어머니의 이빨과 똑같은 이빨들이 옥수수 알갱이처럼 입 안에 박혀 있다.

자연사하지 않을 경우, 재산 전부를 사회에 기부하겠다고 했던 노인의 유언은 만을 겨냥한 것이 아니라, 혹시 이 남자 때문이 아니었을까. 전에는 한 번도 떠올려본 적이 없는 생각이었다. 노인에게 조카가 있다는 것을 몰랐던 것은 아니었다. 노인은 그에 대한 이야기를 할 때 늘 '그 망할 자식'이라고 불렀고, 만은 의붓어머니의 그 단호한 태도 때문에 그의 존재에 대해 경계심을 느끼지 않았다. 그런데 노인의 숨을 누른 베개, 그 베개에 얹힌 손은 혹시 이 남자의 손이 아니었을까. 물론 어리석은 상상이었다. 그 남자는 지진이 난 후에야 섬에 들어왔다고 했다.

그런데도 그날 밤, 꿈속에서 손들이 어지러웠다. 노인의 얼굴을 찍어 누른 베개, 그 베개 위로 손들이 차례차례 지나갔다. 노란 털이 숭숭 돋은 백인 남자의 손과 검고 마디가 굵은 만의 손, 그리고…… 이야나 자신의 손도 있었다.

날 이제 끝내다오.

꿈속에서 노인이 말했다.

그리 좋은 곳을 왜 안 가려고 했는지 모르겠구나.

꿈속에서 노인이 웃었다. 노인이 웃자, 그 입속에서 이빨들이 우수수 떨어져 나왔다.

이야나는 풀려났다. 잡혀올 때만큼이나 풀려날 때도 상황이 거짓말 같았다. 경찰이 사인을 하라는 곳에 사인을 했고, 경찰은 이제 그만 집에 가도 좋다고 말했다. 현지인 변호사가 입회를 하고 있었다. 그는 아무 말도 하지 않았고 이야나도 묻지 않았다.

만이 노인의 조카와 유산 상속에 대해 합의를 했다는 것을 이야나는 나중에야 알았다. 만은 섬에 있는 노인의 집을 상속 받는 것 이외의 모든 것을 포기했다. 만이 무엇 때문에 그런 합의를 했는지에 대해서는 알 수 없었다. 이야나가 계속 경찰서에 머물러 있는 한 그 어떤 유산도 상속 받을 수 없다는 것을 알았기 때문일 수도 있었다. 그리고 그로서는 이야나의 혐의를 풀어줄 방법을 찾아낼 수가 없었기 때문일 수도 있었다. 그리고 어쩌면…… 그야말로 어쩌면, 만은 이야나를 구해주고 싶었을지도 모른다. 그토록 많은 돈을 포기하면서까지. 그런 말도 안 되는 상상을 할지언정 만에게 감추어야 할 어떤 일이 있었을 거라고는 믿고 싶지 않았다. 지진이 흔들어놓은 것은 땅뿐만이 아니었다. 믿고 싶었던 모든 선의와 믿고 싶지 않았던 모든 악의들이 한꺼번에 뒤섞여 흔들렸다.

만은 노인의 조카가 제시한 모든 합의조건을 받아들였음에도, 그가 노인의 시신을 본국으로 데려가겠다는 것에 대해서만큼은 기를 쓰고 반대했다. 시신을 자신의 손으로 화장시켜주겠다고 했던 의붓어머니와의 약속만큼은 지키고 싶다는 것이었는데, 만은 그것조차 지켜낼 수 없었다.

나도 유산을 받았으니, 뭔가를 해야 해요.

노인의 조카가 그렇게 말했을 때, 만이 울음을 터뜨렸다고 했다. 뭔가라니…… 죽음에 대해서, 그 죽음을 또 하나의 세상으로 보내는 일에 대해서, 그런 식으로 말을 할 수는 없는 거였다. 누구도 그런 식으로 말할 수는 없는 거였다.

신원이 확인된 시신들은 빠르게 각국으로 후송되었다. 노인의 시신이 떠나던 날, 만이 이야나를 의붓어머니의 집으로 초대했다. 이야나가 경찰서에서 나온 후, 만에게서 온 첫 연락이었다.

노인의 집은 피해 지역에서 가까운 곳에 있어서 거의 폐허나 다름이 없었다. 그런데도 노인이 노인의 여동생, 그리고 개와 함께 본국의 저택을 배경으로 찍은 사진 액자가 여전히 벽에 걸려 있었다. 지나치게 반듯한 액자였다. 어쩌면 만이 나중에 다시 걸어놓은 것일지도 몰랐다. 어느 창문의 어느 격자가 어긋나 있는지까지 알고 있는 저택, 이제는 결코 만의 것이 될 수 없는 저택의 사진을 뒤로 두고 만과 이야나는 티브이를 보았다. 만의 의붓어머니가 본국에서 가져온 티브이가 대단히 컸다.

지구 반대편의 어느 나라에서 쓰나미가 발생했다는 뉴스가 보도되고 있었다. 만과 이야나는 코코넛와인을 마시며, 소파에 앉아 그 화면을 보았다. 뉴스가 끝났을 때, 코코넛와인이 병 속에 그대로 채워져 있었다. 잔의 술 역시 마찬가지였다. 도마뱀 우는 소리가 지붕에서 웅장하게, 이렇게 말해도 좋다면, 그야말로 웅장하게 울렸다.

그리고 또 만이 울기 시작했다. 자신의 두 손을 내려다보면서 그가 울음을 터뜨렸다. 검은 손바닥 위로 눈물이 뚝뚝 떨어졌다. 흐느끼는 울음 속에 만의 목소리가 섞였다. "엄마…… 엄마……." 만이 어린아이처럼 엄마를 부르고 있었다.

여자는 돌아왔을까.

이야나가 경찰서에 있는 동안 다시 여진은 없었다. 그 후에도 간혹 붕괴 사고가 있었고, 또 전염병이 돌기도 했지만 그 와중에 외국인이 피해를 입었다는 소식은 없었다. 공항은 빠르게 정상화되어 곧 누구나 들어올 수 있고, 누구나 나갈 수 있었다. 나가는 사람보다 들어오는 사람이 더 많다고 했다. 급히 처리된 시신들 사이에서 자신의 연인과 자신의 가족을 찾는 사람들로 인해 바깥이 온통 눈물바다라고 했다. 그래서인가, 어느 날 저녁에 경찰서 창문 바깥으로 쏟아지는 빗줄기 속에서 눈물 냄새가 풍겼었다.

경찰서에서 나오던 날, 이야나는 여자와 마지막으로 헤어졌던 병원을 찾아갔었다. 병원은 그사이에 상당 부분 정상화된 듯했지만, 여전히 현지인 환자들로 북새통을 이루고 있었다. 각국에서 특별기를 보내와 자국의 환자들을 후송해간 탓에 외국인 환자들은 거의 보이지 않았다. 여자도 그곳에 없었다.

부서졌던 벤치도 사라지고 없었다. 앉아 있을 곳이 없었으므로 이야나는 오래 서 있었다. 경찰서에 있는 동안 이야나는 여자에 대한 소식을 전혀 듣지 못했다. 여자의 소식을 물을 사람도 없었고, 그런 사람이 있다고 한들 여자의 소식을 알지도 못할 거였다. 그래서 꿈마다 이야나는 병원으로 달려갔다. 당신을 기다리지 않은 게 아니라고, 다만 기다릴 수 없었던 거라고 말하고 싶었는데 꿈마다 입이 달라붙어 말이 나오지 않았다.

나무에 부딪혀 보닛이 완전히 찌그러졌던 차도 찾을 수 없었다. 보험도 들지 않은 차였다. 그러므로 찾을 수 없다는 것은 완전히 잃어버렸다는 뜻이었다. 그리고 그 말은 이야나가 이제 완전히 빈털터리가 되었다는 뜻이기도 했다.

이야나는 당분간 어머니와 어머니의 남편이 있는 집에서 농사일을 돕고, 가구 세공을 도우면서 지내기로 했다. 일 년에 세 번씩 거두어들이는 벼는 지진 후에도 누웠던 몸을 빠르게 일으켜 무성히 자랐고, 뜨겁게 익었다. 어머니의 새 남편은 여전히 말이 없는 사람이었고, 어머니 역시 마찬가지였다. 어린 동생들은 수다스러워서 언제나 이야나에게 무슨 말이든 걸어보려고 했다. 그러나 이야나 역시 거의 아무 말 없이, 계부 옆에 앉아 나무의 세부를 깎아내거나 도려낼 뿐이었다. 나무를 다루는 솜씨가 없는 이야나는 자주 칼에 손을 베었다. 어느 날은 엄지손톱 절반을 잘라낸 적도 있었다. 피가 뚝뚝 떨어져 결이 고운 나무를 금방 시뻘겋게 물들였다.

그 즈음에 이야나는 수니를 만났다. 지진이 일어나고 수많은 사람들이 죽었어도 산 사람은 살아야 했으니 장도 섰다. 수니는 장에서 옷을 팔고 있었다. 누구도 새옷 같은 건 사 입을 것 같지 않은데, 수니는 그 와중에도 정말 씩씩하게 옷을 팔았다. 이야나는 수니에게 다가가지 못한 채 먼 발치에 서서 그 모습을 바라보기만 했다. 한참 후에야 이야나를 알아본 수니가 서슴없이 달려와 이야나를 끌어안았다. 길거리 한복판에서 젊은 여자가 젊은 남자를 끌어안는 일은 섬에서는 보기 어려운 광경이었다. 지진이 난 후, 관광객들이 완전히 사라졌고 외국인이라고 해봤자 실종자와 시체를 찾아다니는 사람들뿐이었으므로, 그런 행동을 하는 외국인들도 찾아보기 어려웠다. 그런데도 수니는 장터 한복판에서 스스럼없이 이야나의 목을 끌어안았다. 그리고 바로 그 때문에 이야나는 둘 사이에서 무언가가 완전히 지나가버렸다는 것을 깨달았다. 열정과 고통이 지나가고 따듯함과 안타까움만 남은 것이다.

그날 수니는 이야나에게 몇 장의 쪽지를 보여주었다. 긴급 의료소에서 수니에게 도움을 받았던 외국인들이 본국으로 후송되기 전에 수니에게 남긴 것들이었다. 수니는 이야나에게 그 쪽지들을 읽어달라고 했다. 수니가 영어를 잘 못하기는 했지만, 그때까지 그 쪽지의 내용을 한 번도 안 읽었으리라고는 생각할 수 없는 일이었다. 그런데도 수니는 이야나에게 읽어달라고 했다.

쪽지는 영어로만 쓰여진 것이 아니었다. 어떤 것은 이야나로서는 구경도 못해본 언어로 쓰여진 것도 있었다. 그렇더라도 내용을 짐작 못할 것은 아니었다. 어느 쪽지나 마찬가지로, 고맙다고, 영원히 잊지 않겠다고, 사랑한다고 쓰고 있었다. 그리고 쪽지마다 그들의 본국에 있는 집 주소와 전화번호가 적혀 있었다. 수니는 흐뭇한 얼굴로 이야나가 읽어주는 쪽지의 내용을 들었다. 그들을 어떻게 도와주었고, 그들이 어떻게 쪽지를 남겼는지에 대해서는 설명하지 않았고, 이야나도 듣고 싶지 않았다. 고통스러운 기억은 영원히 현재진행형일 것 같았다. 다만, 잊은 척할 뿐이고, 잊었다고 믿고 싶은 척할 뿐인 것이다.

수니는 그녀의 죽은 약혼자에 대해서도 이야기하지 않았다. 이야나가 한동안 머물러 있어야 했던 경찰서에 대해서도 마찬가지였다. 뜻밖에 수니는 돈 얘기를 했다. 이야나가 차를 살 때 빌렸던 돈을 갚아줄 수 있겠느냐는 것이었다. 이야나의 차는 사고로 인해 완전히 망가져버렸고, 그 후에 다시 찾을 수도 없었다. 차가 없었으므로 다시 택시 일을 할 수도 없었고, 차가 있다고 한들 관광객이 완전히 끊겨버렸으므로 돈을 벌 수도 없을 것이었다. 그런데 수니가 돈을 빌려준 이래로 단 한 번도 재촉하지 않았던 빚 얘기를 꺼낸 것이다. 이야나의 얼굴이 붉어졌다. 그때 수니가 이야나의 손을 잡았다.

"그냥 조금씩, 아주 조금씩이라도 천천히 갚아. 지금은 누구라도 돈이 필요한 시기니까…… 그렇지, 이야나?"

수니가 돈 얘기가 아니라 실은 살아가는 일에 대해 이야기한

것이란 걸 당장 그 자리에서 깨달은 건 아니었지만 그렇다고
그걸 깨닫는 데 오랜 시간이 걸린 것도 아니었다. 살아남은 사
람들은 누구나 다 살아야만 했다. 누군가는 사랑 때문에 살아
야 하지만 누군가는 가족 때문에 살아야 하고, 누군가는 돈 때
문에 살기도 해야 하는 것이다. 수니가 말하고자 한 것은 바로
그것일 터였다. 이야나의 입가에 희미한 미소가 번졌다. 수니
에게 읽어주었던 한 외국인의 쪽지 내용이 다시 떠올랐기 때문
이었다.

살라고 해줘서 고마워요. 포기하면 당신이 날 먼저 죽여버
리겠다고 말해줘서 고마워요. 당신이 내 링거액을 빼가버릴
까봐 정말로 겁이 났어요. 당신한테 너무 많이 욕을 해서 미
안해요. 그 욕의 천 배쯤을 합쳐서 사랑해요. 그리고 미안해
요. 난 아직도 당신 이름을 몰라서. 그래서 아직도 이렇게 불
러요. '비치bitch, 내 사랑스러운 비치.' 나, 앞으로는 무조건,
살게요.

지진이 일어나고 나서 한 달 후에, 합동장례식이 열렸다. 어
쩌면 섬이 생겨난 후 가장 큰 장례식일지도 몰랐다. 그 가장 큰
장례식은 여전한 혼란 때문에 성대하지도, 아름답지도 않았다.
큰 장례식마다 가장 큰 탑을 지었던, 섬에서 가장 유명했던 탑
공예가도 지진 중에 죽었다. 그래도 살아남은 사람들이 모여 지

을 수 있는 탑 중에서 가장 높은 탑을 지었고, 가장 큰 소의 조형물을 만들었다. 시신은 탑에 실려 옮겨져 화장터로 가서 다시 소의 뱃속으로 옮겨지고, 그리고 함께 태워져야 했다. 그러나 아무리 높은 탑도, 아무리 큰 소도 그 많은 죽음을 다 실을 수는 없었다. 죽은 자의 이름을 적은 쪽지와 작은 공물들만 실어도 마찬가지였다. 살아남은 모든 사람들이 그 장례식에 모였다.

불길이 솟아오르기 시작했다. 불길은 소의 몸을 태우고, 하늘로 솟구쳐 올라가, 소의 뱃속에 들어 있는 모든 영혼들을 신의 세계로 인도했다. 불길이 하늘 끝까지 오를 때, 두 팔을 하늘로 향하고 있는 수많은 사람들 중에서 이야나는 늙은 힐러를 발견했다. 여자와 함께 찾아갔었던 힐러였다. 힐러의 백인 제자도 함께 있었다. 이야나가 사람들 틈을 헤쳐 힐러 쪽으로 다가갔다. 누구라도 아는 사람을 만나는 것이 반갑고, 그가 살아 있다는 것이 반가울 따름이었다. 이야나가 힐러의 팔을 잡을 듯이 가까워졌을 때였다.

여자였다. 여자가 거기에 있었다.

"당신……."

이야나가 말했고, 여자가 이야나를 바라보았다.

"당신이군요."

여자는 아무 말도 하지 않았다. 다만 바라보고 있을 뿐이었다.

"……돌아왔군요."

"……한 번도 떠난 적 없어요."

287

그리고 여자가 입술을 깨무는 것이 보였다. 여자가 이야나의 어깨를 때리기 시작했다. 한 번, 두 번, 그리고 세 번.

"돌아올 거라고 했었잖아요!"

작은 이빨, 거기서부터 얘기를 시작할까요?

사실은 거기에서 얘기를 전부 끝내야 할 것 같아요. 지진이
난 후, 경찰서에 있는 동안, 나는 기나긴 동면을 했다는 생각이
들어요. 그러니까 그건 또 하나의 매몰이었겠죠. 영원히 거기
있게 되지는 않을 거라고 생각했어요. 그러니까 매몰보다는 동
면이라고 말하는 편이 더 옳겠어요.

유치장 창문으로 햇살이 들어올 때마다 이빨을 비쳐보곤 했
어요. 노란 이빨이 투명하게 빛나더군요. 한 사람의 인생이 거
기 다 들어 있다는 생각을 하면 기분이 묘해지곤 했어요. 그러
니까 탄생부터 소멸까지……. 그것은 모든 것의 기억이고, 무엇
이든 씹어댔을 이빨이니, 욕망의 기억이기도 하겠지요. 그리고
어쩌면 공포의 기억이기도 하겠지요. 씹는 것을 멈추는 순간,
죽음……. 그런 거니까요.

다시 시작한다면, 어디서부터 시작해야 할까를 생각하곤 했

었어요. 무엇이든 다 처음부터 시작하고 싶었지만 가능한 일이 아닐 거라는 걸 알았죠. 그러니 바로 지금부터, 잠에서 깨어나는 순간부터, 그냥 어느 하루를 시작하듯이 그렇게 시작할 거라고 생각했어요. 그러니까 그곳에 있었던 시간이 그렇게 나쁘지만은 않았다는 얘기를 하려는 거예요.

당신 생각을 아주 많이 했어요. 당신과 함께 있는 꿈도 아주 많이 꿨고요. 늘 당신과 물속에 있는 꿈이었어요. 물속에서 내가 당신의 손을 잡고 있었죠. 꿈에서 깨어나도 그 손의 체온이 남아 손바닥이 따듯했어요.

꿈속에서 때로는 당신이 아주 많이 늙어 보였어요. 당신은 더는 젊어 보이지도 않고, 어떤 때는 나이보다 더 많이 늙어 보였어요. 당신을 멈추게 했던 시간이 한꺼번에 닥쳐온 걸까요? 그렇다면 당신에겐 또 무슨 일이 있었던 걸까요.

돌아오겠다는 당신의 말 믿었어요. 지진이 난 후, 난 믿고 싶은 게 아주 많아졌어요. 세상에서 가장 믿을 수 없는 광경을 모두 보고 난 후에, 그래도 남은 게 믿음이란 거, 생각해보면 우스워요. 그러니까 어쩌면 믿음은, 그냥 삶인 건지도 모르지요. 죽음이 너무나 가까운 삶이지만, 어쩌면 삶이란 죽음의 가벼운 옷에 불과할지도 모르겠지만, 그래도 난 살겠다고 생각했고, 살아 있는 한은 이 삶을 믿어야겠다고 생각했고, 그리고 당신이 그리웠어요.

당신도 내 말을 믿어주세요. 당신이 그리웠어요.

경찰서에서 나와 열 번도 더, 스무 번도 더, 당신과 헤어졌던 병원에 찾아갔었어요. 당신이 나를 찾아다니게 하고 싶지 않았어요. 당신이 누구도 더는, 찾아다니게 하고 싶지 않았어요. 내가 당신을 기다리기 위해 서 있곤 하던, 부서진 벤치가 있던 자리, 그곳에서 방금 떠난 당신의 체온이 느껴지곤 했어요. 당신도 그랬을까요. 내가 당신을 기다리던 곳에서 내 체온이 사라질 때까지 나를 기다렸을까요. 그랬을 거라고 믿었어요.

만나면 무슨 말을 할 생각인지, 무엇을 할 작정인지는 몰랐어요. 이렇게 많은 것이 변해버린 지금, 세상의 모든 것이 변하고, 모든 것이 다 무너질 수 있다는 것을 아는 지금, 당신을 만난다고 해도 무슨 말을 할 수 있을까요. 그러나 어쩌면 지금이니까 할 수 있는 말이 있지 않을까요. 그렇더라도 우리, 말은 나중에 해요.

내가 당신의 손을 잡을게요.

내가 그냥 당신의 손을 잡을게요.

물의 기억

날은 여전히 흐르고, 해는 여전히 바뀌었다. 진은 간혹 도서관의 컴퓨터에서 유튜브를 클릭하곤 했다. 검색어에 지진을 입력하면, 수없이 많은 동영상들의 제목이 떴다. 진은 그 제목들을 클릭하지는 않았다. 제목만 봐도 마음속의 바닥이 흔들렸다.

오래전에는 살인사건에 연루되었던 여자, 그리고 참혹한 지진을 겪은 여자에게 도서관의 직원들은 어떻게 친절을 베풀어야 할지 여전히 혼란을 느끼는 것 같았다. 세상에는 특별히 운이 나쁜 사람이 있는데, 진이 그런 종류의 여자라고 생각하는 것 같았다. 진이 바닥에 떨어진 뭔가를 집으려고 문득 무릎을 구부리면 옆자리의 동료가 황급히 다가와 진의 팔을 잡았다. 괜찮아? 괜찮은 거야? 처음에는 그런 반응들이 불편했지만, 나중에는 재밌거나 우스워져서 진이 일부러 현기증이 나는 척을 하거나 비틀거리는 시늉을 했다.

오, 세상에…… 그런 후유증은 정말로 평생 갈 거야.

한번인가는 진이 그저 비틀거리는 시늉을 내는 장난을 쳤을 뿐인데, 바로 같은 시간에 지구 반대편에서 금세기 최고의 강도를 기록하는 지진이 일어났다는 뉴스가 떴다. 도서관 직원들이 전부 진을 쳐다보았다. 진은 다시는 장난을 치지 않기로 했다. 그날 진의 책상 위에 초콜릿 상자 하나가 놓여 있었다. 누가 놓아둔 것일까. 진이 주위를 돌아보았을 때 모두들 책상에 얼굴을 쳐박은 듯 고개를 들지 않았다.

이런 일도 있었다. 어느 날 밖에서 점심을 먹고 돌아오는데, 후배 하나가 싸움을 걸기라도 할 것처럼 진의 책상 앞으로 뚜벅 뚜벅 다가왔다.

방금 그 자식이랑 헤어졌어요.

그 자식이라니……. 진은 후배가 연애 중인 것조차 알지 못했다.

무슨 상관이에요. 누군 지진을 겪고도 살아남는데!

진은 아무 대꾸도 할 수 없었고, 후배가 느닷없이 엉엉 울음을 터뜨리는 것을 말없이 바라보다가 가만히 어깨를 끌어안아주었을 뿐이었다.

유진을 만난 것이 그 즈음의 일이었다. 가을날의 어느 일요일 오후였다. 진의 손에는 샌드위치 봉투가 들려 있었다. 늦은 점심을 해결하기 위해 샌드위치 가게에 갔다가 다시 도서관으로 가던 길이었다. 샌드위치 가게가 공원의 반대편에 있었다.

도서관 옆, 공원의 나무 아래에 앉아 있는 유진을 보고서도 진은 걸음을 멈추지 않았다. 그가 여기에 있을 리가 없지 않은가. 한참을 걷다가 진이 고개를 돌려 돌아보았다. 그가 이곳에, 나무 아래에, 있을 리가 없지 않은가. 진은 다시 걷기 시작했다가 다시 멈추어 섰다. 그리고 돌아서 유진을 향해 걸어가기 시작했다.

"잘 있었어?"

유진이 먼저 인사를 했다. 진이 유진의 옆자리에 앉았다. 둘은 한동안 말이 없었다. 말이 없는 사이에 진이 유진의 발을 물끄러미 내려다보았다. 발이 젖어 있는 것처럼 보였다. 어디서 물을 밟고 왔을까. 하기야 그토록 오랜 세월 동안 바다를 떠돌며 서핑을 했다면, 저 발이 물의 기억을 잊을 수 있을까.

"언제 돌아왔어?"

진이 물었고, 유진이 잠시 후에 대답했다.

"실은 아직도 돌아오지 못했어."

"굉장하네."

"그렇지."

"난 더는 널 안 찾아다녀. 알고 있지?"

"알고 있어."

그리고 다시, 둘은 한동안 말이 없었다.

"지진 날 때 거기 있었어?"

진이 먼저 물었고, 유진이 대답했다.

"응. 거기 있었어."

"살아남았네, 우리 둘 다."

"그래, 그것만 남았지."

유진을 찾아다니던 나날들, 묻고 싶은 말들이 있고 들어야 할 말이 있다고 믿었던 나날들에 입속을 가득 채우고 있던 말들⋯⋯. 그러나 진은 묻지 않고 말하지 않았다.

유진은 그사이에 아주 많이 늙었다. 늙은 것이 이상하지 않을 만큼 참으로 많은 시간이 흘러버린 것이다. 늙은 것은 진 역시 마찬가지였다. 섬에서 돌아온 후, 진은 갑자기 나이가 들었다. 유진이 사라진 후 멈춰버렸던 시간이, 한꺼번에 닥쳐왔다가 흘러가버리는 것 같았다. 진은 머리가 세고 눈가에는 잔주름이 생겼다가 곧 굵은 주름으로 바뀌었다. 오랜만에 만나는 사람들은 진을 잘 알아보지 못했다. 한때 그녀의 얼굴은 놀랍게 젊어 보였지만, 어느 순간부터는 너무 많이 늙어 보였다.

그러나 진은 자신의 늙은 얼굴이 싫지 않았다. 늙었으나 여전히 아름답다고 믿고 싶은 것이 아니라, 늙음 그 자체가 아름답기를 소망하는 것이다. 유진의 늙음은 아름다워 보이는 것은 아니었다. 그러나 자연스러운 늙음이었다. 순하든, 순하지 않든, 삶이 그들을 한 발자국 두 발자국씩 밟고 지나간 것이다. 그러니 이제 와서 무슨 말이 남아 있겠는가. 뭘 하고 사는지, 어디에서 사는지, 어떤 여자와 또 다른 사랑에 빠졌는지, 씩씩한 오순희 여사는 여전히 건강하신지…… 그런 말이 다 무슨 의미가 있겠는가.

"그땐 정말 무섭더라."

유진이 말을 이었다.

"……정말, 무서웠어."

"알아. 나도 거기 있었으니까."

다람쥐 한 마리가 나뭇가지에 앉아 있는게 보였다. 바람이 불어 그 나뭇가지가 흔들렸다. 그랬다. 어느 가을날의 따뜻한 한낮, 다만 바람이 살짝 불고 있을 뿐이었다.

"점심시간 다 됐어. 들어가봐야 해."

"……그래."

진이 일어났다. 일어나서는, 앉아 있는 유진을 내려다보았다.

"그 여자애, 사랑했어?"

이제 와서는 의미 없는 질문에 지나지 않고, 어쩌면 유치한 질문이기까지 할 것이다. 그래서인가, 유진이 웃음소리를 내며 대답했다.

"……참 예뻤어. 그치?"

그래…… 참 예뻤어. 진이 속으로만 말했다. 참 예쁜 여자 아이였고, 그 남자 아이도 그랬어. 참 예쁜 남자 아이였어. 사랑이 모든 걸 얼마나 예쁘게 만드는지, 아무리 가혹한 상처가 남더라도, 그 순간만큼은 햇살처럼 빛난다는 거…… 우리 모두는 그

걸 알고 있지. 흔들리지 않는 것은 그것뿐이겠지.

진이 도서관으로 돌아가기 위해 걸음을 떼어놓았다. 몇 발자국을 걷다가 다시 뒤를 돌아보았다. 유진은 여전히 거기에 앉아 있었다. 이것이 만일 한낮의 꿈이었다면, 유진은 어느새 사라지고 없었으리라. 그러나 유진은 여전히 거기에 있었다.

유진이 손을 저었다. 가보라는 뜻이었다. 유진의 입가에 미소가 번져 있었다. 그랬음에도 진은 말하고 싶었다. 그리고 나도 널 사랑했었어. 그건 알고 있는 거지? 사랑이 아무리 거짓말 같은 거라고 해도, 그 거짓말에 취해 있던 동안의 열정과 외로움을 마침내 그 끔찍했던 두려움을, 너는 알고 있는 거지? 내가 가장 예뻤던 시절에 널 사랑했다는 거, 그걸 너는 알고 있는 거지?

진이 말하려고 할 때, 핸드폰이 울렸다. 이야나였다.

"비행기표 끊었어요?"

진이 그렇다고 대답했다.

"오케이. 데위가 당신 보고 싶대요."

이야나는 지진 후에 길 잃은 개 한 마리를 키우기 시작했다. 질투가 심한 개였다. 진과 이야나가 어깨를 맞대고 마당에 앉아 있을 때면, 둘 사이로 파고들기 위해 머리를 들이박곤 했다. 개를 사이에 두고, 진의 어깨에 팔을 두른 이야나가 말했었다.

우리 같이 살까요?

이렇게 모든 걸 다 알아버린 후에?

그러니까, 같이 살아요.

그 오후에 이야나의 집 가난한 마당으로 스며들던 노을빛, 그들은 영원히 그 노을빛을 잊지 못할 것이다. 노을은 언제나 지진의 기억을 일깨우고, 무더기진 죽음을 일깨우고, 피의 기억을 일깨운다. 이야나가 진의 손을 잡았을 때, 손등 위로 내려앉던 것도 피의 빛깔이었다. 그들은 아무것도 잊지 않고, 잊을 수도 없을 것이다. 세상의 모든 것이 변하거나 무너진다는 것을 안 후에도, 마찬가지다.

진이 전화를 끊고 다시 유진이 앉아 있던 자리를 바라보았다. 유진은 여전히 거기에 앉아 있었다. 그래서 오히려 그것이 꿈 같았다. 진이 방금 전 유진이 그랬던 것처럼 손을 흔들었다. 이제 그만 가도 좋다는 듯이. 아니, 사라져도 좋다는 듯이. 비로소, 유진의 실루엣이 점점 지워졌다. 그러고는 회화나무 아래의 텅 빈 의자 아래 물의 자국이 남았다. 유진의 발이 놓여 있던 자리가 펑 젖어 있었다.

오래전, 힐러의 말이 떠오른다.

문이 열리면 당신은 기억하고 싶지 않은 것들을 기억하게 될 겁니다. 그러나 또한 반드시 기억해야만 할 것도 기억하게 될 겁니다. 기억해야만 할 것이 기억하고 싶지 않은 것들을 지우게 될 겁니다. 내가 당신을 도와주겠습니다.

진이 다시 도서관 쪽을 향해 걸어가기 시작했다. 바람이 불어 낙엽이 우수수 떨어졌다. 공원의 문이 보이고, 곧 도서관의 문도 보였다. 문에서 문으로 가는 길이 낙엽으로 뒤덮여 온통 붉은빛이었다. 진이 그 낙엽을 한 잎 주웠다. 열대의 섬에서 사는 남자, 이야나로서는 알지 못할 가을날의 낙엽이었다. 생명의 물기가 다 빠져 주름으로만 남은 낙엽, 그러나 그 마른 잎에는 여전히 향기가 남아 있었다. 뜨겁던 여름날의 기억이 주름져 있는 낙엽을 들여다보는 진의 얼굴에 다시 바람이 지나갔다. 이야나의 생일이 곧 가까워오고 있었다. 진은 이야나의 선물 속에 그 낙엽을 끼워놓기로 한다. 누군가의 선물이 될 낙엽이 온몸을 흔들어 향기의 기억을 마지막까지 내뿜었다.

작가의 말

　소설 속에 이토록 많은 말을 해놓고, 또 남은 말이 있을 수 있
을까.

　소설 속의 섬에 처음으로 갔었던 것이 오 년 전쯤이었던 걸로
기억한다. 아름다운 섬이었다. 그 섬의 아름다움에 대해 쉽게
글로 쓸 일은 없을 거라고 생각했다. 아름다움이란 건 입 밖으
로 나오는 말이 아니라 가슴속에 머물며 마음을 흔드는 말이니
까. 깊이 바라보려고 들면 어딘가를 베이게 되기 마련이니까.
오 년 전부터 바로 몇 달 전까지 나는 참으로 여러 차례 이 섬을
찾아 길게는 몇 달, 짧게는 며칠씩을 머물렀다. 그러는 동안 입
밖으로 하고 싶은 말들이 생겨났다. '그들'의 이야기로 시작되
었으나 결국에는 '우리들'의 이야기다. 실은 '그들'과 '우리'
사이에 무슨 차이가 있겠는가. 흔들리는 것, 자신도 모르는 사
이에 어딘가를 베여버린 흔적, 그런 것들.

사람이 태워지는 광경을 그 섬에서 처음 보았다. 망자를 덮었던 덮개가 벗겨지면서 불타는 시신의 다리가, 그리고 얼굴이 드러났다. 공원묘지의 화장식에서였다. 그 순간의 감정을 뭐라 표현할 수가 없다. 누군지도 알 수 없는, 이국인의 불타는 얼굴…… 경악스러웠고, 공포스러웠고, 토할 것 같다가 슬픔에까지 이르렀다. 이야기의 출발이 거기에서부터였던 것은 아니다. 그러나 그 순간의 기억을 소설 쓰는 내내 잊을 수가 없었다. 그것은 죽음이 타오르는 광경이 아니라 삶이 총체적으로, 마침내, 전부 다 타오르는 불길처럼 여겨졌다. 시간이 흐르면서 그 순간 내가 느꼈던 경악도 공포도 슬픔도 다 우스워졌다. 불길은 사실 마침내 그 모든 것을 헛되게 하는 것이거나, 역으로 세상에서 가장 찬란하게 만드는 것일 텐데. 그런 생각을 하자, '미칠 수 있겠니'라는 제목이 괜찮아졌다. 아주 여러 번, 나 자신한테, 중얼거리듯 묻곤 했다.

미칠 수 있겠니, 이 삶에.

대답이, 아직도 어렵다. 그래도 어떻든, 결국에는 한꺼번에 다 타올라 소멸해버릴 삶이니, 많은 부분 용서가 되거나 위로가 된다.

이 소설을 인터넷에 연재하는 동안 내 아이디가 crazy였다. 내가 만들어 붙인 게 아니라 사이트를 운영하는 쪽에서 만들어준 것이었다. 나는 그 아이디가 마음에 들었다. 굉장히 광의적으로 해석되는 단어이기도 하고, 내가 살아오면서 한 번도 제대로 해본 적이 없는 일 중에, 우선 가는 일이기도 하기 때문이다. 완전한 매혹은 미칠 듯한 마음으로부터 나오는 것일 터이다. 할수 있는 만큼 흔들리고 싶었다. 그러나 여전히 다 흔들리지 못해, 나는 여전히 묻고 있다.

언젠가는 미칠 수 있겠니.

그 섬에 갈 때마다 즐겨 듣는 노래가 있다. 〈나의 천국으로 오신 것을 환영합니다〉라는 제목의 노래다. 레게머리를 한 밴드가 노래를 부른다. 누구나 여기에 와서 춤추고 노래하세요. 여기는 천국, 파티가 끝나지 않는 곳입니다. 소설을 마치며 다시한 번 그 노래를 듣는다. 섬에서가 아니라, 바로 내가 있는 곳, 여기에서. 많은 분들께 감사드린다. 수많은 이야나와 수많은 만에게. 그리고 나를 찾아주었던 내 친구들에게. 소설이 연재되는 동안 매일매일 찾아주셨던 독자 분들께. 책으로 엮어주시느라 고생하시고 또 오래 기다려주신 분들께. 지금 내가 있는 여기, 이곳의 모든 분들께.

미칠 수 있겠니
© 김인숙 2011

초판 1쇄 발행 2011년 5월 31일
초판 2쇄 발행 2011년 6월 10일

지은이 김인숙
펴낸이 이기섭
편집주간 김수영
기획편집 박상준 김윤정 임윤희 정회엽
마케팅 조재성 성기준 한성진
관리 김미란 장혜정
표지그림 Getty Images/멀티비츠

펴낸곳 한겨레출판(주) www.hanibook.co.kr
등록 2006년 1월 4일 제313-2006-00003호
주소 121-750 서울시 마포구 공덕동 116-25 한겨레신문사 4층
전화 02)6383-1602~1603 **팩스** 02)6383-1610
대표메일 book@hanibook.co.kr

ISBN 978-89-8431-472-6 03810

• 책값은 뒤표지에 있습니다.
• 파본은 구입하신 서점에서 바꾸어 드립니다.